HASTA SIEMPRE, MUJERCITAS

Autores Españoles e Iberoamericanos

MARCELA SERRANO

HASTA SIEMPRE, MUJERCITAS

© Marcela Serrano, 2004
© Editorial Planeta, S. A., 2004
   Diagonal, 662-664, 08034 Barcelona (España)

Primera edición: setiembre de 2004

Depósito Legal: B. 31.950-2004

ISBN 84-08-05327-2

Composición: Fotoletra, S. A.

Impresión y encuadernación: Cayfosa-Quebecor, Industria Gráfica

Printed in Spain - Impreso en España

Para Ana María Gómez y Lotty Rosenfeld, por la amistad

Y para mi hermana Margarita, por los recuerdos

Christmas won't be Christmas without any presents", *grumbled Jo, lying on the rug.*

"It's so dreadful to be poor!", sighed Meg, looking down at her old dress.

"I don't think it's fair for some girls to have lots of pretty things, and other girls nothing at all", added little Amy, with an injured sniff.

"We've got father and mother, and each other, anyhow", said Beth, contentedly, from her corner.

LOUISA MAY ALCOTT,
Little Women, capítulo 1*

---

* —Esta Navidad no será auténtica Navidad si no tenemos regalos —se quejaba Jo, tumbada en la alfombra.

—¡Ser pobre es espantoso! —dijo suspirando Meg mientras miraba su viejo vestido.

—No es justo que unas chicas reciban muchos regalos, y otras, nada —añadió la pequeña Amy con un tono ofendido.

—Pero tenemos a papá y a mamá, y nos tenemos las unas a las otras —dijo Beth, feliz, desde el rincón. (LOUISA MAY ALCOTT, *Mujercitas,* capítulo 1.)

0. HACIA UN CIELO AZULADO

Arequipa, Perú, 1723

Como toda buena mujer aristocrática, sor María Trinidad contaba en el interior de su familia con una prima hermana venida a menos cuya existencia, descolorida y modesta, podría eventualmente dirigir y controlar. Así, cuando entró al convento de Santa Catalina y tomó posesión de sus amplias habitaciones, instaló a Verónica de las Mercedes en calidad de seglar muro a muro con sus criadas, y el día del parto colocó al recién nacido en sus brazos como si hubiese surgido de aquel cuerpo seco, descuidado y dudosamente fértil, cuerpo hermético sin recuerdos ni huellas de placeres o concepciones, y se limitó a dar aviso a sus superioras, con aquel tono seguro de quien se sabe distinguida y reconocida, y amainó sus reacciones de sorpresa e irritabilidad relatando la triste historia de esta prima que, enamorándose de un comerciante extranjero —chileno, en este caso, fue lo primero que se le ocurrió, quizás por la vecindad de las tierras—, casóse con él en sagrado vínculo, concibió un hijo suyo y luego, muy prontamente, fue abandonada. De aquella deserción, por supuesto, le habría surgido la potente necesidad de recluirse, cosa que la hermana sor María Trinidad, siempre comprensiva y protectora, hizo posible al ofrecerle un espacio cálido dentro de su compañía, esa verdadera corte que aportó al convento, tan auspicioso de su cara y piadosa vocación.

Martínez, José Joaquín Martínez, así se llamaba el padre, el primer nombre que se le vino a la cabeza cuando se lo preguntaron, sin sospechar que en ese instante acababa de dar vida a una larga dinastía. El pequeño José Joaquín —se le nombraría como a su padre aunque éste hubiese desaparecido— creció y se formó entre la blancura aterciopelada del convento de Santa Catalina en la ciudad de Arequipa, gateando entre largos hábitos pesados y hediondos, aprendiendo a leer en latín antes que en español y comiendo buñuelos y ceviches a cualquier hora porque nadie lo controlaba.

A la muerte prematura de la hermana sor María Trinidad, el joven José Joaquín, con sólo dieciséis años de edad, abandonó el convento y a su supuesta madre Verónica de las Mercedes para ir, según él, a buscar a su padre, lo que significaba dirigir con las riendas bien sujetas el trote de su caballo hacia el sur, siempre recto, al sur del sur, llevando en sus alforjas, muy protegida, la suculenta herencia que le había dejado su presunta tía.

Chile fue un error, una palabra inventada en un momento de apremio, pero fue ése el lugar donde José Joaquín eligió instalarse. Si no encontró al padre, al menos ubicó un hermoso pedazo de tierra al sur de la capital, y con lustrosas monedas de oro lo pagó y lo hizo suyo.

1. MEG O UNA CONFERENCIA
SOBRE LA SOMBRA (según J. Donne)
—

Santiago de Chile, setiembre de 2002

"I wish I had no heart, it aches so."

Meg, capítulo 18, *Little Women**

Si la gente del Pueblo puso en duda las intenciones de Ada al enterarse de que cruzaría el océano para acompañar el cadáver de la vieja Pancha, a quien no veía desde hacía más de veinte años, difícil resultaba para Nieves Martínez considerarla una idea de fiar. Esa mañana, como la proa de un navío loco, chocó el amanecer rosado con luz ambigua sobre sus párpados al insinuarse los primeros latidos de aquella jornada del mes de setiembre. Se aferró somnolienta al último roce de las mantas suaves, todavía es temprano, una hora más de sueño, Dios, qué cansancio, un ratito más... hasta que un sobresalto cruzó su conciencia, ¡Ada!, aleluya, aleluya, el aeropuerto, el timbre que sonaría puntual dentro de una hora, Lola, su enorme jeep y los preparativos, prima, lima, limón, cuando llegues, Ada, iremos al campo, campo, santo, llanto.

Ejecutando con sigilo los cuidadosos movimientos por la casa para no despertar a sus habitantes, movimientos practicados desde anteriores reencarnaciones, dejó la ducha corriendo mientras entraba a la minúscula cocina, os-

* Ojalá no tuviera corazón; duele tanto... (Meg, capítulo 18, *Mujercitas.*)

15

cura aún, a calentar el agua y a cortar un par de rebanadas de pan del día anterior, un desayuno más, uno de los miles y miles que ha preparado a través de los años, pero hoy alcanzó sólo una taza desde el estante y colocó dos tostadas al fuego, no más, hoy no se hará cargo de la familia, hoy ella parte de viaje, hoy llega Ada al país, hoy Lola y ella la recogerán en Pudahuel y enfilarán las tres juntas hacia la Norte Sur, dejarán Santiago atrás, y cuando la ciudad se extinga y divisen los primeros paisajes de campo puro, Lola considerará que ya es tiempo de prender el CD y a la altura de Paine pedirá un café y un huevo duro en San Fernando, como si aún el viaje fuese largo como lo era en la infancia.

Nieves llevó su ropa hacia el cuarto de baño para vestirse bajo la luz, había dejado el bulto preparado la noche anterior, pensando en no prender la lámpara del dormitorio a la mañana siguiente, los amaneceres de setiembre son aún oscuros, Raúl tiene derecho a dormir como Dios manda, su madrugar no debe afectarle. Eligió el suéter rojo, a las rubias les queda bien el rojo, y Ada se viste siempre de negro, como todas las francesas, el rojo le evitará a Nieves la opacidad y quizás la ayude a perder un poco su timidez, aquel nudo —¿en el estómago o en la garganta, dónde el nudo?— que la inhibe de expresarse abiertamente, quizás le ataje el sentimiento de que toda vida ajena es más valiosa y esforzada que la propia, que todas han luchado por hacer algo importante de sus existencias menos ella, y entonces, tal vez, la envidia no hará su visita inexorable y despiadada. Pero, cómo, ella no había sido envidiosa, ¿no repetía siempre tía Casilda que era la más encantadora?, la hogareña y adorable Nieves, ¿cuándo empezó a descomponerse?, ¿cuándo quedaron cortos los estímulos?, enorme esfuerzo deberá derrochar, que sus primas no se pregunten qué le pasó, en qué momento se transformó.

Al salir de la ducha, al aplicarse con esmero la crema humectante por todo el cuerpo, disciplinadas las yemas de sus dedos para evitar cualquier sequedad, recordó que a los veinticinco juraba que la juventud era gratuita y eterna, loca Nieves, de dónde lo habrás sacado, como si algo, aun lo más mínimo, no tuviera precio. Escobillarse el pelo le ha resultado siempre reconfortante, Nieves y Lola, las rubias de la familia, las niñas lindas, ¿habrá salido ya Lola de su casa?, tan lejos que vive, en los faldeos de la cordillera, y como todo habitante de esas zonas, insiste en que llega al centro de la ciudad en veinte minutos, que la Kennedy, que la fluidez, mentira, es lejísimos su barrio, además de elegante y helado, tan rica Lola, ya a los diez años prometía que nunca sería pobre, ya a los diez, cuando el dinero era para Nieves un concepto distante y abstracto al que nunca dedicó un minuto de concentración, por qué iba a hacerlo si en el Pueblo todo era un regalo, las casas grandes, el calor de las chimeneas y los braseros, la fruta, la miel y las masas horneadas, el comando perfecto de tía Casilda sobre los que allí vivían y trabajaban, ¿por qué pensar en el dinero? La vida misma era un regalo, los juegos, la complicidad y la protección, y fue ella quien más tiempo alcanzó a gozarlo, como la mayor de las mujeres, eternamente protegida sería la vida, ni siquiera la muerte del abuelo la rompió, para eso estaba tía Casilda y también los tíos, a su manera, ¿miedo a la pobreza?, ¿era una demente Lola por presentirla?

Entró en puntillas a su habitación para recoger su cartera, miró a Raúl y sin necesidad de tocarlo constató la profundidad de su sueño, duermo con él como con un hermano, le había dicho una vez a Lola, pero cómo, mujer, si con los hermanos no se duerme (con los primos, sí), pero era a la fraternidad a la que había querido referirse, un hermano que te calienta los pies de noche. Por cierto, no fue ésa su idea cuando Oliverio se lo presentó,

cuando lo llevó un verano al Pueblo, a pesar de las obje-
ciones de tía Casilda, que no llevaran visitas, que no le
gustaba la gente, que para eso éramos ya bastantes en la
familia, que no necesitábamos a los demás, igual Oliverio
lo llevó, porque Oliverio siempre hizo lo que quiso y por
eso lo respetaban en las casas del Pueblo. Es un fresco,
dijo Lola ese verano cuando lo vio llegar con Raúl, y Ada
la hizo callar, y cuando Nieves lo miró aquella primera noche, sentado a su lado en el comedor, esbozó la más se-
ductora de las sonrisas, era amigo de Oliverio, después de
todo, eso rompía cualquier barrera de desconfianza, estudiante de derecho como su primo, y se soñó esposa de un
abogado prestigioso, siempre se soñaba esposa de los
hombres que conocía. No fue una ardua tarea conquistar-
lo, al finalizar el verano, las cartas estaban echadas. Que
no hubiese terminado siendo ni abogado ni prestigioso
escapaba a las posibilidades de previsión de Nieves entonces, aunque tía Casilda le hubiese advertido, no te cases
con el primero que te haga la corte, ándate con calma.
Pero a ella no le interesaba la calma, para qué, si su verdadera vocación era el matrimonio, con qué afán hacerse la
difícil, era tan hermoso el amigo de Oliverio, tan graciosos esos crespos castaños que le cubrían la frente y esos
ojos tan verdes como los de ella, imagínate, le decía Lola,
imagínate lo verdes que serán los ojos de tus hijos, verde
que te quiero verde, muchos hijos de ojos verdes. Claro,
no fue el verano más pacífico, no como ella hubiese querido, la historia de Ada cruzó la consabida alegría estival,
su escapada al campamento de los gitanos, Oliverio lle-
vándola de vuelta a casa, no seas elíptica, Nieves, lo de los
gitanos fue lo de menos. Igual, Raúl sobrevivió a aquel bo-
chornoso episodio y la tía Casilda tomó medidas y no resultó necesario volver a la ciudad. Raúl había empezado
por admirar sus hermosas manos, manos de leche como

la reina aquella, ¿fue María Antonieta la que se bañaba en leche de burra para conservar la blancura de su cuerpo?, sus manos albas como las de la reina, ¿cuándo dejó de usar guantes plásticos para lavar la loza?, como una arsenalera sus entradas a la cocina, toda cubierta como las amas de casa de los cincuenta en las series de televisión norteamericanas, gloriosas en su domesticidad, con las faldas anchas sobre tiesas enaguas y los suéters muy ajustados presumiendo pechos que aún eran ampulosos según la moda y cubiertas por un pequeño y coqueto delantal esperando al marido con la mesa puesta y el guiso en el horno. Ella era un bebé en los años cincuenta; sin embargo, sus fantasías habían quedado fijas en ese período, el más preciado, el que ensalzó más que ningún otro a las jóvenes esposas en sus casas suburbanas, y aunque el suyo era un pequeño departamento en Providencia, sin flores que cortar ni jardín que cuidar, y corrían los tumultuosos setenta, se imaginaba a sí misma como las esposas de la tele, y el primer día que Raúl volvió a casa a comer después de una jornada de trabajo ella quiso esperarlo con un estofado que cocinó al pie de la letra según *La cocina popular*, libro regalado por la pequeña Luz, bonito y modesto regalo de bodas, que enseñaba desde cómo prender el horno hasta la confección de una torta Pompadour; todo estaba en ese libro, que a través del tiempo leyó de principio a fin, pero esa primera noche el guiso no cuajó, el tiempo de calor fue excesivo y mientras obligaba a Raúl a esperar en la mesa del comedor, arreglada con mantel y candelabros tal como dictaba la convención, ella en la cocina lloraba sobre la fuente con la carne quemada, carne quemada, leche derramada, no llorar sobre ella. Al cabo de un rato, hambriento y perplejo, Raúl se asomó a la cocina a ver qué pasaba, por qué Nieves tardaba tanto, y la escena de congoja que se presentó ante sus ojos lo conmovió de tal manera que tomó de la cintura a su flamante esposa y la llevó al Kika, ahí comieron un lomito con palta y una cerveza, intentando enterrar así su frustración. A la larga, Raúl se convirtió en un mejor cocinero que ella, hasta el día de hoy se reúne de vez en cuando con Oliverio a comer exquisiteces; Nieves está convencida de que a medida que los hombres van cumpliendo años cambian el instinto sexual que decae por el amor a la gastronomía, ¿qué hombre en la cincuentena no se esmera en la cocina como lo hacía antes en la cama?, y de noche agradecen al cielo que el hambre tenga esa puntualidad para regenerarse, la certeza de su aparición los consuela, cada vez que, ahíto, se consume: una promesa de vida a la mano. Más adelante, cuando los mellizos habían nacido, Nieves recordaría esa escena de recién casados y la embargaría la añoranza, ya sin dinero para el Kika, cada centavo con un destino preestablecido, y aunque hubiese dispuesto de él, ¿qué habría hecho con sus hijos mientras iba al restaurant?, ¿en manos de quién dejarlos y qué darles de comer? Antes de que su prima Luz partiera al extranjero, Luz, la más dulce y la más amada, podía acudir a ella en caso de emergencia, estupenda niñera Luz, los mellizos la adoraban, con razón reclamó ante su partida, si quiere hacer caridad, que parta por la caridad en casa, no, le había contestado Lola, nosotras no la necesitamos, ¿cómo que no?, yo la necesito, había pensado Nieves, de verdad la necesito, pero no se atrevió a manifestarlo, Luz buscaba causas colectivas, entregas totales, las penurias de su prima pobretona le quedaban chicas. (Nunca falta una prima pobretona a mano, ¿verdad, hermana sor María Trinidad?) Nieves había aprendido de tía Casilda que la queja era un pecado y se preocupaba por ser estoica frente a los problemas económicos que la abrumaban; de haberlos conocido, Ada le habría sugerido que buscara trabajo, Ada nunca entendería que la casa y los niños eran su prioridad y que abandonarlos estaba fuera de cuestión. (Además, ¿qué oficio manejaba?, ¿cuál talento podría presentar en el mercado para tentar a alguien de pagar por él?) Cuando vino la quiebra del aserradero y la casa del Pueblo se derrumbó y todos se encontraron de la noche a la mañana en la inopia, Lola y Luz debieron combinar sus vidas estudiantiles con vidas laborales paralelas. Si esto hubiera ocurrido hoy, solía decir Lola, yo no podría haber estudiado, la universidad era gratuita entonces, y gracias a eso soy una profesional.

Con cartera y chaqueta en mano, Nieves se dirigió a la sala a esperar la llegada de Lola, el sonido del timbre. Un pequeño estremecimiento le recorrió el cuerpo, es que hacía tanto frío, las mañanas santiaguinas son heladas hasta muy avanzado el calendario, hasta octubre por lo menos, dudó si valía la pena prender la estufa de gas catalítica por tan poco rato; como toda mujer normal, Nieves detestaba el frío y su aspiración máxima era, antes de su muerte, vivir en un lugar con calefacción central, ¿de dónde sacaron los santiaguinos que sus inviernos eran suaves?, ¿por qué al construir no tomaron en cuenta ese factor?, Ada dice que en Europa no es tema, la calefacción la tienen todos, aquí sólo los edificios nuevos y la gente rica. Miró a su alrededor y súbitamente sintió que la casa le hablaba. No era la primera vez que le sucedía, que sus paredes y ella se amalgamaran convirtiéndose en una misma cosa. El instinto hizo que se llevara las manos a los oídos, rogando por la sordera.

Ser la mayor le confirió, sin duda, un cierto garbo, una mezcla de gracia y poder que, en teoría, no le podrían ser arrebatados. El abuelo José Joaquín la mimó como a nadie, su primera nieta, la hija de su primogénito. Nieves hizo su entrada triunfal en la casa del Pueblo a los seis meses de edad con alas en la espalda, el ángel del aserradero. Si el abuelo sufrió porque su sexo no fue el masculino, nunca lo demostró, como si la excesiva cantidad de hombres de su familia lo hubiese dejado exhausto. Que con Nieves se interrumpiera el apellido tampoco pareció tan grave. Algo raro debía de haber sucedido entre sus abuelos, una confusión genética de algún tipo, para que sus hijos a su vez tuviesen sólo hijas y únicas. Nieves, Ada, Luz y Lola, cada una concebida para ser y existir en la soledad. Nieves no alberga dudas de que el destino las transformó de primas en casi hermanas, pues ninguna supo nunca de la hermandad ciento por ciento sanguínea. Luz fue la que más se acercó a la idea, pues su padre, el menor de los cuatro Martínez, casóse con una viuda que ya había parido un hijo bastantes años antes, y al momento del matrimonio adoptó al niño. Se llamaba Oliverio y la vida hizo que terminara apellidándose Martínez, aunque no hubiese nacido con ese nombre. Por tal razón, el único nieto varón del abuelo no fue bautizado como José Joaquín. Alguien sugirió, al momento de la adopción, que ya que le cambiaban el apellido, aprovecharan para hacerlo también con el nombre y le pusieran el del abuelo, pero la viuda se opuso, el niño ya había aprendido a leer a esas alturas, era un ser humano hecho y derecho, había límites para despojarlo de ese modo de su identidad más inmediata.

Desde tiempos inmemoriales, todos sus antepasados se llamaron José Joaquín. (Tía Casilda heredó la historia de la familia: todos descendían de una monja, ¿sabían eso?, ¡una monja peruana y pecadora!, porque le hacía tanta gracia volvía siempre a contarlo.) Nieves ordena su genealogía de este modo en su cabeza: José Joaquín Martínez I, bisabuelo, José Joaquín Martínez II, abuelo, José Joaquín

Martínez III, padre. Uno, dos, tres y punto, a los anteriores los ignora, están muy lejos de su historia presente. José Joaquín I, bisabuelo, tuvo diez hijos y una hija, Casilda. José Joaquín II, el abuelo, fue el primogénito y por ello heredó el aserradero, a su vez él tuvo sólo cuatro hijos, todos varones, padres de las cuatro primas. Al morir José Joaquín II, abuelo, le dejó el aserradero a su hermana Casilda, no al padre de Nieves, que era su hijo mayor. Aunque los sobrinos de tía Casilda nunca fueron sus dueños legítimos, se alimentaron largamente de los bosques y de su madera.

Ser la mayor sólo le trajo privilegios a Nieves, sin hacer ningún esfuerzo para merecerlo, como les pasa a todas las mayores. Las otras tres primas la obedecían, la seguían en todo y la admiraban. En los juegos, Nieves las nombraba sus camareras y las obligaba a servirla, una le pintaba las uñas, otra le escobillaba el pelo, otra le cosía los botones y le llevaba el té.

(Lola: Eres tan linda, Nieves, y tan elegante, quiero llegar a ser como tú.

Luz: Tú eres nuestro puntal.

Ada: ¿No crees que esta tela que me regalaron debería ser para ti?, eres la más graciosa para llevar los vestidos.

Lola: Enséñame a decir la frase justa cuando el hombre amado se pare frente a mí, explícame qué debo hacer, ¡explícame todo!

Ada: Cuando sea mayor, te llamaré a ti para que me amuebles la casa y para que me enseñes todas las cosas difíciles que debo saber: poner la mesa, criar a los hijos, ser esposa.

Luz, Luz y Luz: Tú eres nuestro puntal.)

Muchos, muchos años después, en este amanecer de setiembre, Nieves se pregunta por el verbo *apuntalar*. En puntillas entra al dormitorio de sus hijas y sin hacer el menor ruido retira del anaquel el único diccionario que hay en la casa, ella nunca ha sido dueña de un diccionario, no lo ha necesitado. Lee cada uno de los sinónimos y se pregunta si es capaz, a estas alturas, de emprender la acción que esa página le muestra: la letra impresa, ante sus ojos, la transforma en una acción severa, una acción inaccesible: afirmar, asegurar, apoyar, consolidar, sostener.

A medida que fueron creciendo y forjando sus distintos caracteres, aparecieron equivalencias que las agruparon, Nieves y Lola por un lado, Ada y Luz por otro. Las primeras eran las más hermosas, las más encantadoras, las más ligeras, y aunque Nieves carecía de la inteligencia y la ambición de Lola, la reconocía como a su par, una competidora legítima. La frivolidad salvará a este par de chiquillas, solía decir tía Casilda. Pero las diferencias de edad producían otra agrupación, las grandes y las chicas, y por ese motivo, Ada sería su amiga más cercana. Hasta el día de hoy, a Nieves le parte el corazón recordar la congoja de Ada cuando ella decidió casarse, no resistió la idea de que su compañera de juegos hubiese optado por la adultez y rompiera, con alevosía, la férrea red que habían creado desde la primera infancia. Es muy pronto, Nieves, tienes la vida entera para hacerlo, se quejaba, cómo que pronto, Ada, nunca es pronto para casarse, imagínate que nadie más me lo propone y me transformo en una solterona, pero tenemos tantas cosas que hacer aún, Nieves, tantas cosas que hacer... ¡no te cases todavía! Hasta que debió intervenir Oliverio, el único que siempre tuvo ascendiente sobre Ada, para tratar de convencerla de que el matrimonio de su prima no empañaría la relación, sólo la transformaría, y que basta, que se quedara tranquila y no molestara a Nieves con sus aprehensiones (¡tenemos tantas cosas que hacer!).

El mundo es infinito, Nieves, le rogó Ada.

(Hace poco tiempo discutía con Lola sobre las diferencias entre sus hijas y ellas mismas y recuerda que, después de sesudos análisis, Lola dijo su frase acostumbrada cuando deseaba sintetizar: es tan simple como esto, lo que marca la diferencia entre nosotras y nuestras hijas y cualquier generación venidera es que ellas, a pesar de la globalización, nunca fueron dueñas del mundo. Nosotras, sí. Eran los sesenta y los setenta. Creímos que nuestro mundo era infinito.)

Nieves piensa a veces que tal vez no fue sólo el azar el que las dejó a Lola y a ella en Chile, que la partida de dos de las primas al extranjero —en distintos momentos y por distintos motivos— marcó una etapa en la cual las dos restantes aprendieron a contar la una con la otra de un modo permanente y único, como suelen hacerlo los que no tienen más remedio. Igual se sentía un poco sola, nunca tuvo grandes amigas, ¿dónde podría haberlas conocido sino en el colegio?, y como entonces estaban las primas, no las necesitó, incluso le sobraban un poco, pero las primas partieron, y Lola, la que permaneció junto a ella en el país, era una persona muy ocupada. Mira, Nieves, a veces no tengo tiempo ni de hacer una llamada, pero lo que sí puedo y hago puntualmente es revisar mi correo electrónico todas las mañanas, ¿por qué no aprendes a usarlo? ¿Yo, correo electrónico?, ¿estás loca?, ni prender un computador puedo. Cuando se enteró de que Lola y Ada se comunicaban regularmente por esta vía, anulando para siempre las cartas, se sintió expulsada de un olimpo determinado. Los mails: las nuevas postales. Ante su reclamo, Lola, amorosa ella, se dio el trabajo de imprimirle la correspondencia y enviársela cada dos semanas a casa con un mensajero de su oficina. Y lo que le ocurrió a Nieves al cabo de un tiempo fue previsible: quiso participar, se fascinó con esa comunicación tan rápida, casual y expedita, tan fácil, y no quiso quedar marginada, fue entonces cuando accedió a aprender el uso de internet. Había un computador en el dormitorio de sus hijos, el mismo que usaba toda la familia, y le rogó a uno de los mellizos, Pedro, el más afable, que le enseñara. Para decir la verdad, le costó un tiempo, siempre cometía algún error, no se atrevía a usarlo estando sola. A la hora en que las niñitas hacían sus tareas aparecía Nieves con un mail en la cabeza, no, puh, mamá, estamos trabajando, si hubiera más de un computador en esta casa, aprovechaban para hacer su pliego de peticiones, que ella escuchaba como a la lluvia caer, era impensable comprar otro y, además, las piezas eran muy chicas, tampoco cabría en el dormitorio de las niñitas, donde no entraba ya un alfiler, dos habitaciones para los cuatro niños, una para los hombres, otra para las mujeres, así de simple, de fácil, cualquier reclamo estaba de más; cuando Raulito se casó hace un par de años (por embarazar a la novia), Pedro era el más contento, le contó a todo el mundo que por fin, recién a su edad, tendría pieza solo. Nieves empezó a aficionarse al correo electrónico, le divertía escribir y leer, sintió que había recuperado a Ada, que ahora ella participaba de la cotidianidad de su prima, cosa impensable a través de las cartas o de los escasos llamados telefónicos. También recuperó de cierta forma a Lola, aunque viviera a la vuelta de la esquina, por decirlo de algún modo, en su misma ciudad, los mails la acercaban a ella, le quitaban ese barniz de mujer importante que teñía las llamadas, entre la intervención de las secretarias y el inevitable cariz de apuro siempre presente en su voz. Esta forma de comunicación humanizaba a Lola frente a sus ojos.

Se ilusiona pensando en que, después de todo, no lo ha hecho tan mal como mayor. Quizás irradió algún rayo benéfico. Su estabilidad ha calmado a las demás, ¿verdad?, su buen humor ha impregnado los momentos oscuros, su falta de acontecimientos ha conseguido una cierta pacificación del entorno (a Ada siempre le *sucedían* cosas, intensamente, qué rara es Ada). Y el papel de intermediaria, se dice Nieves, ése no me lo quita nadie, ¿cómo habrían sido las cosas entre Ada y Lola si desde la infancia yo no hubiese intervenido? O más bien, ¿qué sucedió desde el principio de los tiempos para que acumularan tanta bronca entre ellas? Las innumerables peleas cuando eran chicas (¡eres despótica!, le gritaba Lola a Ada, ¡prefiero ser despótica a ser una consentida de mierda!, le gritaba Ada de vuelta), los miles de conflictos a medida que fuimos creciendo, siempre Luz y yo jugando a la neutralidad, no había otra forma. Era evidente que el corazón de Luz la llevaba siempre hacia Ada, pero era cuidadosa de que Lola no se percatara. Al contrario que ella, piensa Nieves, mi neutralidad era genuina, siempre tuve la capacidad de calibrar ambos lados, para ello resultaba importante ser la mayor, me convirtieron, quizás sin quererlo, en el árbitro de la familia y eso... al menos eso lo hice bien.

Pero, entonces, ¿por qué este complejo de inferioridad? Se pregunta con candor si no será injustificado, también se pregunta por qué el intelecto, tan soberbio y arrogante, ejerce ese poder de intimidación sobre la falta de intelecto, reconociéndose en culpa sólo porque las otras han usado el cerebro más que ella (Ada escribiendo, Lola pintando). Sin embargo, ahí está Raúl, su único marido, la que se casó una vez y para siempre, ahí están sus cuatro hijos, todos de ojos doblemente verdes, los mellizos y las niñitas, como las llama, aunque una ya cumplió los veinte. Nadie podrá negar cuánto se ha dedicado a ellos, cómo los convirtió en el centro mismo de su vida, su actividad medular. A veces teme estar más enamorada de la maternidad que de sus hijos, o más bien de haberse enamorado desde un principio más de sí misma como madre que de los seres de carne y hueso que parió.

Nieves intuye que, al casarse, se arrojó a sí misma fuera de la tribu, o quizás fue la quiebra del aserradero, al sobrevenir casi en simultáneo, tal vez fuese aquel acontecimiento y no otro el que la expulsó. Sea como fuere, el día que ella abandonó el Pueblo todo cambió a su alrededor, nunca más fue el ángel alado, la muchacha de las manos blancas, la figura a la que seguían las menores. ¿Qué sucedió? ¿Por qué parecía que el pasado tuvo un peso y una solidez hoy desvanecidos? ¿Es que lo traicionó exigiéndole tan poco a la vida? (Ada escribiendo, Lola pintando.) Puede que no haya sucedido nada y todo sea su pura idea. Pero ¿conseguiría después de haber partido el papel de Fantine?

Cada uno de los veranos —aquélla no era una actividad invernal, el frío las llevaba a otros quehaceres— tomaban alguna novela, elegida siempre por Ada, y se apropiaban de ella por los tres meses que vendrían, viviendo la cotidianidad casi literariamente, robando otras vidas para crecer en la propia, internándose en laberintos ajenos que les regalaban acción y emociones a las que no tenían acceso. El verano de *Los hermanos Karamazov* fue muy peleado. Por supuesto, Lola, siempre atenta a lo que pudiese representar más allá de los guiones, decidió ser Aliosha.

—Que Nieves sea Iván, y Ada, Dimitri —resolvió.

—¿Y Luz? —preguntó Nieves.

—Dejemos a Luz sin papel y que Oliverio sea el padre.

—Bastante odioso el rol del padre, ¿o no? —Ada nunca se quedaba callada (¿cómo se llamaba el padre?, ¿es que Nieves ha olvidado hasta eso?)—. Dimitri es el hermano mayor —reclamó—, ¿por qué me toca a mí si soy, después de todo, la segunda?

—Porque tú eres la actriz de la familia.

—Entonces, si soy la actriz, quiero ser Aliosha.

—No, Ada, es un personaje muy suave para ti.

Y ganó Lola, como siempre.

Tratándose de personajes masculinos, Nieves era dócil, le daba más o menos igual uno que otro, Iván o Dimitri, está bien, el que me asignen. Pero cuando llegó el momento de *Los miserables*, luchó sin cuartel. De inmediato, Lola quiso ser Fantine, le parecía un personaje suficientemente dramático y sexual y contrastante como para ella. Nadie se oponía a que Luz, con su inocencia y su dulzura, fuera Cossette, y que Oliverio se apropiase de Jean Valjean. En medio de las inteligentes observaciones de Lola para justificar su elección y para manipular a su favor, la mayor intervino, cortante e implacable:

—Fantine seré yo.

Los preciosos ojos claros de Lola se ensombrecieron, pero Nieves no le dejó lugar a réplica.

—Elige, o el comisario Javert o el joven Marius.

—No, Marius es un personaje melifluo, quiero ser Fantine —insistía Lola.

—No, ni lo sueñes —cortó Ada—. Nieves será Fantine, yo seré Javert y tú Marius, si no te gusta, quedas fuera.

—Oliverio te llevará sobre sus hombros por todos los alcantarillados de París, ¿no te parece fascinante? —la alentó Nieves, apuntando a las debilidades de su prima.

—Prefiero que me salve de la calle, me cuide en el lecho de muerte y se haga cargo de mi hija —contestó Lola, muy seria—, eso es mejor que andar por los alcantarillados.

Más tarde, cuando las dos mayores quedaron solas, Ada le preguntó, despacito, como quien no quiere la cosa:

—¿No me cambiarías a Fantine por Javert?

—No, me niego a ser un hombre —respondió Nieves con tono firme, temiendo que le quitaran lo que le había costado obtener.

Ada tuvo que acatar: más tarde Oliverio opinó que el mejor Javert sería el encarnado por ella, te tendré todo el verano persiguiéndome, bromeaba, no podré respirar sin que tus ojos me controlen. Aun así, todas quisieron ser Fantine y ganó ella.

Hubo sólo un verano en que no pelearon: el verano que personificaron *Mujercitas*.

Si hoy jugáramos a las novelas, se pregunta Nieves, ¿me elegirían como Fantine?

El día de ayer fue un día malo. Salió a la calle pateando su autoestima como el perro que, deambulando por las veredas, encuentra tarros vacíos en vez de comida. Cuando esto sucede (reconócelo, Nieves, es cada vez más frecuente), ni mira el diario de la mañana ni se detiene un instante ante el quiosco de la esquina durante el día, como una forma de devolverle la mano al mundo; si éste es tan indiferente con ella, si no la tiene en absoluto en cuenta, ¿por qué no ha de responderle con la misma moneda? Si explotaba una bomba o se descarrilaba un tren, bien, que no contaran con su preocupación ni con su involucramiento ni con su solidaridad.

Se dirigía al supermercado y al estacionar el auto divisó un nuevo café recién instalado en el barrio. Pensó que una acción sorpresiva consigo misma, porque nunca lo hace, sería entrar, tomarse un capuchino a esa hora del día, sola en una mesa, en silencio, permitirle a su mente un rato de divagación y probar a expulsar a los pequeños demonios que insisten en acompañarla. Dudó. Ya frente a la puerta del café el titubeo vino a manifestarse, su mano sujetando la puerta y soltándola, sujetando y soltando, un instante de timidez, un cierto temor, el lugar le quedaría grande, a pesar de los invitantes olores provocativos y hogareños. Retrocedió. Es que ella no está para autoanálisis, de hecho, detesta a las personas que lo hacen, y se pregunta por qué encima los comparten, por qué no se los guardan para sí mismos si son tan aburridos y egocéntricos. Ella jamás haría perder el tiempo propio ni el de otros hablando sobre sus descubrimientos, si los tuviera. Desvestir su mente en público le parece tan obsceno como hacerlo con el cuerpo.

Con paso decidido se dirigió al supermercado, resolviendo cumplir sólo con su deber, o sea, hacer la compra. Entonces, como le ha sucedido muchas veces cuando va por la calle, le vinieron ganas de jugar al juego de la invisibilidad, es un juego simple, se trata sólo de fingir desaparecer ante los ojos de los demás (no vaya a ser que un día se mire al espejo y no se refleje). Y se preguntó, también como se lo ha preguntado con anterioridad, qué mano asesina la ha borrado de esta tierra o si ella misma se suicidó. Nadie me ve, dijo Nieves frente a la fila de carros, puedo caminar por este recinto o entrar aquí al lado, a Almacenes París, dirigirme hacia la sección de perfumería y robarla, todos los perfumes caros que adoro y no puedo comprar, los metería dentro de uno de aquellos elegantes bolsos de cuero y... pues, nada, saldría con ellos, quizás sonaría la alarma, buscarían al ladrón, yo me escabulliría feliz por la puerta llena de Kenzos, Christian Diors y Chanels y nadie podría pillarme, o bien podría acercarme al hombre más guapo y besarlo, a ver, ¿qué hombre guapo hay a la mano, aquí, en el supermercado?, sí, ese que camina hacia los lácteos, ése vale la pena, él se extrañaría, miraría en su entorno pero no vería a nadie, creería que fue sólo su idea, y yo me iría con el sabor de sus labios en los míos.

Nieves, parada frente a la vitrina de los lácteos al lado del hombre guapo, virtual depositario de su beso, tomó unos yogures de sabor vainilla (que sean *diet*, mamá), y mientras los metía al carro pensó que era probable que hubiese acumulado un cierto resentimiento en los últimos días. La semana pasada Raúl estuvo ocupadísimo, una de las empresas para las que trabaja su oficina debía entregar un balance final, lo pidieron a último minuto y él se vio obligado a ocupar horas extras para completarlo a tiempo, y llegar tarde a casa de lunes a viernes. Todas las noches Nieves le dejó la comida en el microondas y se fue a dormir sola, siempre tenía sueño, esperarlo le significaba una tarea titánica. Raulito, desde su condición de hijo casado, no pasó ni una vez por la casa ni llamó, debe de haber estado muy ocupado, y Pedro, en Valdivia —donde ha estado los últimos meses haciendo su práctica de técnico agrícola—, llamó sin encontrarla y le dejó un recado con Maruja, la chiquilla que va algunos días a ayudarla en las tareas domésticas. La mayor de las mujeres, Ana Luisa, que estudia arquitectura en una universidad privada, tenía doble entrega, una de Seminario y otra de Taller, lo que significó no contar con ella para un solo almuerzo, menos aún para una hora de comida. La pequeña Milena, de quince años, se encerró en su habitación todas las tardes con una pila de libros que debía leer para la asignatura de castellano, el profesor les dio una oportunidad para que se pusieran al día a los que no los habían leído durante el semestre y ella, por supuesto, entraba en esta categoría. Y si quería ir al campamento la semana siguiente, debía sacarse una buena nota (por favor, mamá, no me pidas nada ni me hables, debo leer todas estas latas). Pasaron los días con lentitud, raros estos días de tanto silencio, hasta que Nieves cayó en la cuenta de que prácticamente nadie le había dirigido la palabra durante la semana, ni siquiera había recibido una crítica de alguna de sus hijas sobre la ropa que vestía. El teléfono casi no había sonado; estando Ana Luisa fuera de casa y Milena sumida en su sacrificio literario, difícil contar con un teléfono vibrante. Un par de veces interrumpió la lectura de *Sidharta* al abrir la puerta de la habitación de su hija con la esperanza de que ésta le confirmara que estaba viva, que existía, pero no llegó lejos (puchas, mamá, te pedí que no me interrumpieras, ¿no ves que se me va la idea?). Entonces, la mañana del sábado, al levantarse, Nieves se encontró consigo misma y pensó que debía armar su rostro, fijar los ojos antes de que éstos se borraran, sujetar los labios que estaban a punto de desaparecer, pronunciar los pómulos para recordar que aún había huesos bajo el abotagamiento. La última vez que se había concentrado en el espejo, algún tiempo atrás, había sido para cubrir: maquillaje en mano, fijó la atención en cada pequeña marca, antigua cicatriz, erupción, disimulando, tapando, ahora se sentía enfrentada a la orden de destacar, de marcar, y pensó que sus mandatos eran feroces y contradictorios: esconder y realzar a la vez, una tarea extenuante.

Abandonó el espejo.

Volvamos al supermercado. Allí estaba Nieves, como todos los jueves por la mañana. Al terminar la sección de lácteos decidió atacar las carnes y se movió en medio de una niebla somnolienta porque, como de costumbre, tenía sueño, una vez más sentía que le faltaba dormir un par de meses para ponerse al día con el cuerpo, cuando recordó que las niñitas le habían pasado una lista de encargos (son de vida o muerte, mamá, debemos llevar todo eso al campamento). Abrió la cartera y revolvió su interior buscando el papel; al no encontrarlo, alterada, vació el contenido de la cartera insistiendo en que lo había guardado allí, pero fue en vano, la lista no aparecía. Imaginó los ojos acusadores de sus hijas cuando llegara a casa sin los encargos, qué inútil eres, mamá, y se detuvo a mitad del pasillo de las carnes congeladas con terror porque sintió cómo la golpeaba, desprevenida, una nueva sospecha: por primera vez se preguntaba sobre el sentido de traer hijos al mundo. Entregarles la vida, ¿con qué motivo?, ¿por cuál afán?, ¿a cambio de qué? Al haberlo vivido siempre como lo más sagrado para ella, la sola pregunta conllevaba riesgo, y peligraba toda su razón de ser. Sin embargo, en algún rincón oculto, la palabra *entrega*, esa palabra para la cual había abierto los ojos todas las mañanas, empezó a sonarle, sílaba a sílaba, como una palabra hueca, vacía de todo contenido. Pensó que si alguien tuviese la tentación de unir el verbo entregar con compartir o solidarizar, cualquier verbo que implicase a dos, que significase una relación mutua o una interacción, se equivocaría. La entrega tiene sólo camino de ida, es solitaria, solitaria como la falda de tierra, aquella que, a la orilla, expulsa al mar.

De vuelta a casa, luego de guardar meticulosamente toda la compra en los lugares designados y de doblar cada bolsa plástica para usarla más tarde en el basurero, recordó que debía llamar a Lola para acordar detalles del viaje al sur, ojalá no esté ocupada ni en medio de una reunión, rogó callada mientras esperaba que volviera la secretaria, sujetando el teléfono como si éste pudiese escapar de sus manos. Milagro, Lola se puso al aparato y la saludó con un tono de voz que sugería que la había pescado en un buen momento. Aprovechó a su prima, al otro lado de la línea, para quejarse un poco de todo. A los cinco minutos de monólogo, acotó:

—¡Mañana llega Ada y mira cómo estoy de venida a menos!

—Trata de tirar pa'arriba, mujer, que Ada no se anda con rodeos.

—¿Qué quieres decir?

—Nada importante, pero mientras te escuchaba, me acordé de la última vez que vino a Chile...

—¿Y...?

—Es que me preguntó si no te estarías aficionando un poco a los lugares comunes.

—¿Y eso qué significa, Lola?

—No sé, supongo que algo relacionado con tus temas recurrentes.

—¿Qué más te dijo? Sé literal, por favor.

—Más o menos esto: ¿en qué momento se puso Nieves un poco tonta, cuando tenía el material para ser más original y extravagante?

—¿Material? ¿Lo tuve alguna vez?

—Ay, Nieves, ubícate, a Ada casi lo único que le importa es la fecha en que leíste el último libro.

—Pero, Lola, me estás matando con esto...

—Lo estoy haciendo con toda deliberación, Nievecita... con esperanzas de despertarte un poco. Es que en la vida no se trata sólo de ser buena.

(La última vez que nos reunimos todos a comer, aparte de cocinar unos exquisitos ostiones, recordamos el verano de *Los hermanos Karamazov* y Oliverio dio opiniones que me sonaron improvisadas. Dijo: era sorprendente que el papel de Aliosha fuera el más disputado, el menos atractivo de los tres hermanos, a mi parecer. Me aburría y me impacientaba un poco, Iván fue siempre mi favorito. Creo que pelearse por Aliosha era una forma de competir sobre cuál de las primas era la más *buena*. La bondad como la más sublime de las virtudes, ¿no te parece, Raúl, un concepto *demodé*, te imaginas a un grupo de adolescentes actuales peleando por cuál es la más buena? Lo divertido es que de verdad les importaba tanto, como si ellas mismas y no la novela hubiesen sido decimonónicas.

Y Lola, introduciendo un enorme ostión en su bella boca, rió.)

—Lola, ¡quiero volver a ser Fantine!

Ni en la infancia ni en la temprana juventud conoció Nieves el aburrimiento.

El Pueblo era el asilo acogedor y siempre siempre había allí un perro ladrando. Camino al sur del país, antes de alcanzar el verdadero sur chileno, ese majestuoso, potente, dramático, explosión de la naturaleza, había un sur aguado, más cercano y menos verde, menos azul, menos mojado, uno que nunca se estrellaba contra el cielo. Quizás fue su modestia, su absoluta falta de pretensión lo que atrajo al primer Martínez a aquella tierra, quizás su paisaje agreste y un poco árido actuó como reflejo para él; una tierra extremadamente amable, con sus sauces y álamos y zarzamoras humildes, una tierra que, al no ser rutilante, pedía ser amada en el largo plazo. Quizás fueron el río Itata y su caudal los que finalmente lo conquistaron.

(El Itata no lleva en sus aguas la realeza del Danubio ni la historia artística del Arno ni la electricidad del Hudson, pero es *mi* río, el único que tengo, dijo Ada.)

Qué falta de imaginación, Nieves, llamarlo el Pueblo, sí, pero fue ése el bautizo con el que nací en los oídos, posiblemente en el mapa aparezca su nombre oficial, pero no interesa: para nosotros era el mundo y no necesitábamos nombrarlo.

El Pueblo mismo no era más que un par de calles que bordeaban el Itata, y si apareció en el mapa fue porque la línea del tren decidió establecer allí una estación. Uno de los Martínez, algún José Joaquín, cedió parte de su tierra para que se llevara a cabo el proyecto y eso engrandeció el lugar; a la casa del jefe de estación siguió la iglesia, luego la escuela, después la casa del practicante —una pequeñísima posta de primeros auxilios—, y más tarde, el retén de carabineros, confiriéndole así el carácter de pueblo propiamente tal. Por mucho tiempo hubo sólo dos teléfonos, uno donde el abuelo, por cierto, y el otro en el almacén de don Telo (todo lo compraban ahí, las bebidas gaseosas, los géneros toscos para confeccionar vestidos a las muñecas, los lápices a pasta, las galletas zoológico con figuritas de animales secas y duras). Al finalizar estas dos calles, al fondo, sobre una pequeña colina, se alzaba la gran casa de estilo colonial chileno, con sus techos de tejas rojas, sus corredores y su adobe estucado de blanco. La rodeaba un vasto parque, tres hectáreas de salvajismo verde que nunca a nadie pasó por la mente usar con otros fines —como plantar—, quizás porque la pobre naturaleza de ese pedazo de mundo los desalentó. Una hilera de álamos bordeaba el parque enteramente, los angostos centinelas verticales. Todo lo que crecía dentro tenía un cierto matiz de caos verde, aromos, pinos, castaños, ciruelos, perales, cada uno desarrollándose sin ton ni son. Alrededor de la casa, el pasto era tupido y firme. Nieves se sentía bienvenida por él, también por las gardenias y los cardenales, y por los sauces, a los que nunca vio llorar. Pero eran los álamos los que le daban el rostro característico, ellos establecían el más clásico de los paisajes del campo de Chile.

Al amanecer, detrás del parque bostezaban los bosques, delgados pinos duros, jóvenes e infinitos aromaban la tierra y botaban sus pequeñas hijas al suelo, las piñas, las llamaban, Nieves se pregunta si era ése un nombre oficial o lo inventaron ellas, aquellos cascos de madera, hoja a hoja, abriendo sus puntas como alcachofas pardas.

Al costado del parque, donde la tierra adquiría un intenso color de bronce, se situaba el aserradero: allí trabajaba el abuelo, luego la tía Casilda, allí flotaba fino polvo perenne de aserrín, allí se empleaban los habitantes del Pueblo, allí respetaron Nieves y sus primas la tecnología y honraron la disciplina, allí funcionaba el complejo engranaje que les daba el pan de cada día. Y no sólo a ellas, también a los hermanos de la tía Casilda. Ellos nacieron y se criaron en el Pueblo, y vivieron en él hasta la hora de merecer, esa hora preestablecida por toda ruta que se respetara, en la que debían partir a Santiago a estudiar, a casarse, a trabajar. José Joaquín, como hermano mayor, instó a Casilda a partir con ellos, o su destino sería un oscuro matrimonio con un agricultor de la zona. Ella hizo caso omiso, ni partió ni se casó. Permaneciendo al lado de su hermano, no tardó en adquirir un papel protagónico a la muerte de su cuñada. Nieves apenas recuerda a la abuela, desapareció de sus vidas siendo ella muy pequeña, dejándoles sólo una vaga evocación de mujer sufriente y resignada. La resignación era entonces un valor muy preciado (¿no te llama la atención, Nieves, la resignación de la que hacen gala las mujeres en Chile? Cada vez que vengo de visita vuelvo a sorprenderme). La abuela fue atacada por un cáncer y decidió ignorarlo, ni siquiera a su marido le contó de su dolor, el que entregaba enteramente a Dios para la redención de sus pecados y los ajenos. Su silencio avanzaba junto con la enfermedad y se negó a visitar a un doctor. Murió en medio de terribles sufrimientos, pero nunca se quejó, nunca una palabra. Una vez enterrada la abuela, Casilda tomó su lugar y se hizo cargo de la casa grande y su administración, ante el alivio del abuelo viudo. A la muerte de éste, Casilda reinó también en el aserradero. Fue entonces que empezaron a aparecer sus hermanos, los mismos que habían partido a Santiago años atrás. El primero en llegar fue Antonio, brillante ingeniero civil que arruinó su carrera por su afición al trago y que dejó esposa e hijos en la capital, aduciendo que venía por un tiempo a descansar, que estaba enfermo, que su esposa lo cuidaba mal, que, por favor, Casilda, hazte cargo de mí. No se fue nunca más, estaba al borde de cumplir los cuarenta, se echó arriba de una cama y no se levantó hasta el día en que remataron la casa con el aserradero. Un año más tarde llegó Felipe, el abogado de la familia, que luego de pasar un período por la Cámara de Diputados había descubierto que su verdadera vocación no era la política, sino la pintura, y que el único lugar donde podría realizar su arte era en la casa del Pueblo. Sospechosamente, Felipe contaba con treinta y nueve años. Casilda no daba opiniones ni hacía preguntas, sólo se ocupaba de arreglar un nuevo dormitorio. Más tarde fue Octavio, médico de nariz grande y colorada, había dejado a su familia en Santiago por unos días, decidió hacer una visita a sus hermanos porque le aburría la capital, necesitaba respirar aire puro: se quedó para siempre (él sí fue útil, cada vez que se caían del caballo o que les subía la fiebre, Octavio se hacía cargo). Ninguno planteó su ida al Pueblo como definitiva, las mujeres y los hijos los visitaban y tal vez ellos pensaban volver. Lo importante es que nunca lo hicieron.

A la muerte de tía Casilda, cuando los acreedores salieron de hasta debajo de las piedras y descubrieron que el aserradero estaba enteramente hipotecado, Oliverio habló con sus primas: era razonable, no podía ser de otro modo, ¿cómo se explica que tal cantidad de gente viviera sin trabajar, descontando los cheques que tía Casilda enviaba mes a mes, una a una, a las familias rezagadas de los tíos? En cada situación en que ella se veía aquejada de fondos, contraía una deuda, hipotecaba un pedazo de tierra o daba en prenda la maquinaria; lo hacía como la cosa más natural del mundo, en silencio, sin comentarios ni consultas, no tenía por qué dar explicaciones, ella había heredado el aserradero. Cuando a veces pensaba en el futuro de sus cuatro sobrinas nietas, opinaba, total, a las mujeres siempre las mantiene alguien. Y el único hombre, Oliverio, no lo iba a necesitar, era perfectamente capaz de mantenerse a sí mismo, por algo no era la sangre de los Martínez la que corría por sus venas.

Un rubro en el que tía Casilda ahorró dinero fue en el vestuario de sus hermanos: no se vestían. El pijama era el uniforme de cada uno de ellos. El ala izquierda de la antigua construcción colonial era larga, muy larga, y al corredor con piso de ladrillos rojos desembocaban numerosas puertas (en las habitaciones que habían pertenecido a los que ya habían muerto, estas puertas se cerraban y no se abrían más). Al mediodía, Nieves lo recorría esperando el momento en que se abrieran estas puertas y los tíos hicieran su primera aparición, siempre con una bata de levantarse sobre los hombros. Éstas nunca variaban, la del tío Antonio era de cuadros café, la del tío Octavio era verde y azul, la más coqueta era la de Felipe, siempre a cuadros pero roja. Tomaban el sol sentados en las banquetas de madera que se enfilaban bajo el techo del corredor, respiraban un poco de aire fresco, conversaban entre ellos, de repente se oía una risotada, de repente un vozarrón y un grito, Casilda, ¿qué tenemos hoy para el almuerzo?; lo usual era que Cristal, la hija de la vieja Pancha —que ya parecía vieja en esos años—, llevara el almuerzo en bandejas a los dormitorios, en efecto, Nieves no guarda ni una sola imagen de Cristal con los brazos desocupados, toda su tarea en aquella casa era transportar bandejas, ¡y no era poca! Comida nunca faltó en la casa del Pueblo. Una de las actividades favoritas de Nieves era visitar la enorme cocina, un hervidero de gente y actividad, siempre algo cocinándose, siempre la estufa a leña prendida, siempre los olores dándole la bienvenida. Nieves siente hasta el día de hoy una enorme inclinación hacia las cocinas generosas, hacia los anaqueles repletos de frascos: mermeladas hechas con los frutos del jardín, manjar blanco, yerbas secas para las aguas de toronjil, cedrón y menta, el guindao, la mistela, conservas de tomate, cebollas escabechadas, huesillos y ciruelas e higos secos. Sin embargo, el tío Antonio actuaba como si viviese en la carencia. A medida que pasaban los años, fue adquiriendo ciertos hábitos de codicia que sorprendían a sus sobrinas. A pesar de que cada día que no se presentara al comedor Cristal le llevaría una bandeja a la hora del almuerzo y otra a la hora de la comida, a escondidas empezó a visitar la cocina y, tratando de pasar inadvertido, robaba comida para llevar a su habitación, allá al fondo del corredor, y la guardaba sobre su mesa de noche, aterrado de que alguien se la arrebatara. En los comienzos fue una pequeña copa de vino, inofensiva y solitaria. Luego eran las galletas y el queso. Terminó trasladando platos enteros, como si a medianoche se preparase para una bacanal. En la actitud del tío Antonio cuando avanzaba por el corredor, furtiva, hacia el cuarto del fondo, fue acentuándose el sigilo, la aprensión, se agazapaba en cada poste y miraba a los lados como si una jauría de perros hambrientos lo olfateara. Cuentan que, al partir, encontraron el armario de su dormitorio repleto de comida, también de hormigas y de huellas de ratas.

Muy de vez en cuando alguno se animaba a acompañarlos en el comedor, y entonces la conversación era siempre más o menos la misma, tú eres hija de José Joaquín, ¿verdad?, sí, tío, es que se me confunden, tanta chiquilla, todas tan parecidas, entonces Ada y Nieves se miraban ocultando la risa en la boca, ¿era posible confundirlas, cuando una era delgada, menuda y rubia y la otra alta, huesuda y castaña? Al que nunca confundieron fue a Oliverio, el sobrino hombre, ¿y qué piensas hacer cuando mayor?, ¿a qué te vas a dedicar, chiquillo? Las respuestas fueron variando con los años, desde bombero a aviador hasta abogado, muy bien venido lo último, no sólo Felipe, sino algún otro que quedó en Santiago había pasado por la Escuela de Derecho y les parecía de buen tono continuar la tradición.

Nieves conserva nítido el recuerdo de una tarde en que el tío Felipe accedió a mostrarle sus pinturas. Sus horarios eran rarísimos, si alguien se levantaba a las tres de la madrugada podía atisbar la luz en su dormitorio, ¿dormiría alguna vez de noche?, ¿qué sucedía ahí dentro? La invitación exaltó a Nieves, ya que aquella puerta no se franqueaba, menos para estas sobrinas intrusas, y la curiosidad de ellas se agigantaba a medida que pasaba el tiempo, ¿qué pintaba el tío Felipe? Emocionada por el privilegio, hizo su entrada triunfal: ante sus ojos había muchas acuarelas, de distintos tamaños, algunas sujetas al muro, otras en el suelo o secándose sobre un mesón largo lleno de frascos y pinceles que atravesaba la habitación. Todas mostraban la casa y el parque, todas, sin excepción. Entonces, al ver la sorpresa en sus ojos, el tío Felipe le recitó aquella frase del Eclesiastés y a ella le dio mucha pena: «Florecerá el almendro y el grillo será una carga y el deseo fracasará, porque es largo el camino del hombre hasta llegar a casa.»

Para Nieves, la peor, la más horrorosa de las sensaciones era llegar a Santiago después de vivir tres meses en el Pueblo. El concepto de transición adquirió legitimidad ante la certeza de que nunca deberían haber cruzado directamente desde un lugar a otro, requerían de un tiempo determinado —un intermedio— para atravesar ese espacio de sur a norte, un momento atemporal para descomprimirse: cada una de ellas acarreando sobre los hombros una sensación de campesinas inadecuadas, descolocadas frente a la gran ciudad, quemadas groseramente por el sol inclemente, con la piel manchada por la lengua de los perros y por el viento, las rodillas siempre arañadas por la zarzamora o por los gatos, y los inevitables moretones en los brazos y en las piernas producidos por las rocas del río o las caídas del caballo, envileciendo con su solo aspecto cualquier convención de lo femenino. Ellas tardaban en dar con el tono requerido por Santiago, de la noche a la mañana obligadas a ser otras, en cuerpo y mente. Nieves recuerda el dolor en la boca del estómago cuando el tren se acercaba a la ciudad, cuando divisaba las primeras poblaciones urbanas, secas, sin verde, tan pobres y tristes. Expulsada del cielo —la realidad del Pueblo era tan larga—, se sentía ajena, fuera de lugar, y odiaba la capital. El tío Antonio le habría dicho, pero no importa, chiquilla, si nada importa porque igual te vas a morir; imposible cualquier sensación de futuro al lado suyo, su conciencia de la brevedad de la existencia era tan aguda, persistente y continua que nada alcanzaba a valer la pena. Nieves cree que por algo los seres humanos no retienen en la conciencia el concepto de la muerte, si ésta fuese permanente, ¿cómo vivir, entonces? La excepción a la regla era el tío Antonio. Era un pesimista profesional, ¿un depresivo irredento?, se preguntaría Nieves más tarde. Cuando las veía vacilar —a sus sobrinas— les decía ¿cómo no vas a dudar de la vida si aún no sabemos para qué sirve? El motivo central de su aprensión era la sensación de futilidad, del tiempo que todo lo consume. Ninguna empresa humana alcanza a valer la pena, era su díctum. *Todo es perecedero*. Ni una carta escribía, ¿para qué?, decía él, toda acción está destinada al fracaso, toda, si nos vamos a morir.

En Santiago, Nieves se sentía sola. Ada, Lola y Luz partían a sus respectivas casas, a sus dormitorios exclusivos, a las toallas secas en el baño, a sus padres que nunca entendieron demasiado lo que las ligaba a la casa del abuelo. Sin embargo, Nieves reconoce en Ada la tristeza más honda. A Lola le resultaba más llevadero: era tan amistosa, eran tantas sus actividades sociales, tantos los pretendientes que desde adolescente revoloteaban en su entorno (los jotes, les decía Oliverio, Lola y sus innumerables jotes), poseía una capacidad de adaptación tan extraordinaria, que cuando Santiago le abría sus brazos, ella, aunque coquetamente se hiciese esperar, terminaba por entrar contenta en ellos.

Pero no resultaba igual para la segunda de sus primas. Fue mucho después que Nieves comprendió: Ada odiaba los trenes porque todo tren era una separación que tras el regreso se volvía pérdida.

La casa del practicante fue construida frente a la línea del tren, a pocos metros de la estación. Los que conocieron al practicante anterior afirman que ésta se mantenía exacta a pesar del cambio de sus habitantes: era enteramente de madera, y a través del barniz conservaba ese color café claro, un rubio castaño que a Nieves sorprendía, pues era la única casa de madera que conocía. Olía siempre igual, una mezcla de temperatura, ¿huele el calor?, de alguna comida dulce en el horno y de cera y ropa limpia. La verdadera fascinación de Nieves no era la madera ni el olor, sino Silvia, la hija del practicante. Tenía su misma edad y sus tiempos en el Pueblo coincidían; ella estudiaba en la ciudad más cercana, vivía durante el año escolar en casa de parientes, para volver donde sus padres a pasar las vacaciones. En el Pueblo sólo había una pequeña escuela para la educación primaria, una escuela insuficiente que muchas veces quedaba sin su único profesor.

Para sus habitantes, todos campesinos, bastaba, pero no así para la familia del practicante (tía, ¿qué significa *clase media baja?*, Casilda se quedó pensando un momento y respondió escuetamente: el practicante). Silvia sabía coser, había una máquina en su casa y le enseñaba a Nieves a hacerles los vestidos a las muñecas. Para Nieves era mágico que el pequeño trozo de tela barata y tosca que ella compraba en el almacén de don Telo se transformara a través de las manos de Silvia en una prenda de vestir (tía Casilda nunca tomó una aguja). Le gustaba mucho que la invitaran a almorzar, lo hacían de vez en cuando y los platos le resultaban tan sabrosos, cocinaban con cebolla y con ajo y condimentos casi desconocidos para ella, además, las porciones eran más generosas que en la casa grande. (Cuando apareció Eusebio, el primo de Silvia, Nieves lo observó comer: era un energúmeno, un ser hambriento como lo sería un prisionero de campo de concentración recién liberado, casi no tragaba para poder engullir más y con más prisa, nadie lo reprimía; con los ojos fijos en él, Nieves juró nunca demostrar un hambre como aquélla frente a un testigo, bajo ninguna circunstancia, entonces decidió, por si acaso, comer un poco en casa antes de llegar al lugar de cualquier invitación. Con el tiempo, por cierto, fue olvidándolo, como se olvidan todos los gestos inútiles. Al fin y al cabo, ella nunca, nunca ostentaría un hambre como aquélla, la del pariente del practicante. Conoció entonces el concepto de avidez y lo ligaría para siempre a Eusebio.) Silvia iba poco a visitar a las primas, como si sutilmente dejase la relación en manos de ellas o como si no le gustase particularmente aquel lugar. Un día Nieves dio con la respuesta: si se presentaba Silvia a la hora de la comida, quizás tía Casilda se confundiría y no sabría si dejarla en la mesa o enviarla a la cocina. Era una muchacha morena, muy delgada, sus ojos eran oscuros y pequeños, casi sin expresión, tenía cara de innegable ordinariez, de esas caras que se cuelan sin que los ojos la retengan, sin inundar, ni por un minuto, las retinas. Se partía el pelo en el centro de la cabeza con una raya muy tirante, y lo amarraba atrás en una larga cola de caballo. Su facha era graciosa, a veces caminaba en la punta de los pies, otras como una gacela. Cuando empezó la adolescencia y con ella la obsesión por las dietas y el peso, envidiaban los huesos delgados de Silvia, esa estructura corporal minimizada, sin ninguna presencia pero que nunca la atormentaría.

Silvia, como Nieves aprendió más tarde, odiaba el Pueblo. Cada riel del ferrocarril que atravesaba su vista por la ventana del dormitorio se convertía en una larga perspectiva, en una medida exacta de las posibilidades inherentes al movimiento, de las cercanías del mundo exterior que escapaban a su perspectiva. El tren, aunque se detuviese infinitas veces para hacerlo, llegaba hasta la capital y era ésa la dirección de sus ojos. Riel a riel, durmiente a durmiente, el Pueblo la sofocaba, su estrechez le quitaba el respiro como la cuerda en el cuello de un ahogado, su único anhelo era abandonarlo en cuanto la vida se decidiese a otorgarle ese regalo. Pero, no, qué va, ella tendría que forjarlo, nadie se lo regalaría. Todo lo bueno que le deparase el futuro dependía de ella, nada de antemano, nada, nada gratuito. Si entonces sentía envidia de Nieves y de su destino posible, no lo demostró hasta muchos años más tarde, cuando las calificó a todas como unas decadentes (tiene toda la razón, había dicho Ada al enterarse, nadie más decadente que todos nosotros, criados sobre bases que hoy no existen, con familias antiguas que derrocharon todo el patrimonio, con herencias que nunca llegaron a nuestras manos. Fuimos los dueños de la tierra, hoy totalmente empobrecidos. No somos los únicos y he ahí la gran venganza de los emergentes como Silvia. ¿Recuerdan cuando me acusó de tener la sangre cansada? Pues la de ella es una fuente inagotable de energía. Si para ella el Pueblo significó la asfixia, para nosotros fue la protección, y ¡miren cómo nos ha ido! Si nuestra gran fantasía es volver a él, la determinación de ella es no pisarlo más).

A veces, en algunos períodos de vacaciones, no en todos, llegaban de paseo a la casa del practicante los parientes con quienes Silvia vivía durante el invierno, Nieves no está segura de si eran realmente sus primos o sólo amigos de sus padres, la palabra pariente se usaba liberalmente por aquella zona. Recuerda bien el primer verano que llegó Eusebio. Aunque no le interese recordarlo, las imágenes no se borran a voluntad, si así fuese, las memorias serían siempre color de rosa. Nieves no olvida la antipatía que le produjo el muchacho, no había en él ni un solo rasgo de humildad como la que se imprimía en los rostros de los campesinos de los alrededores, ni tampoco el respeto sobrio y distante que percibía en el practicante y su familia. Algo en Eusebio la inquietaba. Tiene las caderas anchas, dijo Lola al verlo por primera vez. Nieves le temía —aún le teme— a todo lo que fuera diferente de ella, la diversidad le producía pavor. Hasta a los pobres —los pobres ajenos al Pueblo— les tenía miedo, porque no los conocía. No se detuvo a analizar esta inquietud, sólo constató que no le gustaba y así se lo comentó a Silvia más tarde, ante el asombro y el desconcierto de ella, que no entendía la razón. A pesar de su pelo rubio y de sus líneas curvas, los ojos de Eusebio no quedaron fijos en ella, sino en Ada, desde el primer momento. Nieves se enojó mucho cuando constató el tipo de miradas que el muchacho le dirigía a su prima, y más aún cuando sospechó que Ada, disimuladamente, le seguía el juego. No es feo, le comentó Ada más tarde. Ése no es el punto, tiene algo repelente... ¿Como qué? Nieves no supo explicarse y perdió validez su punto de vista. Dos veranos más tarde —el mismo en que llegaron los gitanos—, cuando se enteró de que Eusebio iría otra vez de visita, Nieves apartó a Ada en un rincón del dormitorio y, procurando que Lola y Luz no la oyesen, le pidió que no lo tomara en cuenta, que ni siquiera lo viera. Ada no le hizo caso, sólo se largó a reír, ¿qué importa, Nieves?, ¿cuál es tu obsesión con ese pobre gallo? Por cierto: lo vio. Cuántas veces a través de los años Nieves ha vuelto a ese momento, al dormitorio de la casa grande, a Lola y Luz en una esquina jugando, a ella apartando a Ada para hablarle. Fue el último momento en que pudo haber influido. Si Ada la hubiese escuchado... a veces se pregunta cómo no acudió a Oliverio, sabido era en la familia que Ada, tenazmente inquieta y rebelde, sólo escuchaba a Oliverio. A ella, a Nieves, la quería, la quería hasta el infinito, no tenía dudas, pero debe reconocerlo: nunca le hizo caso. Y cuando Oliverio la rescató del campamento de los gitanos, ese último minuto del atardecer en que Oliverio entró al comedor con una especie de bulto a sus espaldas —como Jean Valjean con Marius en los alcantarillados, dijo Lola más tarde—, Nieves tuvo la finura de no echárselo en cara, de llevarla al dormitorio suavemente. El cielo se partía por la mitad: Nieves rememora la franja que separaba los enormes paños de oscuridad. Quiero a Oliverio, cállate, Ada, haz lo que te digo. La franja aquella era de fuego, rojo anaranjado con furiosas manchas violetas que luego se difuminaba, muy lenta, en una pincelada rosa que a poco se transformaba en un verde agua. Llévame a la pieza de Oliverio, cállate, Ada, haré como si no te escucho y me lo agradecerás. La acuarela más delicada sostenía el fuego rojo que por su propia fuerza convertía el azul de arriba y de abajo en negro im-

48

penetrable. Llama a Oliverio, no, estás bien conmigo, Ada, yo te cuidaré. Era un atardecer en el Pueblo y justo antes de la noche, justo antes de esta visión aterradora, se suspendió en el cielo una delgada línea roja entre el negro de la noche nueva. Le preparó una tina caliente, la ayudó a quitarse la ropa, tan sucia la ropa, el olor de su cuerpo era desconocido, ese olor de los que no se bañan, olor a grasa rancia, la que se ha adherido luego de muchas horas, de días, y más tarde le puso la mano en la frente y, acariciándole el pelo, logró que se durmiera. Una línea roja muy delgada quedó en el cielo. Raúl comía a su lado en el amplio comedor de la casa del Pueblo, tía Casilda presidía bajo las enormes lámparas de bronce, se conversaba como de costumbre, como si nada sucediese, como si dos puestos en la mesa no hubiesen quedado vacíos; Raúl no se daba por aludido, y daba la impresión de que su amigo Oliverio sólo había decidido salir a pasear abandonando a su invitado, y Luz, la pequeña Luz, decidió contar una historia para distraerlo, una historia de médicos que se habían agrupado en algún lugar de Europa para ayudar a los pobres en África que no contaban con centros de salud, y le detallaba el testimonio de un joven francés que volvía de Kenya, o del Congo, ya no recuerda, y Luz logró mantener la atención de Raúl, Luz, siempre cortés, Luz, siempre tapando las espaldas de Ada, Luz, siempre solidaria con las acciones de su hermano Oliverio. Entonces se abrió la puerta grande que daba al corredor, se abrió abruptamente, algo resonante y estruendoso, como si por fuera la hubiesen pateado, y vieron a Oliverio, los ojos de Oliverio, ¿cuáles ojos estaban más afiebrados, los de Ada o los suyos? Ada colgaba a sus espaldas como inerte, aferrada a él por el cuello, así debió de haberla recogido al bajarla del caballo. Oliverio tenía puestas las botas de montar y su huasca de cuero colgaba de la

49

cintura. Nieves no logra olvidar el pelo de Ada, la grasa, la suciedad, mechones divididos en gruesas líneas, separadas entre sí, colgando sobre una blusa que alguna vez fue blanca, una blusa blanca camisera, abotonada delante, cada botón en su lugar, se fijó en ese detalle, ¿por qué un cuerpo tan dejado de la mano de Dios traía cada botón tan bien abrochado? Raúl hizo como si no viera, no abrió la boca. Tampoco a tía Casilda le dio tiempo para hacerlo, se llevó a Ada de inmediato y entonces la siguió Nieves, y Oliverio detuvo a Lola cuando quiso levantarse de la mesa, tú no te mueves, su orden fue absoluta, tanto como para inmovilizarla. Lo único que alcanzó a preguntar tía Casilda cuando los vio entrar fue ¿dónde estaba? En el campamento de los gitanos. Sí, eso lo oyó Raúl, las primas también. Como amplificada, la información llegó a los cuatro vientos, la vieja Pancha llegó desde su casa —al la-dito, era la casa del cuidador— con hierbas de distintos ti-pos, los tíos salieron de sus dormitorios, ¿con los gitanos?, pero cómo... ¿es que se volvió loca esta niñita? Y ¿qué ha-cía con los gitanos? Tía Casilda los silenció a todos y llevó al tío Octavio, el médico, de nuevo a la pieza de Ada, como lo había hecho tres días atrás, para que la revisara. Al cabo de un rato salió el tío Octavio diciendo, sólo está sucia, que alguien la bañe. No se tocó más el tema. Ada no apareció a tomar el desayuno a la mañana siguiente pero sí lo hizo a la hora del almuerzo, en silencio, sin nin-guna actitud impropia, comió poquísimo y sólo a los pos-tres anunció que se iba a Santiago, Oliverio dijo que se iría con ella, entonces es el fin de las vacaciones, dijo Lola furiosa, no, respondió tía Casilda, de aquí nadie se mueve, ya tomé las medidas del caso esta mañana. Aquí no ha pa-sado nada. Aquí no ha pasado nada. Como con los perros. Cuando los perros morían, los reemplazaban por otros de su misma raza y al nuevo lo bautizaban con el mismo nombre del muerto. Así, la muerte pasaba de largo. La muerte no existía en la casa del Pueblo.

Como por arte de magia desapareció Eusebio ese verano. Silvia no quiso dirigirle nunca más la palabra a Nieves.

Aunque las vacaciones no se interrumpieron y a Nieves le dio tiempo para conquistar a Raúl, nada fue igual a partir de esa noche. Tampoco lo fue en el futuro. Por cierto, no tenían cómo saber que sería el último verano en el Pueblo, el último también de tía Casilda, ¿cómo sospechar que ese roble podría eventualmente quebrarse? También se quebró el país, era el año 1973. Nieves siente que lo único positivo que sucedió a partir de ese momento fue su matrimonio, todo el resto, teñido de un negro amargo: Ada estudiando en el extranjero, Luz terminando el colegio para partir a África, Oliverio en manos de los militares, en los calabozos de los militares, Lola trabajando a sol y a sombra para poder estudiar. Ella y su matrimonio como el único rayo de luz.

Aún no ha sonado el timbre, Lola está un poco atrasada, sólo cinco minutos, no importa, si llegan varios aviones a la misma hora será lento salir con las maletas; en todo caso, esta faceta de Lola, su impuntualidad, no se aviene con la fachada de economista eficiente, a la antigua Lola, a la estudiante de arte, nadie se lo habría echado en cara, ¿o estoy pensando puros convencionalismos?, se pregunta Nieves. Para aprovechar el tiempo —el ocio no figura entre sus lujos posibles— decide dejarle preparado el desayuno a Ana Luisa, pobrecita, entra a clases a las ocho hoy día, vuelve a la cocina, no es su destino cocinar un solo desayuno, abre el refrigerador y saca una caja de *hotcakes,* recién llegaron al país, nadie come estas cosas aquí, pero Ana Luisa se averiguó que eran muy buenos y se los ha pedido, para un día domingo, mamá, cuando tengas tiempo y ánimo para preparármelos. Se asoman por la caja abierta unos sobres de papel celofán con una delgada masa redonda dentro, y Nieves toma uno para abrirlo, pero por más empeño que le pone, no llega a realizar la acción. Estira un costado del papel para romperlo, pero éste se escapa. Lleva los dedos al otro costado y sucede lo mismo. Insiste, toma la pequeña bolsa transparente por cada ángulo posible pero el papel se niega a ser rasgado. Piensa, ampulosamente, que la envaseología se ha vuelto un problema, una enemiga que acecha desde diferentes ángulos, una torpeza para su cotidianidad. Sus dedos son normales, reflexiona observándolos, también sus reflejos y sus neuronas, sin embargo, cada día siente que son más los envases que le están vedados. No puede abrir el plástico de un CD, ¿a *alguien* le resulta fácil romper el envoltorio transparente de un CD?, el sobre de ketchup en un restaurant de *fast food* o la *vinagrette*, la tapa del frasco de la mostaza, el corcho de una botella de sidra, la cápsula plástica de alguna medicina, la lista es larga, se abochorna de sí misma, como si fuera una pelea a muerte con los elementos de la naturaleza y no con objetos que fueron diseñados por seres humanos para ser abiertos por sus semejantes, el mismo encono. Ya lo abrirá, antes decide leer las instrucciones en el reverso de la caja, ella nunca ha vivido fuera de Chile, nunca ha desayunado *hotcakes,* pero las letras se le escapan, borrosas, totalmente difuminadas. Por la mierda, los anteojos, ¿dónde dejé los anteojos? Haz como la tía Casilda, le ha aconsejado Lola mil veces, cuélgatelos de una cinta por el cuello. No, por favor, si no soy costurera... prefiero comprar un par por semana que entregarme así a la vejez.

La imagen de esas cintas o cadenas colgando desde las

orejas deprime a Nieves, aunque reconoce que es la única forma de conservar los lentes a mano. Es que a tía Casilda no le importaba nada la apariencia de las cosas, menos la suya. Así como el pijama era el uniforme de los tíos, el hábito café era el de ella. Para ser exactas, no era un hábito: ni vestido, ni bata, ni leva, era un engendro de color marrón, de lana en invierno, de algodón en verano, largo hasta la mitad de las pantorrillas, abierto al frente y sujeto por un cordón en la cintura, ¿de dónde lo habrá sacado?, ¿quién pudo diseñar una prenda tan poco sentadora? Cuando hacía frío, lo cubría con un largo chaleco tejido a mano del mismo color. La enorme figura de tía Casilda, siempre al aire libre, despierta a sol y a sombra, ancha y alta, recia, trabajando sin descanso con su bastón en la mano derecha (las fuerzas que no se usan se pierden, chiquillas, ¡despierten!). Un adefesio, opina Lola, un perfecto adefesio. Mantuvo su cabello siempre muy corto, una línea cuadrada a la altura de la nuca, un corte varonil, sin ninguna pretensión (como yo, acota Ada). Sus zapatos también eran masculinos, siempre bajos, con cordones y áspera y vigorosa suela de goma. Qué cómodos debían de ser, tan cómodos como feos. Es raro que nunca hubiesen detectado en ella el más mínimo rasgo de coquetería. Nunca oyeron de labios de tía Casilda una palabra en diminutivo, tan típico de las mujeres del país, por lo que supusieron que toda su articulación mental era diferente. (Era tan amachotada, comenta Ada muchos años después, ¿no sería lesbiana? Ay, Ada, no me arruines los recuerdos, fue la inmediata reacción de Nieves, tú también lo eras, y disparatada como ninguna, y mírate.) Se lavaba el pelo una vez por semana —¿cuándo empezaron las mujeres a hacerlo todos los días?— e instaba a sus sobrinas a acompañarla, lo que implicaba toda una ceremonia. Arrancando la rama del árbol del jardín, hervían el quillay en grandes ollones de greda, luego lo vertían en antiguos lavatorios de loza —Lola guarda uno en su baño, alcanzó a rescatarlo—, todos blancos, con pequeñas flores rosadas y celestes pintadas a mano en sus bordes, y los instalaban al aire libre. Llegaba Cristal, la más fiel de las personas que servían en la casa, y empezaba la función, como títeres cada una de las cabezas doblándose abruptamente hacia el agua de los lavatorios. Tía Casilda tenía olor a limpieza.

Si alguna vez esta mujer adujo querer a la humanidad, se referiría a la Humanidad con mayúscula y no a la cotidiana, la real, la que inevitablemente nos rodea. No hay duda de que odiaba a los seres humanos de carne y hueso, a todos salvo los del Pueblo. El mundo exterior era para ella inexistente, no lo necesitaba como estímulo ni como reflejo, tampoco lo requería para mirarse ella en él. No era, por cierto, una persona sociable. ¿Nunca se sintió sola?, ¿es que alguna vez tuvo la tentación de probarse a sí misma más allá de sus álamos guardianes?, ¿dónde encontró esa tenacidad para guardarse, para ser autosuficiente, para aplacar cualquiera de las miles de ansiedades que produce participar activamente del mundo? Parecía que nunca temió verse a sí misma como a una rezagada. Las primas suponen que su tía rehusaba mirar de cerca sus sentimientos, creando en su entorno una capa de protección, como si desvelar las telas la pudiese cegar. Fue su opción. Quizás uno de sus problemas radicaba en no soportarse a sí misma de cara a los demás, algo en su interior la inquietaría, la haría sospechar si la enviaban a representar la comedia de la sociabilidad (sí, Nieves, reconócelo, la vida social es eso, una infinita comedia, larga, mentirosa y extenuante). Quizás temió soltar las riendas, las que manejaba tirantes y seguras dentro de los límites del aserradero. A lo mejor no aprobaba la actuación de esa mujer, a quien podría eventualmente dejar de controlar: ella misma. Quizás su inteligencia se lo dijo cuando aún estaba en condiciones de decidir, cuando su sustancia era aún maleable, pues, al pasar los años, debió de caer en la cuenta de que era muy tarde y se marchitó, se marchitó.

A punto de soltar la imagen de tía Casilda, Nieves se pregunta por el significado que la palabra *seducción* habrá tenido para ella, intuye que la respuesta es ambigua y quisiera averiguar sobre el legado que en ese campo dejó su bisabuelo José Joaquín a Casilda, su única hija mujer. Porque Nieves no alberga dudas de que la primera escuela de seducción de las mujeres son sus padres: el mío, piensa, el mayor de los Martínez, era un hombre desaprensivo, lejano, nada lo rozaba demasiado, por cierto, nada lo saturaba. Todas mis energías infantiles se aglomeraban en torno a un gran esfuerzo: conseguir su atención. Tempranamente aprendí a desplegar encantos que, más tarde, como un larguísimo ciempiés, reptaron anchamente hacia otros centros. Entre mis primas, sólo Lola comprende bien esta experiencia, por ser el carácter de su padre similar al mío: de allí nació esa sabiduría instintiva y profunda que posee de cómo agradar al otro, no importa de qué otro se trate. Ada, con un padre distinto, más concentrado que la mayoría de sus hermanos, no debió de usar sus dotes imaginativas en esa dirección. Hoy, que todo pongo en duda, me pregunto si fue mejor su escuela o la mía.

Nieves cierra la puerta del refrigerador sin haber logrado abrir el envoltorio de los *hotcakes*. Mejor así. Mira furtivamente el reloj, ¿y si aún alcanzara? Quizás el atraso de Lola le dé tiempo para liberar los recortes del diario debajo de la máquina de coser, escondidos entre géneros y bolsas plásticas dentro de un estante de la despensa. Camina en puntillas —relájate, Nieves, nadie te ve, puedes sumergirte en tu vicio a gusto— y, como un ladrón agazapado en la oscuridad tratando de presentir los sonidos acusadores, alcanza la puerta de la pequeña despensa ubicada dentro de la cocina. Nieves lo pensó mucho, ¿dónde esconder mi material en una casa pequeña y promiscua donde nadie respeta la intimidad ajena? La despensa le pareció el único lugar posible, nadie abría esa minúscula puerta, donde sólo se encontraba el canasto de la ropa sucia, la tabla de planchar, las bolsas de basura, los detergentes y la oxidada máquina de coser que ella aún insiste en usar de tanto en tanto. Ha prohibido a Maruja, la muchacha que trabaja en su casa un par de horas mañana por media, tocar su reliquia. Pero no es la máquina lo que le importa, sino lo que guarda bajo ella: sus carpetas de recortes ordenados cronológicamente.

Sumergida en el silencio del amanecer de su hogar, toma asiento en el único piso que cabe en la cocina, y con una de las carpetas en las manos, avanza por las páginas hasta llegar a su objetivo. Aun en la severidad del blanco y negro, la letra impresa la inunda de placer.

Asesinato
CRIMEN CONMOCIONA A RAPA NUI

Antes de zambullirse en la lectura, se permite un corto instante de divagación para preguntarse a qué extraño capricho se debe que la Isla de Pascua sea chilena.

Consternación ha causado en la Isla de Pascua un crimen pasional que tuvo como protagonistas a un matrimonio de nativos. Los hechos ocurrieron ayer cuando por motivos sentimentales Albertom Tepihi Aotus, de cuarenta y tres años, artesano y agri-

cultor, apuñaló en varias ocasiones a su esposa, María Ika Paka-
rati, de treinta y cuatro, trabajadora municipal, y la dejó grave-
mente herida.

Al cabo de minutos de ocurridos los hechos, la mujer, madre
de cuatro hijos, fue trasladada al servicio de urgencia de Hanga
Roa, donde dejó de existir a las 10.30 horas.

Desde mediados de la década de los años ochenta, según re-
cuerda la policía, no se registraba en la isla un hecho de sangre.

Con voracidad, Nieves analiza los hechos largamente
explicados en los párrafos siguientes, deteniéndose concentrada en los móviles. De los tres mencionados, elige el
que a ella le hace más sentido: la posible infidelidad de la
esposa con un sobrino del propio marido. La crónica roja
está activa: la noticia de Rapa Nui pelea estos días centímetro a centímetro el espacio y la curiosidad de los lecto-
res con una jueza que descubre una red de pederastas,
con la policía citando a un ex oficial de la Fach por el crimen de un abogado y por el asesinato de un joven enamo-
radizo en manos de una patota en el sur («Ultimaron a
galancete por cargoso», titula *La Cuarta*).

Nieves decide que el más interesante es el de Rapa Nui,
el tercer asesinato en la Isla de Pascua en ciento veinte
años, esto es fenomenal, se dice, merece destacarse sobre
los otros sólo por eso, y también por razones geográficas,
agrega. Mientras sigue analizando los numerosos detalles
de las puñaladas y las heridas autoinferidas, un pedazo de
su mente se pregunta cuándo llegará el día en que sus hijos se casen y pueda confesarle a Raúl su gran pasión y se
inscriba en la Escuela de Investigaciones para convertirse
en una detective real, quizás hasta llegue a destacarse con
su instinto y descubra a un asesino serial o atrape —con su
inteligencia, no con sus manos— a una banda de narcos.
¿Seré una vieja decrépita a esas alturas? No importa, puede

ofrecerse ad honórem... qué apasionante se volverá la vida entonces. Quizás hasta Ada reconocerá algo de aquel *material extravagante* que anunció alguna vez en su juventud.

Ya ha sonado el timbre. Nieves se apresura, guarda bien sus carpetas bajo las bolsas de las costuras y se dirige al living, donde toma su pequeño maletín preparado la noche anterior, su cartera y la bolsa con el picnic (ni sueñes que te vas a librar de hacer el picnic, los tuyos son los mejores; no seas ridícula, Lola, si ahora el Pueblo está a sólo cinco horas de Santiago, cinco horas y media, ya no vale la pena, además, con todos los servicentros que hay en la carretera... no, me niego a parar en la Esso o la Shell, cuando chicas siempre llevábamos picnic, seamos fieles a las tradiciones). Claro, cuando chicas, el viaje demoraba un día entero, rumiaba Nieves al trozar el pollo en pequeñas porciones para hacer la pasta y mezclarlo con el pimentón. De todos modos, Ada adora estos sándwiches, dice que sólo los hacen en Chile.

(Mail de Ada:
Lista de nostalgias, casi todas culinarias, a pesar mío:
1 - los erizos
2 - el sur
3 - los hot dogs *del Dominó*
4 - hablar en mi propio idioma
5 - las empanadas fritas de queso
6 - Santiago en las tardes de primavera
7 - los ave palta y los ave pimiento
8 - los taxistas chilenos
Y ustedes, siempre ustedes.
P. D. El orden de los factores no altera el producto.)

¿Metió el pijama al maletín? Por el citófono le grita a Lola que bajará de inmediato, pero antes lo abre: efectivamente, lo ha olvidado, ¿dónde tiene la cabeza, si era casi lo único que tenía que guardar? Entra a su habitación sigilosa, caminando en puntillas y abre su clóset, no ve casi nada por la oscuridad, busca algo afanosamente hasta dar con ello. Bravo, helo aquí: el pijama que le regalaron Ada y Lola cuando cumplió cuarenta años, no, ni soñar con encajes negros, gasas transparentes o corazones en raso rojo, nada sexy, era el clásico pijama de franela, rayado en azul y celeste, igual que el de los tíos. ¡Eres la primera de nosotros en llegar a esta edad, te puede servir, bella! (ninguna mujer entre los tíos, ninguna echándose en una cama al cumplir los cuarenta). Se divierte con anticipación imaginando la risa que les dará a sus primas verla con aquel pijama, el que guarda sagradamente. No sabe por qué le viene a la mente entonces aquel mail que envió Ada para su último cumpleaños, a Lola le hizo tanta gracia.

Desde la distancia, te envío la lista de las cosas que ya no te pasaron en la vida, para que no te agites buscándolas:
1 - nunca jugaste un blackjack *en Las Vegas*
2 - nunca te vestiste de lentejuelas
3 - nunca tuviste una amiga lesbiana
4 - nunca resolviste un crimen
5 - nunca participaste en un ménage à trois
6 - nunca te subiste a un escenario
7 - nunca hiciste una peregrinación a Tierra Santa.

Nieves apaga la luz de la sala y cierra la puerta de su casa. Lola la espera. Entonces, como una ráfaga, vertiginosa y certera, viene la pregunta: ¿cuál fue el mundo idílico? Si lograra introducirse dentro de una cápsula y detener el tiempo, congelándolo como en una vulgar película, se preguntaría: ¿cuál fue ese mundo, aquel donde todo era posible, donde residía la seguridad y los horizontes infinitos? Frente a su propio silencio, cambia la pregunta: ¿cuándo se acotaron los horizontes? El mundo se acota cuando llegas a todos los confines y no encuentras el secreto.

2. JO O LA MANZANA PROHIBIDA

Tánger, setiembre de 1996

*"Wouldn't it be fun if all the castles in the air
which we make could come true, and we could
live in them?"*

Jo, capítulo 13, *Little Women**

—¿Ves esa tierra, Ada?
   —Sí, abuelo.
   —¿Alcanzan tus ojos los confines?
   —No, abuelo.
   —Es porque no los hay. No para tus ojos. Mira bien:
todo esto será tuyo un día.
   —Sí, abuelo.

Por verdadero milagro estaba viva, ella, que nunca coqueteó con la muerte, ni siquiera por sus orillas. Al cerrar
la puerta de su departamento en Bruselas, el peligro pre-
sentido apelaba a su tumultuoso interior, a esa complica-
da fusión que a veces hace el intelecto cuando decide
confundirse con las ingobernables emociones, pero nunca, nunca pensó que estuviese en juego el cuerpo. Su decisión de abandonar esa casa, esa ciudad y ese hombre fue
insobornable, una demostración inicial de su fortaleza, de

---

   * ¿No sería fantástico que todos los castillos que hemos hecho en
el aire se hicieran reales y pudiéramos vivir en ellos? (Jo, capítulo 13,
Mujercitas.)

63

que la vida no estaba hecha sólo para vivirla aceptando sus resoluciones, sino para gozarla y quebrarle la mano cuando ésta se empecinara en solapadas manipulaciones en su contra. Ni un día más de impenetrables cielos negros, de lluvia continua mordiendo con cada una de sus agujas, ni un día más de frases banales envueltas en rígidas y heladas superficies de formalidad, ni un día más de ansiedad ante el atardecer, ante el temor de que la luz y ella se disolvieran juntas. Fue durante aquella cena, la noche anterior, cuando comprendió que había llegado el momento, ahora o nunca habría dicho el lugar común, ya sentada a la elegante mesa del embajador, en la punta de la mesa, siempre le tocaba ese puesto, a trasmano, con los invitados más aburridos a los que no sabía de qué hablarles, rompiendo así el objetivo mismo de la mujer de un diplomático. Le dolían los pies dentro de los tacones, furiosa dentro de los tacones que le regaló Juan Carlos porque ella no tenía un solo par cuando lo conoció (el charol reluciente para Nieves, Nieves era tan linda, y el charol brillaba en ella y la reflejaba), las cenas en las embajadas no habían hecho parte de su rutina con anterioridad, no tenía cómo imaginarlas siquiera (el mundo diplomático te abrirá puertas, Ada, Juan Carlos será un gran partido en el futuro, hasta puede llegar a ser embajador). El matrimonio es un hábito, y romper los hábitos nunca es fácil.

Ya contaba con los datos necesarios, la hora de la salida del tren a Madrid, los horarios del ferry a Tánger una vez en Algeciras, todo lo tenía anotado, la dirección de la casa de su amiga Martine, bueno, amiga era mucho decir, pero al menos una referencia en una ciudad desconocida. (¿Por qué Tánger, Ada?, le había preguntado más tarde Oliverio; porque miré el mapa y dentro del kilometraje que podía pagar era lo más distinto de Bruselas, sólo por eso, mintió ella.) Guardó la llave bajo el felpudo como cada vez que salía de casa y cerró la puerta, con una maleta pequeña en la mano que no alcanzaba a pesarle, modestas pertenencias de un pedazo de vida que ni un solo día llegó a parecerle propio. Ada creía firmemente que todo ser humano, con o sin conocimiento de ello, tiene un lugar impreso en el alma, y en aquel momento decisivo de ruptura y pocas preguntas sólo sabía que Bruselas no era el suyo.

Las demás se casaron, Ada, ¿qué esperas?

Oliverio también se casó.

Todo el mundo se casa.

Y ella había atisbado una sustancia invisible en el matrimonio que encierra a los cónyuges en una aura propia y expulsa al resto del mundo de su ruedo; toda amiga ya lo es menos luego de casarse (¡tenemos tantas cosas que hacer, Nieves!), como si la complicidad que engendra esa extraña unión entre un hombre y una mujer arrojara a los demás afuera de ciertos laberintos de las emociones, cerrando puertas a los que no pertenezcan a ellos, vale decir, al mundo entero salvo dos; esto no sólo ocurría durante los primeros años de unión ni se debía al sexo, no, era algo abstracto e intangible que lo trascendía.

Ni tan inquieto ni tan revuelto debía de estar su entendimiento, pues los únicos recuerdos que conserva de ese tren interminable desde Bruselas a Madrid, con el transbordo en París, son los de un enorme sueño; qué voluptuoso resulta el sueño, la somnolencia, cuando se instala poco a poco en el cuerpo (o en el campo de acción), es imposible no rendirse a ella, no abrazarla, sus tentáculos, tan seductores, la hunden, la van hundiendo, la hundieron definitivamente en una nada deliciosa, como si el paréntesis de la vida conyugal en ese país tan ajeno como Bélgica, con ese hombre más ajeno aún, no le hubiese dejado huellas.

Extraordinaria explosión hizo la energía acumulada una vez que se detuvo en Madrid, el fin de la lluvia la salpicaba como los polvos concentrados que se desprendían de la varita mágica de una hada madrina que por fin le hubiese concedido el deseo obsesivo, altivo y arrogante, también nutritivo, el deseo de la partida. Quizás el sol la esperaba en Tánger, el sur siempre más caliente, el sol de la posible metamorfosis, el sol de la ciudad literaria, la que no tiene límites, dejar atrás el hielo, correr aún más millas, dejar de ser ese esperpento, esa figura desalada, desangelada, rematada y ensombrecida. No importaba cuánto tardase en llegar a Algeciras, Bélgica ya había quedado atrás, Juan Carlos no tendría cómo sospechar su paradero (por favor, no me busques, estaré bien, gracias por todo, decía la nota que le había dejado en la mesa de la cocina, educada, distante, como si se tratase de un arrendatario). Me encanta que Europa sea tan chica, en poco tiempo se puede llegar de cualquier lado a otro, todo accesible, todo tan fácil, pensaba Ada con sus marcas de geografía latinoamericana en las retinas mientras se instalaba al lado de la ventanilla, sacaba un libro de su bolso de viaje y planificaba sus próximos pasos. Una vez en casa de Martine, llamaría a Chile, alguien debe de saber dónde se encuentra (siempre Chile como su referencia, aunque ya no vive allí), ¿a quién, a sus padres, a Nieves, a Oliverio, a quién le importaría de verdad la llamada? El ocio obligado de un viaje en tren la maravillaba (en el Pueblo se detenía el tren, gracias a eso tuvo categoría de pueblo y no de caserío, los rieles largos, interminables, la madera de los durmientes, eterna, y café, los viajes furtivos en el tren de carga al pueblo vecino, el silbato que avisaba la partida a las cinco de la tarde y ella colgándose del último carro, Oliverio ayudándola a subir, luego nadie se enteraba), uno de los grandes problemas de Juan Carlos, según Ada, era su incapacidad para estar ocioso, ella estaba convencida de que eso era sinónimo de falta de imaginación. Y la imaginación era su gran patrimonio, lo supo desde la infancia, patrimonio cesante, desempleado, pero patrimonio al fin. Y cuando el color gris se instalaba tiránico en la ciudad recién abandonada, cuando ya el gris era excesivamente gris, todo su instinto ocioso la llamaba a esconderse bajo las cobijas tibias, a tenderse a mirar el techo fascinada y concentrada con la pura compañía de la respiración inaudible de la vida que pasaba, del día que pasaba, de las horas que pasaban, sólo para imaginar una brisa virtual, la del tiempo que establecía su marca. Pero cuando se entregaba a ello, un fantasma determinado venía a acecharla: el de sus tíos. Imágenes de la casa del Pueblo, el tío Antonio con sus pijamas manchados de café, de aceite o de restos de comida, el tío Felipe con la mandíbula sombreada por la falta de aseo matinal, el tío Octavio sentado a la mesa del gran comedor con su bata de cuadros, todos ellos descuidados y un poco desarrapados y, sin embargo, buenos mozos, eso lo comprende ahora, ahora que sabe de los hombres. Estas imágenes la hacían saltar de la cama inventándose unos bríos que estaba lejos de sentir, pero que intentaba creerlos reales ante el pánico de terminar como ellos. Lástima para Ada, que consideraba su único rasgo juvenil esa capacidad extraordinaria de dormir hasta tarde y de reponerse de toda trasnochada o insomnio, como el de una vulgar adolescente, su sueño podía prolongarse hasta el mediodía si nadie la interrumpía, pero la conciencia de sus tíos le quitaba muchas veces ese placer. El terror de los genes. Y si en ésa andamos, se dice Ada, la soltería de tía Casilda no me resulta una gran ayuda. Tanto preguntarse a través de los años si tía Casilda fue o no feliz. Ada desconfiaba en general de la gente feliz. Puesta a elegir, prefería una noche de desvelo que una mañana petrificada, también elegía el desasosiego a la autocomplacencia (¿por qué deben resultar alternativas?, preguntaba Lola enojada, ella, con su vocación rotunda de felicidad). Pero Ada la obligaba a reflexionar sobre esa palabra que se le antojaba manoseada y sobrevaluada, *felicidad*: es una idea joven, Lola, casi nueva, recién presente en la generación anterior, sólo entonces la gente empezó a buscar el placer. Nuestros abuelos, míralos, no se lo preguntaron siquiera. Quizás los seres felices son estupendos, cerró Ada la idea, y todas mis certezas no son más que asquerosas mentiras.

Volvamos al viaje: Ada ha dejado al diplomático con el que vivía en Bruselas. De su casa se dirigió resueltamente a la estación de ferrocarriles y tomó un tren a Madrid. No se detuvo en esa ciudad más que el tiempo preciso para abordar otro tren, al sur. Hasta llegar a Algeciras y montar en el ferry que la llevaría hasta Tánger, donde sucumbió.

—Oliverio, soy yo.

—¡Ada! Pero, Ada... ¿dónde cresta estás?

—En Tánger.

—¿En Marruecos? ¿Qué haces en Marruecos, por el amor de Dios?

—Estoy enferma... en el hospital...

—Pero, mujer, ¿por qué has tardado tanto en llamar?

—Tuve un accidente... apenas puedo hablar, te explicaré después.

—¿Algo grave? Dime, ¿cómo estás?

—Mal. Por favor, sácame de aquí.

Oliverio y su abismal agilidad, sus contactos, su eficiencia: no pasaron dos días hasta que, desde la neblina permanente en que Ada cree que se convirtió su existencia, divisó un rostro, uno que se inclinaba sobre ella en su cama del hospital, uno que no era el oscuro y agobiado de la enfermera de turno que la trataba con un cierto desdén, como a tantos extranjeros que se confundieron creyendo a su país el non plus ultra de la adicción, ni tampoco del doctor, ese que la visitaba de vez en cuando, hablándole palabras levemente recriminatorias en un francés que ella apenas entendía, ni del camillero tunecino de las caderas anchas que le evocaban algo vago, indistinguible, aquel ángel de la sonrisa salvadora que la llevó a un teléfono —pagando él la llamada internacional—, tomándola de la cintura para que el mareo no la venciera, amoroso camillero, que se dejó conmover por su desamparo. El rostro que se inclinaba sobre su cama era claro, lejos de África su origen, era amable, era cercano, por supuesto, era el enviado de Oliverio. Sin embargo, ella lo confundió con el rostro de la muerte. Por fin llega, pensó, si ha estado coqueteándome incesante. Ada no creía, como otras personas, que la muerte necesariamente se presentaría envuelta en una túnica negra ni en llamas rojas, ni que su fealdad se asomaría de manera evidente. Más bien tendía a imaginársela engañosa, y nada había más engañoso que la belleza. A esas alturas era tal su cansancio, su malestar y su incertidumbre que este rostro le pareció —por fin— algo verdadero.

Sintiéndose tonta, muy tonta, se vio más tarde en la obligación de contarle toda la historia. La llegada a casa de Martine, aquella belga joven y despreocupada que conoció en la universidad cuando tomó el curso sobre la Yourcenar —no olvides que es belga, Oliverio, no francesa, aunque los patudos de los franchutes se la apropien—, y que tras algunos cafés se enteró de que vivía la mitad del año en Tánger, que su padre empresario le financiaba un departamento allí con la esperanza de que un día se decidiera a usar su talento y escribiese una novela —todo el mundo quiere escribir una novela en algún momento de su vida—, y que tenía amigos allá al lado del mar y que lo pasaban tan bien, y aunque siempre anduviese un poquito volada, era hermosa y divertida, y a Ada, a quien la gente gustaba cada vez menos, la atrajo su desparpajo y le prometió que la visitaría cuando el curso hubiese terminado. Martine, cálida y acogedora, la indujo a anotar la dirección, ni siquiera pedía que la avisara, que llegara no más, había espacio para todos. Cuando Ada, después de un larguísimo y difícil trayecto en bus y luego en taxi, tocó la pequeña campanilla atada con un cordel rojo al costado de la puerta redonda que seguía la forma de arco en un barrio muy árabe (por cierto, qué esperabas), de calles angostas y recovequeadas, se dio cuenta de que era innecesario, la puerta estaba abierta. Al entrar, lo primero que le vino a la mente fue la guarida de Sebastián Flyte, su amado Sebastián de Brideshead, pues el denso humo que flotaba en el aire, casi sólido, y los personajes tendidos en la alfombra podrían haber sido sus amigos. Nadie la miró, como si no hubiese entrado. Al preguntar por Martine fue informada de que estaba de viaje, sí, en Fez, no, no sabían cuándo volvía, pero eso no parecía importarle a nadie, le sugirieron que se acomodara donde pudiera.

El departamento contaba, aparte de la sala a la que se accedía desde la entrada, con un solo baño (imposible), una habitación amplia con una cama (sobre ella, una pareja de hombres casi desnudos se abrazaba) y una pequeña cocina cuyo desorden espantó a Ada cuando quiso buscar algo para comer entre envases de vino, cáscaras de plátano, cajas vacías de cereales y restos de bandejas de dátiles. El orden establecido por décadas en sus neuronas y en sus ojos la despachó a otro lado de la existencia, uno lejano y desconocido. Contó el número de personas que se encontraban en el lugar, ocho, dos mujeres y seis hombres, todos jóvenes, de colores y razas diferentes, y trató de distinguir a alguno con el que poder comunicarse. Inútil, habitaban una galaxia inaccesible. Entonces optó por lo sano: como si tomara en sus manos ese orden establecido que le pesaba tanto y lo arrojase a la basura, se deshizo de cualquier idea previa sobre cómo debían ser las cosas y se integró al extraño grupo, escondiendo la maleta en una esquina de la sala y tendiéndose en la alfombra muy cerca de una mujer que dijo ser filipina y a quien le aceptó un cigarrillo de hachís. Con sus sentidos ya desorganizados, oh, Rimbaud, sintió que un lugar como Tánger era el apropiado para diluirse, para dejar de ser lo que era, para perderse. Llamó a los míticos, y frente a sus ojos desfilaron Bowles y Burroughs, Genet y Sarduy, y algunos engendros bailaron frente a ella, ¿eran hombres, eran mujeres o representaban la ambigüedad de ambas cosas con sus sexos indeterminados? Y se hundió en la deliciosa sensación de pisar por fin una patria de transgresión.

A partir de ese momento, los recuerdos de Ada pierden todo brillo y nitidez, se desespera tratando de alcanzar imágenes, de aprehenderlas. Sabe que en algún momento el hambre le produjo calambres en el estómago, que salió de aquella casa extraña buscando algo para comer, que sus piernas temblaban un poco, sabe con certeza que estaba muy mareada y que no se sentía bien, pero que el hambre pudo más. No tiene idea de cuánto tiempo transcurrió entre la llegada a casa de Martine y el abandono atarantado que hizo de ella. Todo son impresiones, como la de que caminó y caminó y caminó, como la sensación de haber cruzado ariscas y borrosas fronteras, dejando los pies en los caminos, recorriendo campos y caseríos (¿campos, Ada, te volviste loca?), y haber llegado a una gran ciudad. Sí, era grande, vasta como una llanura extensa, cubierta por el pavimento con exactitud milimétrica, donde los árboles habían perdido su última batalla. Inmensas capas de cemento, pintadas de diversos colores, decoradas o empezando a descascararse ante algún inmi-

nente deterioro, siempre inmensas. Avenidas, calles, callejuelas, conventillos, aterradores todos por la muchedum-
bre, repletos a toda hora como si la población fuese más
numerosa que el espacio para cobijarla, las avenidas demasiado anchas para ser cruzadas, las callejuelas demasiado
oscuras —fuese de día o de noche, ni el sol ni la electricidad les pegaban una visita—, los conventillos demasiado
pobres mostrando con desfachatez una miseria que no impresionaba a nadie. Vio cómo parpadeaban luces de neón,
avisos, carteles, nombres, ofertas, llamados. Se ofrecía de
todo en la ciudad, dadivosa a la hora de las promesas, gustosa de complacer los gustos o las necesidades imaginadas
de su gente, desde el más simple y convencional hasta el
más excéntrico y lujoso, satisfacerlos o no sólo dependiendo del dinero, del que, por cierto, ella carecía (y tu billetera, Ada, ¿dónde quedó?, no sé, no sé, sólo me di cuenta en
un cierto momento de que ya no la tenía). A un lado, las
preciosas vitrinas limpias y luminosas, asépticas, inalcanza-
bles. Al otro, colas, filas por doquier, una persona tras otra,
tras otra para obtener algo, algo nimio, lo que fuera. A veces alguien se desmayaba en la espera y el siguiente tomaba su lugar. Borroso y pálido, el día —¿ése u otro?— antecedía la noche negra en la que no se divisaba una sola
estrella. Y el ruido. Lo más fuerte, lo más ostensible, lo
más inescapable era el ruido. Tambores y gritos (¿qué es
lo más característico de Tánger, Ada? Los tambores y los
gritos, sin duda). Camiones con altoparlantes en sus techos girando en redondo mil veces por un mismo lugar,
vociferando una oferta, la oferta del día, una manifesta-
ción, un concierto, una tienda en liquidación. Los autos
ostentando el volumen de sus radios, mientras más alto,
mejor, todo el volumen imaginable, los sonidos de sinteti-
zador interminables por las ventanas abiertas, las percusio-
nes penetrando tímpanos, horadando cerebros, sugirién-

dole a Ada que el infierno era ése. Voces y voces de todo tipo, altas y bajas, gritos y susurros, a veces engoladas, a veces agresivas, estúpidas, simpáticas, violentas, gentiles, siempre fuertes, distintos idiomas, una torre de Babel, todas conformando una capa de estridencia generalizada. Bocinas histéricas y chillonas, como si continuamente estuviesen al borde del accidente final. Nada ni nadie se calla en la ciudad, ningún apetito por el silencio. Si Ada hubiese estado lúcida, habría pensado que hasta el mejor de los acordes musicales guarda su belleza porque en algún momento cesa y nos priva de su existencia.

Y el mar, siempre el mar. Raro que la tierra conservara su solidez con tanto mar que la rodeaba.

No, no recuerda el golpe, sólo un dolor agudo, ¿con qué me pegaron?, preguntaría más tarde en el hospital. Buscaba algo para comer, sólo buscaba algo para comer. Casi desnuda la encontraron los basureros municipales, sin ninguna identificación.

Nunca hizo la llamada a Chile, nadie supo de su paradero.

Más tarde le diría a Jaime, pues Jaime se llamaba el amigo de Oliverio: Tánger es el lugar más oscuro del mundo. No, le respondió, te equivocas... tú fuiste oscura en Tánger, lo que prueba que ningún lugar cuenta con luz propia, lo claro o lo oscuro es tan relativo como lo que cada uno vivió allí.

Rembrandt se llamaba el hotel al que Jaime la llevó una vez conseguida el alta del hospital (no se hicieron de rogar, les urgían las camas, malditos los occidentales que las ocupan), y desde una amplia y cómoda habitación de paredes color mantequilla desfilaron para Ada los acontecimientos: la visita pagada del doctor —no más servicios públicos y gratuitos—, la búsqueda infructuosa de la casa de Martine para recuperar la maleta —guardaba la dirección en un papel dentro de la billetera, la que nunca se encontró—, las conversaciones con el consulado para obtener un nuevo pasaporte. Jaime velaba por ella como lo haría un hermano o un marido, y pasó un cierto tiempo antes de que Ada recuperara la suficiente racionalidad para preguntarse qué hacía él allí.

—Vivo en Madrid. O, más bien, vivía en Madrid. Para ser incluso más preciso, Oliverio me llamó cuando me disponía a partir.

—¿Hacia dónde?

Ada, cubierta con una camisa de dormir rosada que no reconoce como suya —nunca ha usado ese color y se siente rara en él, ajena, como si el lugar común de lo femenino la envolviese contra su voluntad—, saborea codiciosa y con lentitud un par de huevos a la copa mientras el jugo de naranjas, las tostadas y la mermelada esperan pacientes su turno sobre la bandeja que reposa en su falda arriba de la confortable cama del hotel Rembrandt. Alguien le lavó el pelo el día anterior y aquel detalle le quita el peso de considerarse una leprosa social, forma en que se ha visto a sí misma desde que empezó su *tiempo quebrado,* nominación que le dará en el futuro a estos días en que deambuló por el norte de África, tiempo nebuloso, indeterminado espacialmente. Observa a Jaime pasearse con una cerveza en la mano por la habitación inundada de aquella luz matinal tan persistente en ciertas ciudades del mundo —¿a esta hora toma cerveza?— y lo recorre con la mirada. Su aspecto levemente descuidado le parece encantador, el pelo liso le cae insubordinado sobre la frente y él lo aparta impaciente cada tanto. Los huesos de su rostro son como los de un venado, amplios a los costados y enjutos a medida que se acercan a la barbilla. Sus pantalones color crema son de pana, y su camisa muy blanca está un poco arrugada y abiertos los dos primeros botones. Su delgadez le da un aire de fragilidad con el que ella se siente afín.

—Hacia el sur de Francia.

—¿Por qué el sur de Francia?

—Porque arrendé una casa en un pequeño pueblo del Luberon.

—¿De dónde conoces a Oliverio?

—Es el abogado de mi familia, todos nuestros asuntos están en sus manos. Lo veo cada vez que voy a Chile, que, a decir verdad, no es mucho.

—¿Y qué hacías en Madrid?

—Nada.

Ah.

—Y esta camisa de dormir, ¿de dónde salió?

—Yo la compré —responde, un poco turbado—, ¿no te gusta?

—Sí, sí, me gusta, es que nunca un hombre me había comprado una camisa de dormir. ¡Y menos rosada!

Jaime sonríe levemente divertido y luego la mira de reojo, como con una cierta inseguridad acerca del próximo paso que se dispone a dar. Al fin se decide y le pregunta a boca de jarro:

—¿Crees estar ya en condiciones de responderme un par de preguntas estratégicas?

—Probemos.

—Oliverio quiere saber qué piensas hacer cuando ya estés repuesta. Por ejemplo, adónde piensas ir.

Un poco largo el silencio, hasta Ada lo considera intolerable.

—Está bien, no es urgente que me respondas de inmediato. Mañana podemos volver a la carga. Pero no me mires así, no es necesario que dejes de comer... sigue disfrutando tu desayuno.

—Es que no puedo hacer las dos cosas a la vez —se disculpa Ada.

—¿Dos cosas? ¿Cuáles?

—Comer y pensar. ¿Sabes?, parece que mis neuronas se ponen de acuerdo entre sí para hacerme la vida difícil. Por ejemplo, no puedo hablar por teléfono si la televisión está encendida, no puedo manejar un auto y fumar a la vez, no puedo escuchar música mientras sostengo una conversación, ¡todo debo hacerlo de a una cosa por vez!

—Como aquel presidente de Estados Unidos, ¿no era Ford, tan famoso por su falta de luces, del que se decía que no podía caminar y mascar chicle al mismo tiempo?, ¿sería Ford u otro?, era un presidente tonto, eso sí lo recuerdo, pero se me confunden.

—Bueno... Estados Unidos ha tenido más de un presidente tonto.

—¿Esto te ha sucedido siempre, lo de la incapacidad, o es por el accidente? —Frunce el ceño, entre preocupado y burlón.

—Siempre.

—Te lo digo porque creo que no sabes aún de la que te salvaste, Ada Martínez. Ya mejorarás y entonces..., entonces hablaremos.

Se dirige hacia la puerta, tira la lata de cerveza vacía en el papelero y hace un ademán de despedida.

—Prometo pensar esta noche sobre el futuro, lo prometo —le dice Ada, como una alumna aplicada que teme que el profesor le retire el aprecio si no hace sus deberes—. Pero antes te pediré un favor inmenso: consígueme un cigarrillo, ¡por favor!

—No debes fumar.

—Nunca *debería* fumar, tampoco tú deberías tomar cerveza a esta hora. ¡Por favor! Con un cigarrillo asegurado me vendrá la inspiración nocturna.

—No hagas nada bajo el influjo de una inspiración nocturna, son las inspiraciones más traicioneras, incluso más que el alcohol, ¿no me crees?, son impulsos siempre desconfiables... Si te viene la tentación, espera a que salga el sol.

Aun así, Ada no deja pasar la noche en vano. Jaime le ha llevado un paquete de cigarrillos, con ellos ya se siente en casa. Debe decidir, debe aclarar sus intenciones, debe liberar a este pobre guardián que no supo en la que se metía al recibir el llamado de Oliverio y prometerle que se haría cargo de la situación.

Se levanta con dificultad de su lecho de enferma y avanza a paso lento hasta el espejo, debe absolutamente verse a sí misma vestida de rosa, ¿cómo perderse tal espectáculo? Titubea ante la imagen que ve reflejada, como si no la reconociera. ¿Es éste el cuerpo largo, delgado, flexible y prometedor como un eucalipto joven? Así lo había definido su tío Felipe, el tío pintor, que más tarde pasó a nombrarla *mi potrillo*, siempre detrás de su primo, siempre siguiéndolo, con sus piernas ágiles y entrometidas.

¿Chile? Un escalofrío la recorre, involuntario, vergonzoso, pero escalofrío al fin. No, no desea regresar. ¿A qué? Su trabajo lo puede realizar desde cualquier lugar, la editorial no le exige domicilio fijo, sólo una dirección clara donde enviarle el material, en el país o ciudad que elija puede analizar aquellos libros y hacer las reseñas o leer manuscritos y corregirlos y recibir más tarde los honorarios. (Al llenar la papeleta de entrada a un aeropuerto, ya no recuerda dónde, puso en letras de molde «LECTORA» donde pedían especificar su profesión, el empleado la miró un poco aturdido y le preguntó si eso era un oficio, pero claro que sí, respondió ella, empecinada.) Antes de dejar Bruselas hizo su última entrega, esta vez le tocaron manuscritos en proceso, leer, analizar y corregir un grupo de novelas que se estaban escribiendo, ella no sabía quiénes eran los autores ni le importaba, lo hizo con toda la aplicación de la que era capaz, sabiendo bien que era mucha. ¿Cuál sería el próximo trabajo? El que más le divirtió fue aquel del siglo XIX inglés, las reseñas de los clásicos de entonces para una nueva colección, no de aquel tipo de reseñas que se escriben a toda carrera para las contracubiertas, sino largos resúmenes, sesudos y acuciosos, para publicar en catálogos especializados. Un año entero trabajó en eso, un año de regalo para Juan Carlos, pues es probable que sin la ironía de Jane Austen, sin la inteligencia de George Eliot o sin la pasión de las hermanas Brönte, habría adelantado su partida. Sí, debe contactarse con la editorial, dar una nueva dirección... pero ¿cuál? La falta de dinero limitará cualquier decisión, hace un esfuerzo por recordar la cifra de sus ahorros, pero aún le resulta difícil lidiar con números, su mente no está del todo repuesta. Ada está acostumbrada a sacar cuentas, no ha hecho otra cosa desde que quebró el aserradero, hace tantos años atrás. Cuando se ganó la beca para estudiar literatura en Londres tuvo la ilusión de que las penurias habían pasado, pero no, debió contabilizar cada almuerzo, cada comida y cada par de zapatos esos años. Luego, en Barcelona, cuando por fin obtuvo el contrato de la editorial española, se pensó rica, percibía su sueldo mensual como un regalo de los dioses, sólo para constatar a poco andar que la renta del piso le consumía más de la mitad. Reconoce que la etapa al lado de Juan Carlos fue un poco más desahogada, pero le costó depender de él, demasiados años de libre albedrío como para aceptar que el pan diario se comprase con dinero de otro. Ada agradece su austeridad y su eterno desapego a los gustos superfluos,

¡cuántas ansiedades le ha ahorrado! Por supuesto, puede deslumbrarse ante una bella vitrina de Armani, pero algo le dice que nunca poseerá una prenda de ese diseñador, sin saberlo, lo sabe desde el principio de los tiempos. Sin embargo, sería capaz de robar para viajar y para comprar libros, allí sí duele la limitación. No se queja, ha tenido de ambos y con creces.

A fin de cuentas, nuestras plegarias fueron atendidas, se dice Ada a sí misma, reflexiva, pero duda si valió la pena. Durante la infancia y la adolescencia, cómo no, hablaban siempre de *los sueños*. Hoy día el solo concepto le parece intolerable, si alguien le preguntara por sus sueños, se pondría de mal genio, el lenguaje es el culpable, tanto manosear y manosear una idea lleva a que la idea misma, no sólo la nomenclatura de ella, resulte aberrante. Cuánta mujer tonta habla en las revistas sobre sus sueños, creyendo que con sólo enunciarlos los validan, hasta las reinas de la belleza lo hacen, que no exista más pobreza en el mundo, sí, estúpida, te creo que tu sueño es ése, que haya paz, que aquí y allá, todo blando y aséptico y correcto. Entonces, un delincuente que ha asesinado a su esposa alega tener sueños él también, sí, ¡sueños! Pero a los quince años quién no los tiene, ellas los tenían: el de Nieves era casarse y tener muchos hijos y una casa muy bonita, el de Ada era viajar y poseer miles de libros, el de Lola era ser rica y adorada por los hombres, y el de Luz, aliviar el sufrimiento ajeno. Distintas plegarias, todas atendidas, aunque fuese a medias. Nieves no llegó a tener la casa bonita porque se le olvidó pedir que el marido fuese rico, sólo pidió al marido, y a éste lo tuvo y a los cuatro hijos también. ¿Qué pediría Nieves hoy si pudiese replantear su plegaria? Ada no lo sabe, sólo alberga la pequeña duda de que repitiera la misma. Lola, en cambio, sí lo haría, con las mismas palabras con las que lo hizo y se le cumpliría por igual, de eso Ada tiene certeza. Algo en su interior la obliga a reconocer en Lola su empeño, no le ha sido fácil, claro que no, ser rica y adorada, por favor, ¿a alguna mujer en el mundo le resultaría fácil?, ¡cuán rigurosa para lograrlo, aunque asesinando para ello si fuera necesario! Y Luz, bueno, la pequeña Luz, su sueño fue su fatalidad, ni siquiera desea detenerse en él, la rabia aún la asalta como si la partida de Luz a África hubiese sido ayer. Mi Luz. ¿Y yo? Libros y viajes, sí, muchos, pero debería haber pedido algo más, los viajes y los libros no bastan. Lola se lo dijo entonces. Y un hombre, Ada, ¿cómo un hombre no va a ser parte de tus sueños? No, no quiero casarme nunca. ¿Por qué? Porque sólo me casaría con Oliverio y con él no puedo porque es mi primo. Lola se rió.

Lola sigue riéndose.

Jugando ociosamente con el lazo rosado que cuelga del escote de su camisa de dormir, se compadece a sí misma por no poseer un lugar en la tierra. Sin embargo, ella aspira a un mundo de infinitas posibilidades. ¿Ves los confines, Ada? Todo será tuyo algún día. Y nada llegó a sus pobres manos. Absolutamente nada. Cada pedazo de pan que ha comido en los últimos veinte años lo ha ganado con el sudor de su frente. A su edad, las personas que han trabajado tanto ya tienen una casa al menos, hasta Nieves es dueña del departamento en que vive. Si se hubiese convertido en una gran novelista, como le insistía Oliverio, ¿sería diferente su situación? No todas las buenas escritoras ganan dinero. Quizás si viviera en Santiago y trabajara ocho horas en una oficina marcando tarjeta ya podría dar el pie para comprar su propio piso, como lo hizo Raúl, el marido de su prima. Piensa en el posible departamento, ¿en qué parte de la ciudad se situaría? Imagina un edificio alto y gris con muchos pisos, pocos ascensores y repleto de gente, nada de porteros eléctricos ni lobbies de madera ni conserjes dispuestos a subir los paquetes y las compras del supermercado, más bien todo masificado y vulgarizado en su concepto de vivienda de los años sesenta, torres de cemento sin vericuetos imaginativos, pesados y multitudinarios. Visualiza dos estrechas habitaciones con ventanas insuficientes y un baño, todo lejos de los árboles, inclemente en su impersonalidad, nadie se daría por enterado si llegase a morir dentro de ellas, hasta que el cuerpo se descompusiera. ¿Encontrarían allí el espacio adecuado para colarse en su cotidianidad los personajes de las novelas? ¿Podría Mr. Darcy explayarse sobre la dignidad y dictaminar sobre el arribismo entre esos muros? Es probable que la pata de palo de Long John Silver despertara al morador del piso de abajo o interrumpiera su programa de televisión, que, por cierto, ella estaría obligada a escuchar. Se sacude casi imperceptiblemente y luego ríe nerviosa, aunque se encuentre sola en la habitación. Es la idea de las ocho horas en la oficina la que la provoca. Desde muy pequeña supo que su destino no podría ser el de una oficinista tranquila y pasiva, su impresión es que ella ni siquiera lo eligió, se le dio así, naturalmente, resultándole simple como un cambio de estación, para luego, sin demasiado esfuerzo, adiestrar la voluntad para perseverar. Recuerda a Alicia, la protagonista de aquel cuento de Sherwood Anderson, todas las mañanas saliendo a trabajar a la rancia tienda de ultramarinos de aquella oscura ciudad de Norteamérica mientras espera noticias de su amado, noticias que nunca llegan pero que ella insiste en esperar, y el tiempo va pasando, la juventud volviéndose esquiva, el corazón lacerándose y la inocencia haciéndose tiras, pero todos los días asiste sagradamente a su lugar de trabajo y cumple un horario y gana un sueldo, el trabajo sólo como disculpa para la espera, siendo ésta la verdadera protagonista de su existencia. La vida real como fachada de la anhelada. Ada se estremece levemente, contradiciendo así su certeza anterior, ¿qué tal si su destino y el de Alicia se hubiesen confundido?, pero cómo, Ada, ¿no fuiste la primera en afirmar que no naciste para eso?, ¿por qué, entonces, te estremeces? Es muy fácil mentir sobre quién eras en la primera juventud, piensa Ada, pero no así en la infancia, allí está incubado todo lo que no se puede inventar, irremediable, total, por eso debo ser fiel a la memoria, para no traicionarme.

Infinitas posibilidades, siempre: un futuro peregrino.

Recuerda el primer viaje al Pueblo cuando Oliverio ya había obtenido carnet de chofer, ellos dos solos en el auto de su familia, parando en el camino cada vez que lo deseaban, sólo para celebrar la nueva independencia adquirida. Se detuvieron en una hostería de la carretera por un café. El lugar era más bien lúgubre, típica fuente de soda de provincia, negocio familiar que se da aires por contar con un par de cuartos para rentar por la noche, bautizándose, por tanto, con el nombre de motel. El comedor era bastante oscuro a causa de la falta de ventanas y, por la misma razón, poco ventilado. A pesar del empeño, el piso de linóleo —veteado de verde y gris— acumulaba tierra del camino y de pasos antiguos que no se borraron. Dos mujeres lo atendían. Ada supuso que la que estaba en la caja, recia y amatronada, era la madre y, como corresponde, se hacía cargo del dinero mientras su hija, parada detrás de la barra, atendía a las posibles visitas. Su porte era insignificante. Pasaba veinte veces el trapo por el fondo de cada vaso y luego abandonaba la barra para limpiar minuciosamente los manteles plásticos de las mesas. Su pequeño delantal de cuadros celestes y bordados blancos amarrado a la cintura sugería un cierto grado de coquetería, como también sus uñas pintadas de rojo, detalle conmovedor para Ada, quien no pudo dejar de pensar que cualquier esfuerzo sería perdido en un lugar tan penoso y apartado. Los ojos de la dependienta vagaban por el firmamento de manera tan evidente que dejaba de inmediato establecido que ella no estaba ahí, aunque a su cuerpo, su otro yo, no le quedara más alternativa que hacer eficientemente su trabajo, por ahora. Ada no lograba apartar de ella su vista mientras fumaba un cigarrillo.

—Estás imaginando que podrías ser esa mujer, ¿verdad? —le preguntó Oliverio.

—Qué dirías si dentro de cinco años, viviendo tú en alguna glamurosa ciudad de Europa, preguntaras: ¿y qué es de Ada?, ¿qué pasó con ella?, y te respondieran: es dependienta de un motel en Bulnes, ¿te pondrías a llorar?

—No, para qué voy a llorar, te mando de inmediato un pasaje y ya.

No es dueña de nada pero alguien acude a su salvación, lo que no es poco. En Tánger ella se disgregó. Se derramó en la ciudad. Se derrumbó. Piensa en aquella muchacha filipina que se drogaba en el departamento de Martine, a cuyo lado pasó tantas horas tendida, horas o días, no lo sabe, si el hambre vence a la muchacha filipina y decide salir a la ciudad en busca de algo de comida y la asaltan y la golpean y la dejan botada en la calle para despertar más tarde en un hospital público, sin recuerdos y sin papeles, ¿qué haría? ¿A quién llamaría aquella muchacha filipina si una alma de Dios como el camillero tunecino se apiada de ella y le paga una llamada? ¿Cuántas vidas pueden vanagloriarse de contar con un salvador? Un campamento de gitanos o un hospital en Tánger, siempre te encontrará, siempre te mandará ese pasaje de avión para que no sigas jugando a ser la dependienta de un motel en una carretera perdida del sur de Chile.

Oliverio.

—Me voy a volver loco si sigues persiguiéndome, déjame tranquilo ¡por favor, no me atosigues más! —dijo él.

—¡No cejaré hasta tenerte!

—Te has convertido en mi sombra y no te soporto, no puedo respirar porque siento cerca tu aliento, estés cerca o no, te intuyo en todos lados, tus pasos deslizándose tras mis talones, cercándome, te ruego, ¡déjame!

A pesar de que estaba prohibido, Ada rió.

—Tu vida es completamente vacía, su único sentido es la obsesión de atraparme —insistió él.

—Es cierto, y lo lograré aunque implique mi propia destrucción.

—Antes me habrás destruido a mí.

Nueva carcajada.

Y la voz molesta de Nieves interrumpiendo el diálogo, pacientemente sentada junto a sus primos bajo un álamo, uno de los muchos de la hilera de álamos guardianes que cuidaban la casa del Pueblo, ya, pues, Ada, no te rías, debes jugar bien tu papel: Javert nunca habría sonreído siquiera frente a Jean Valjean.

Más tarde, mucho más tarde, los dos actores trucaron sus personajes: fue Oliverio quien no descansó hasta encontrarla. Colonizada por la vergüenza, Ada había escapado al campamento de los gitanos. Todo comenzó por el muchacho aquel, el de las caderas levemente anchas y los zapatos tristes, el primo de la hija del practicante, a quien conoció en aquella casa de madera caliente con olor a azúcar y pan, al lado de la línea del tren. Un par de veranos resistió la mirada de Eusebio sobre su cuerpo, la resistió sólo para constatar que también ella, la chiquilla ahombrada y poco llamativa, el *tomboy*, como la llamaba la madre de Luz, la menos hermosa de las primas, también ella se había convertido en una mujer. Mientras Luz aceptó siempre con serenidad su condición femenina, sin obsesionarse con ella ni darle demasiada importancia, Nieves y Lola habían nacido sabiéndose ya mujeres, ya seductoras, como si ése fuese el solo mandato de su sexo. Para ellas, la feminidad nunca fue una cualidad a ponerse en duda, si no tenían más de diez años cuando ya Nieves pasaba horas encremando sus preciosas manos, admirándolas, cuidándolas y exponiéndolas, pidiéndole a la vieja Pancha que le lavara el pelo con manzanilla para mantenerlo rubio y exigiendo de Cristal que se lo enrulara o se lo alisara, según la moda. Lola, durante su infancia, fue lo que se podría llamar *chica pink*, toda rosada ella, sus encajes y lazos, las organzas que bailaban a su alrededor, las cintas que sujetaban sus trenzas, rosadas todas. (Qué absurdo le pareció a Ada el momento en que Lola los transformó en trajes de corte masculino, tan oscuros y severos, con los que se disfrazó en su época de economista yupy para dedicarse a trabajar y a ganar plata, ¡no fuera a suavizarse una arista en su cuerpo con sus atuendos de antaño!) Ada, digna heredera de la tía Casilda, nació con el concepto de vanidad bastante menguado en los genes, y más que eso, desde muy temprano se sintió sofocada por los deberes que su sexo le imponía. No sólo le gustaba vestirse de pantalones cuando las mujeres aún no lo hacían, sino que las actividades reservadas a ellas no le interesaban. Desde muy pequeña aprendió a manejar un tractor, a arreglar una llave o un enchufe, a encender fogatas, a escalar árboles y a pescar. Comenzó a fumar y a aspirar el humo a los diez años, y no dejó de hacerlo hasta el día de hoy, siempre escapándose con Oliverio al establo para fumar a escondidas, lo que horrorizaba a sus primas, ¡qué asco tu olor, Ada!, los dientes se te pondrán amarillos y se te mancharán los dedos, ¿y qué?, contestaba ella, airosa, ¿y qué? Su cabello fue siempre corto y liso, como un casquete que ojalá diera las menos molestias posibles, y su cuerpo ágil y huesudo fue muchas veces confundido con el de un muchacho. Le costaba controlar su propia fuerza física, lo que la convertía en un personaje de movimientos bruscos, brusquedad que se hacía más ostensible comparada con el decoro permanente de Nieves. A menudo se introducía una nota inadecuada en su actuación, como luego de mirar todas las noches debajo de la cama de Lola buscando las arañas que la atemorizaban, tomarlas con la mano y matarlas apretándolas dentro de su puño, como robar del café negro de tía Casilda cuando las niñas tomaban sólo leche, como estropear un tejido de Nieves sólo por tratar de avanzar en una hilera de puntos, o como tomar el viejo triciclo de ruedas anchas y antiguas, colocar en fila todos los caracoles que encontrara para luego atravesarlos con el pequeño vehículo, jugando a medir su capacidad de dirigirlo en la forma más recta posible para asesinar a cada uno de los pobres animales —que se enrollaban y escondían dentro de sus conchas— en una sola acción. (El abuelo las miró un día a las cuatro, reflexivo y ceñudo como siempre que una idea obsesiva venía a poblarle su cabeza blanca, y esa tarde cortó con sus propias manos los frutos de un manzano que se encontraba camuflado, casi clandestino, al final del huerto que antecedía al bosque de pinos. Ese manzano, pequeño y primoroso, daba manzanas verdes, redondas y jugosas, preciosas las manzanas, deliciosas las manzanas, sólo destinadas a la bandeja de la abuela: tal deleite en su mágico verdor no debía desperdiciarse en ningún otro paladar, y así estaba férreamente establecido. El manzano de la abuela, lo llamaban ellas y lo miraban de lejos, sin aceptar siquiera la tentación de acercarse. Esa tarde, pues, el abuelo cortó cuatro de sus manzanas más hermosas y las dejó en un canasto, como por un descuido, en la sala donde las niñas jugaban y leían por las tardes. Por cierto, las primas las notaron de inmediato, cómo no, si nunca había habido allí un canasto con aquellas frutas. No las toquen, dijo Nieves, son las de la abuela. ¿Y por qué están aquí, entonces? Se habrá equivocado Cristal, o el abuelo nos está probando... Se les hizo agua la boca, a cada una de ellas, mientras las miraban. Nieves propuso retirar el canasto y llevárselo a la abuela, Luz estuvo de acuerdo, Lola sólo accedió por quedar bien, no por convicción, y Ada, incapaz de dejar pasar la oportunidad, tomó una y la mordió.

—¿Era un monstruo tu abuelo? —le preguntó años más tarde una amiga a quien se lo relató.

—No, sólo un patriarca.)

Ada tendría unos once años cuando un día, muy seria, le hizo a Oliverio la siguiente pregunta: ¿No habré nacido hombre y por una equivocación me metieron dentro del cuerpo de una mujer?

Pero no se veía libre, pobrecita, de los sentimientos inevitables que albergan el cuerpo y el corazón de las muchachas a medida que van creciendo. Fue su primo, sin duda, quien se los despertó. Cuando Ada ya pudo distinguirlos en su piel, cuando pudo tocarlos y recorrerlos, intuyó que era tarde, se vio a sí misma como a un ser andrógino y pensó que eso estaba tan arraigado en su relación con Oliverio que no podría revertirlo (no era necesario, Ada, yo te amaba así). Pensó ingenuamente que otros ojos podrían contárselo a los de Oliverio y producir en ellos el juego de reflejos que ella necesitaba. Por cierto, nada era tan nítido entonces, piensa Ada hoy día, sólo intuiciones, ciertas luces, nada más, y para empeorar las cosas, primaba, por sobre todo lo demás, el sentimiento dramático de la imposibilidad. La palabra *incesto* se había instalado en su interior y la taladraba a toda hora (después de todo, no éramos primos sanguíneos). Ada se repetía a sí misma, horrorizada: me he enamorado de mi hermano. Llegó un punto en que Oliverio no era ya su primo, era su hermano. Y se vio envuelta por el negro aliento del pecado.

Sabiendo a medias lo que hacía, aceptó un paseo con Eusebio por el bosque. Le contaba que se había inscrito para hacer el Servicio Militar, que el próximo verano llegaría vestido de uniforme, que a ella le gustaría su aspecto. Se habían sentado en la tierra y recogían las piñas del suelo. Hasta ese instante llegan siempre los recuerdos de Ada, abortando toda acción posterior, toda acción hasta el grito de Lola, aquel que desencadenó el horror (¿y si Lola no hubiese andado por el bosque ese día, tan largo y ancho el bosque, si Lola no hubiese gritado?). Más gritos, pasos apresurados, correrías, Eusebio subiéndose los pantalones con expresión de espanto en su rostro aterrado, ella botada en el suelo, como en Tánger, botada en su aturdimiento, ojos desorbitados llegando desde la casa, tía Casilda recogiéndola, cubriendo su desnudez con una manta (¿de dónde salió esa manta?), Oliverio ausente, las manos de tío Octavio revisándola en la habitación, el odio rotundo en los ojos de la Pancha y Cristal. Hasta que ella pidió que la dejasen sola un momento, que necesitaba desesperadamente aislarse, sabiendo que tía Casilda —con su profundo sentido de la intimidad— jamás se lo negaría. Fue entonces que escapó. No lo pensó dos veces. Salió por la puerta trasera de su dormitorio, en puntillas caminó por el corredor que llevaba a la cocina, la luz emprendía en ese instante la retirada y actuó de cómplice escondiendo su figura por el camino lateral, el que se dirigía a la reja de atrás, no al portón grande de la entrada. Nadie en su sano juicio escaparía en aquellas condiciones, fue ése el elemento que jugó en su favor. Cuando tía Casilda juzgó que el momento de soledad ya había durado lo suficiente, pidió una agua de hierbas a la Pancha y con el tazón en la mano se dirigió donde su sobrina, Lola detrás como un perrito faldero, sabiendo que no le permitirían participar, probaba igual, no quería perderse un momento de los acontecimientos, su actuación había resultado protagónica, después de todo, tenía derecho a estar presente, sin su grito y su aviso a los mayores, quizás qué podría haberle sucedido a su prima. La habitación vacía provocó un alarido en la adolescente que observaba y un temor contenido en la expresión de tía Casilda. Nuevos alertas fueron dados. Con urgencia mandaron a buscar a Oliverio, quien se encontraba engrasando una máquina en el aserradero en compañía de su amigo Raúl, ajeno a cuanto ocurría en la casa grande. Reunieron a los hombres de confianza del Pueblo y se organizó la búsqueda, pero antes Oliverio hizo una corta visita a la casa del practicante. A medianoche, tía Casilda la dio por terminada y despachó a la gente a sus casas, Ada no se encontraba por ningún lado. En su fuero interno, la vieja sabía que nada nuevo le había ocurrido, que volvería cuando se sintiera capaz de hacerlo y decidió no preocuparse en demasía. Todos se retiraron a su descanso nocturno, todos menos Oliverio.

Calculaba que Ada les llevaba al menos una hora de ventaja, los sesenta minutos que le regaló tía Casilda a solas en su dormitorio. ¿Cuánto podría avanzar en el lapso de una hora? Si hubiese partido caminando, le habrían dado alcance, ya que todo radio de acción posible fue examinado con minuciosidad. La carretera como única respuesta posible, le diría más tarde Oliverio, cuando ya la tenía atrapada y segura. Dedujo que por fuerza debió de tomar un auto que pasaba, le habría pedido a alguien que la llevara, no cabía duda, y entonces las posibilidades de encontrarla se complicaban. Hacia el norte estaba Santiago, idea que Oliverio descartó de plano: conociendo a su prima, lo último que haría en un momento de apuro sería acudir a la ciudad, además, sus padres estaban de viaje. Hacia el sur lo primero que se encontraba era el pueblo aquel, Ada lo conocía bien, pues solían llegar a él sobre el tren de carga, cuando se subían con Oliverio atrás, en el último carro, sin ser vistos, y viajaban de polizontes. Nada había en ese pueblo que pudiese llamar la atención de Ada y lo descartó, como también cualquier casa del Pueblo; aunque allí la quisiesen, nadie se atrevería a ir en contra de tía Casilda dándole albergue. Algo le dijo que Ada había enfilado hacia el sur, no hacia el norte, y que el lugar donde dormía esta noche no era un lugar obvio. Entonces tomó un pequeño farol a parafina, ensilló su caballo en medio de la oscuridad del establo, echó un par de mantas en el anca y partió.

Tres días más tarde volvió con Ada a la casa.

Mientras las primas, y también los adultos, temieron largamente por Ada, suponiendo que la escena del bosque determinaría para siempre su sexualidad y sus relaciones afectivas, ella se debatía entre diferentes ramas del crecimiento, siendo el aspecto vocacional uno que le generaba inquietudes. Ada sostenía que el estudio y el goce de la literatura no necesariamente arrastraban a una persona a la creación literaria. La sana distancia que ponía entre ésta y su propia palabra escrita le procuraba un goce que temía perder si se aventuraba en ellas a nivel de la creatividad. Lo que Ada callaba era su terror a la ficción; siendo la lectora que era, la vara quedaba inevitablemente situada a una altura que temía no alcanzar. Le daba espanto la idea de dejar entrever las hilachas literarias, los zurcidos mentirosos de tramas que no cuajaran, de cruces inverosímiles que no tocaran el corazón de un lector, de vueltas de tuerca demasiado forzadas.

(Diálogo entre Nieves y Lola:

Lola: Lo que me gusta de *Mujercitas* es que nunca envejecen.

Nieves: Es una novela, Lola.

Lola: Eso es exactamente lo que me gusta, que no me cuenten la verdad.

Su gran diferencia con Lola frente a la lectura de las novelas radicaba en que para Lola éstas servían para evadirse, mientras para Ada se trataba de sumergirse enteramente en la existencia.)

Cuando Oliverio le insistía en que debía ser novelista, ella le respondía que no todos debían escribir novelas, que existían quienes las criticaban, por ejemplo, quienes las editaban y quienes sólo las leían. La literatura te sitúa al otro lado de la vida, le explicaba, o quizás me equivoco y te sitúa en la vida misma, de todos modos, ninguna de ambas alternativas te arroja a la normalidad, a aquel angosto pasaje de lo cotidiano. Por tanto, estoy salvada. De hecho, hasta el día de hoy, Ada asegura que su vida sería prosaica si no fuese la lectora que es. (¿Quién te acompaña esta noche, Ada? Cathy, la de *Cumbres borrascosas*. ¿Y qué dice Catherine? Es una forma tan distinta de ser mujer, Oliverio, ¿por qué no se ha hablado más de ella en la historia de la literatura? Ahí tienes *Jane Eyre*, ya sabes, escrita por su hermana, y aunque es una novela estupenda, Jane cumple poco a poco con todos los requisitos que se esperan de una mujer decente. ¡Eso es! Cathy no es decente, ¡por eso me gusta tanto!) Si contara con dinero, decía Ada entonces, montaría una editorial, una editorial preciosa, una pequeña joya, como la que armaron Leonard y Virginia Woolf en Bloomsbury, algo de ese estilo.

Cuando se trató de elegir una carrera, no tuvo dudas y estudió literatura.

Pero cuando era aún una adolescente, el imperativo de la escritura se le presentó, como suele presentarse en toda persona joven que ama las letras, perentorio, categórico y conminatorio, y a pesar de sí misma se encerró a escribir una novela. Lo vivía como un ejercicio casi secreto, no mostraba nada a nadie, tal era el pudor que le daba hacer lo que hacía. Durante el invierno, entre los estudios y la vida siempre un poco acelerada de la ciudad, se empeñaba menos, como si se dedicara a reunir ganas e ideas para llevarlas consigo al Pueblo, cosa que hacía cabalmente. Y fue en el Pueblo que su trabajo prosperó y puso el punto final a la novela. Todos participaron de este acontecimiento (*tan* secreto no era) y se pusieron en fila para su lectura. Esperen, esperen unos días, me pone nerviosa mostrarla, déjenla madurar un poco. Tenía entonces dieciséis años. Fue justo en esos días que recibieron la invitación de la familia de un campo vecino para asistir a un paseo que desembocaría en una fiesta pantagruélica. Se conocían entre ellos y mantenían una relación lejana pero cordial, siendo uno de los jóvenes objeto de interés para Nieves, que estaba atenta a todo hombre que pisara la comarca. La invitación fue extendida para dos de las primas, sin nombre, sólo dos. Oliverio las acompañaría. Hay que especificar que esto se vivía como un verdadero acontecimiento, pues, dadas las inclinaciones de tía Casilda, la sociabilidad de ellas era bajísima, obligadas a seguir su ritmo mientras viviesen en el Pueblo. Esta vez tía Casilda las alentó, sólo porque estaba haciendo un negocio con el vecino y comprendió que era inadecuado negar la presencia de sus sobrinos para llevar adelante su cometido. Ada, mientras compraba galletas en el almacén de don Telo, le manifestó a Oliverio el aburrimiento que le producía asistir. No, no puedes perdértelo, hazlo por mí, en medio del campo tienen una laguna con salmones y nos invitarán a pescar, ¿podrías negarte a algo así? Ante semejante expectativa, le dio su palabra de acompañarlo. Pero nadie contaba con la tozudez de Lola: desde su punto de vista, ella debía absolutamente ser una de las invitadas, si a Ada no le gusta la vida social, igual a la tía Casilda, aburridas las dos, debemos ir Nieves y yo. Le faltó agregar, las dos niñas hermosas del aserradero, las únicas que vale la pena mostrar. Luz ni siquiera pensó en el tema, sólo se preocupó de bajarle a Lola la ansiedad, pues sabía que por edad no le correspondía competir con Ada. Lola había recién cumplido los trece años y cada día se acercaba más a la reina que estaba segura de llegar a ser. Ada, a pesar de su enorme afecto por Lola, se impacientaba con ella, y aunque trataba de ocultarlo, ésta lo sabía. Lola fue dulce, dulcísima al pedirle que, por favor, le dejara su lugar, que ella *moría* por asistir. Ada no cejó y Nieves aprovechó para mandarla de paseo, mocosa metida a mayor, ¿a qué horas tendríamos que volver si andamos contigo, o crees que a tu edad se baila toda la noche? Lola, usando las armas que su intuición le dictaba usar con los hombres, un tipo de coquetería determinada, una efectiva mezcla entre niña consentida y *femme fatale*, acudió a Oliverio. Ándate a la mierda, fue toda la respuesta que consiguió de él. A medida que se acercaba la fecha y Nieves se probaba toda la ropa de la casa y enrulaba su pelo y se pintaba las uñas y Oliverio arreglaba su caña de pescar, Lola se enfurecía y se enfurecía.

El día indicado Lola se paró delante de la puerta cuando sus primas salían y le dijo a Ada por debajo: Me las vas a pagar.

A la mañana siguiente, trasnochada y con los pies adoloridos, Ada se dirigió al baúl donde escondía su manuscrito para hacer una corrección que le había venido a la mente la noche anterior mientras bailaba. Abrió la tapa del baúl: el manuscrito no estaba.

Al cabo de diez minutos se descubrió lo que no alcanzó a convertirse en misterio: Cristal informó de que durante la noche la señorita Lola había quemado papeles en la chimenea del salón. Ada corrió a mirar las cenizas, allí estaba el manuscrito, reconocible su letra y su tinta azul en los restos que quedaron.

Ni siquiera pretendió Lola ocultar su acción.

Ada se debatió largamente entre dos reacciones posibles: agradecerle a Lola la destrucción de lo que ella consideraba su gran debilidad o cerrar su entendimiento, acunar el rencor y no perdonarla nunca, nunca durante toda su existencia.

Ada siempre va por la vida un poco indignada, dijo Lola, mientras masticaba un chicle rosado (durante su infancia y adolescencia a Lola le gustaba mascar chicle y Ada la reprimía: no toleraba mirar cómo se asomaba la lengua cubierta de un rosa saturado; esa imagen permanecerá en la memoria de Ada, en ciertos momentos la imagina besando, piensa en besos crueles, en besos color rosa).

Aquella indignación fue muchas veces el motor de su fortaleza.

Setiembre de 1973: la destrucción del mundo que conocían, la incomprensión, la bestialidad. Aún no pasaba el frío del mes de octubre cuando tía Casilda enfermó y Oliverio hubo de viajar de inmediato al sur a verla. Al cruzar el Pueblo para llegar a la casa grande le llamó la atención la bandera chilena que colgaba de una ventana de la casa del practicante. Cree haber divisado a Silvia, la hija, tras el vidrio. Al día siguiente irrumpió una patrulla de militares en el aserradero buscando armas, una denuncia, dijeron. Por cierto, encontraron las escopetas de caza (nunca inscribieron una arma en esa familia ni en ese pueblo, no se les habría ocurrido) y un revólver en el dormitorio del tío Antonio. Se llevaron a Oliverio, ¿a quién más?, si tía Casilda guardaba cama por primera vez en su vida y probablemente los tíos les parecieron un poco viejos y achacosos y no supieron bien qué hacer con ellos. El estudiante de la capital, limpiecito, educado y compuesto, respondería al perfil del perfecto *extremista*. Se lo llevaron.

Su primer paradero fue el retén del pueblo más cercano. Lo golpearon y lo amenazaron con fusilamiento si no decía dónde guardaba el arsenal; cuando Oliverio preguntaba a qué arsenal se referían, los militares insistían en la denuncia que habían recibido. El calvario comenzó cuando lo trasladaron a la ciudad, la cabeza de zona de la región donde se encontraba el aserradero. Presos por doquier, ignorancia y confusión tanto de víctimas como de victimarios (es la falta de experiencia, comentó uno con más galones en el uniforme), terror, caos, golpes, hambre, frío. Una noche fueron a sacarlo del galpón donde yacía junto a sus compañeros de infortunio —el horror de volver a ser torturado cuando los sacaban de noche—, y ya en la puerta del galpón, saliendo de allí, reconoció en su carcelero una cara amiga, era el hijo de don Telo, que ese año hacía el Servicio Militar. Muy apurado y con el temor haciéndose evidente en su cara joven y demacrada, el conscripto le dio agua —el placer de los dioses ese vaso de agua— y le escondió un pedazo de pan en el bolsillo trasero del pantalón. Llama a Ada, fue todo cuanto pudo pedirle Oliverio, llámala y dile que no venga al Pueblo, que se esconda por un tiempo. Él sabía lo que decía, la visita del hijo de don Telo no era la primera que recibía. La noche anterior, un conscripto alto, arrogante y de caderas anchas lo levantó también del galpón, lo llevó esposado a las caballerizas del regimiento, lugar abandonado a esas horas, y descargó sobre su cuerpo indefenso todo su enorme resentimiento. Lo devolvió a medianoche convertido en una piltrafa, en su mano derecha, dos marcas indelebles, las de dos cigarrillos apagados en ella. Que se espere no más tu prima, ¡ya la denuncié a la puta esa!

Pero Ada ya estaba en camino. En el instante en que supo que habían tomado a Oliverio —el tío Antonio, con un cierto remordimiento por su revólver, tuvo a bien informar de inmediato a la familia en Santiago, y fue Luz quien avisó a su prima—, tomó el auto de su padre y manejó entre las horas de toque de queda y llegó al aserradero al día siguiente, dispuesta a mover el cielo y la tierra para encontrarlo. Mientras, la familia en Santiago trataba de contactar a un general amigo del padre de Luz. Ada en persona le abrió el portón a don Telo cuando éste apareció al alba, demacrado y tembloroso como su hijo, a dar el recado. Ada lo comprendió todo.

Desde la cama, tía Casilda dirigió su última operación: mandó a la Pancha, sólo a la Pancha, a acomodar una pequeña y vieja bodega detrás del aserradero, ya inutilizada, cuya puerta pasaba inadvertida por los enormes troncos que la tapaban. Sólo los viejos trabajadores del lugar podrían recordarla, y quizás ni ellos. Preocupándose de que nadie la viese, la vieja Pancha hizo varios viajes desde la casa acarreando distintos implementos bajo su enorme poncho, desde una bacinica y un lavatorio hasta las mantas de rigor, unas velas, una almohada y algunos utensilios de aseo y de cocina. Se preocupó también de limpiar ese lugar abandonado, no fuera Ada a encontrar un ratón o una culebra. Enviaron a Cristal al almacén para que les contara a los habitantes del Pueblo que Ada había partido de vuelta a la capital (con que un par escuchasen la noticia bastaba, se podía contar con ellos para que todo el pueblo se enterase). Ada fue llevada por la Pancha a su escondite, despidiéndose a regañadientes de tía Casilda y argumentando hasta el último momento que era innecesario, que nadie se acordaría de ella, que lo importante era salvar a Oliverio, que ningún milico concha de su madre iba a gastar su energía represora en una perfecta inocente. Más sabe el diablo por viejo que por diablo, fue la postura inamovible de su tía. Al día siguiente fueron a buscarla. Las amenazas no fueron en vano: la patrulla que dio vueltas por la casa entera, habitación por habitación, insistía en que buscaban a una mujer peligrosa, cabecilla de una red terrorista. Volvieron al cabo de una semana y repitieron toda la operación, extendiéndola esta vez al aserradero mismo. Nadie vio la puerta tapada por los troncos ni sintió la respiración entrecortada de la mujer que allí se escondía. Sólo la Pancha la visitaba una vez al día —no más de una vez, Pancha, había ordenado la tía Casilda, no vaya a ser que te vean y sospechen—, y le llevaba comida y noticias del mundo.

La preocupación cundió cuando una noche fueron a buscarla a casa de sus padres en Santiago. Pero cómo, decía su padre, ¿tan articulados son estos milicos, que una denuncia pendeja en el sur encuentra su lugar en la capital? Si creen que es la cabecilla de una red armada, opinó su madre, la buscarán donde sea. Conversaron con un cura amigo de la familia y el consejo fue que Ada se asilara, que una denuncia como ésa podía perseguirla largamente. Desde su escondite, Ada se negó. ¿Asilarse? Ella era una perfecta inocente, una desorganizada simpatizante de las causas de la izquierda, nada más. ¿Sabe usted, mijita, cuántos perfectos inocentes han muerto en estos días?, le rebatió la vieja Pancha, su única interlocutora. El papá de Ada ideó un plan, llamó a la Pancha y le pidió que fuese a un teléfono público al pueblo de al lado (por cierto, no debía llamar desde el almacén ni de la propia casa, los únicos teléfonos disponibles) y le devolviese la llamada. Entonces le dictó una proposición y un día determinado para obtener la respuesta.

De ese modo salió una mañana de madrugada de la bodega detrás del aserradero, y luego de disfrazarse con los más ridículos atuendos que la tía Casilda le tenía preparados —un abrigo de piel muy largo, de astracán negro, unos tacos altos que había dejado Nieves en su habitación, unas medias transparentes de seda y todos los collares que encontraron—, le dio un enorme abrazo, no, no sabía que sería el último (el único enfermo que se alivia es el que conoce su enfermedad, y yo no conozco la mía, fue la forma en que le dijo que iba a morir, el único sentimentalismo que se permitió tía Casilda en la despedida), y otro abrazo a la Pancha, tomó el auto de su padre, que seguía estacionado en el garaje, y se dirigió a Santiago, directa al aeropuerto. Las patrullas la detuvieron dos veces en el camino, la miraron y la dejaron continuar. En el aeropuerto la esperaba sólo su padre, nadie más, con su pasaporte y un pasaje, una pequeña maleta y un sobre con dólares. Contaba con el clasismo chileno, le comentó éste, sabía que de sólo mirarte te dejarían tranquila. Ada atravesó Policía Internacional sin un solo ojo sospechoso de los funcionarios sobre ella: había valido la pena arriesgarse. Mientras se escondía, Ada pensó en esta fórmula y llegó a la conclusión de que la denuncia de un pobre conscripto del sur del país no tendría la fuerza para llegar a los aparatos de inteligencia del gobierno militar. La fatídica visita a casa de sus padres lo desmentía, claro, era otra jurisdicción, la denuncia dejaba de ser un problema local, pero el padre de Ada acertó, era probable que en algún momento de cansancio y debilidad, el militar a cargo del regimiento en el sur le hubiese prometido a su conscripto, que resultó tan inesperadamente patriótico y colaborador, cursar la denuncia, habría llamado a algún contacto, y ante la dificultad para encontrar a la persona en cuestión, murió por inercia.

Ya en Londres, con sus papeles seguros bajo el brazo y una visa de estudiante, Ada respiró. Si la hubiesen detenido en la carretera o en el aeropuerto... bueno, igual no podía quedarse para siempre escondida en una vieja y polvorienta bodega del aserradero; fuera cual fuese su destino, el alivio de enfrentarlo le resultó inmenso.

El 11 de setiembre de 1973 fue el instante de los cambios radicales, de lo irreversible. Nunca más las cosas volvieron a ser iguales. Fue como si Chile bruscamente se hubiera convertido en otro país.

Desde la pieza que arrendaba a un músico chileno —contacto de la madre de Luz— en el bello barrio de Hamstead, debió leer cartas muy tristes y enfrentar cada noticia que llegaba desde Santiago en la más completa soledad: la muerte de tía Casilda fue la peor. El desmoronamiento del aserradero, sus deudas y su posterior salida a remate la destrozaron. Los tíos debieron volver a la ciudad a morir de muerte lenta, de pura desesperación.

La partida de Luz no fue recibida exactamente con alegría. Ada estaba segura de que en parte se debía a su ausencia y a la de Oliverio, los dos grandes amores de Luz, que ellos la habrían convencido de quedarse en Chile, que las imposibles comunicaciones de esos días fueron gestando en ella el convencimiento de una acción nacida al calor de un romanticismo adolescente y de un ambiente político y nacional que la empujaba. A Chile no le faltaba pobreza ni dolor, se decía Ada en el silencio de su cama, ¿por qué mierdas fue a África a buscarlos?

Lola decidió cambiarse de carrera, estudiar en la Escuela de Arte le pareció demencial en medio de esa pobreza, no debe de ser muy fuerte mi vocación, le confiesa en una carta a su prima, era más linda la idea de pintar que la pintura misma. Decidí sumergirme en los estudios de Economía y trabajar en una oficina por medio tiempo. Mis padres no han trabajado en su vida, Ada, papá sólo especulaba en la Bolsa de Nueva York con la plata del aserradero, ésa es su única especialidad, mi mamá ni hablar, es una bruta, ni siquiera sabe hacer las camas, y ahora que no tenemos empleada la casa es un desastre, vuelvo de la oficina a hacer aseo, al menos mi papá busca pega, pero la idea no se le pasa por la mente a mamá. Son una tropa de inútiles, no te creas que es muy distinto en tu casa o en la de Luz o la de Nieves, creo que aunque tenía un conocimiento nebuloso sobre que todos vivíamos del aserradero, nunca sospeché hasta qué punto nuestras vidas dependían de tía Casilda. Bonita estirpe a la que pertenecemos, juro sobre mi cadáver no repetir esta historia. Verás, Ada, cómo me convertiré en una economista de primera y ganaré toda la plata del mundo. Es raro haberme enfrentado cara a cara con lo que más temía: la pobreza.

Con la ausencia de dos de sus primos, Nieves concretó su matrimonio con Raúl (qué le vería, se pregunta Ada, era tan poca cosa, simpático, buena persona, el típico hombre cuyo encanto de los veintiún años no se sostendría en el tiempo, ninguna base sólida, ninguna originalidad, cuando Nieves se merecía un verdadero príncipe). He cumplido el sueño de mi vida, Ada, me he casado. La luna de miel fue como estar en un verdadero paraíso. Espera a que empieces la vida sexual y comprenderás lo que te digo, no sé cómo viví tanto tiempo sin sexo, ahora que sé lo que es. Antes de ayer fue mi primer día de recién casada en la ciudad, Raúl fue a trabajar y decidí esperarlo con la mesa puesta y la comida hecha, como corresponde. Creo que un bonito mantel y una mesa bien decorada es la síntesis de toda belleza. ¿Qué crees que me pasó? ¡No me resultó la receta! Se me quemó la comida, Ada. Lloré largamente. ¿Cómo puede ser tan malo Dios de no darme talento para la vocación que he elegido? No, ¿verdad? Raúl es un cielo, le di tanta pena que me llevó a comer fuera (no te imagines un super-restaurant, no, sólo unos sándwiches en la esquina), pero yo no soy Lola, el dinero no me importa, sólo me importa el amor. (Quizás estoy exagerando, te contaré un secreto: fui juntando poco a poco todos los envases de cremas y perfumes buenos de mi mamá, de las marcas más caras, bueno, tú sabes los que usa ella, y antes de hacer la maleta los llené de cualquier cosa, de cremas ordinarias, pero llegando a mi nueva casa los puse en el baño; y dejé establecido con ese gesto que YO soy una persona fina, así Raúl sabrá a qué atenerse.) A propósito de eso, del dinero quiero decir, anoche conversamos con Raúl sobre el tema de su carrera, va a congelar el último semestre, dice que el trabajo es muy exigente y que es difícil hacer ambas cosas a la vez. Le dije que no se preocupara, que tenemos todo el tiempo del mundo por delante. Evidentemente que con el título de abogado en la mano ganaría un mejor sueldo, pero, no tengo ningún apuro, ¿estás de acuerdo? Te dejo ya, sabes que, al revés de ti, me carga escribir, y mis numerosos deberes de recién casada me esperan.

Hoy Ada piensa en Nieves y se la imagina llorando en la cocina ante la receta fallida, todo su precioso rostro contraído por culpa de una medida de mantequilla o de la intensidad del gas. Nieves era una sentimental y a Ada esto le parecía insoportable. Le producen rechazo esos ojos que se llenan de lágrimas ante estímulos fáciles e insospechados. Por esto, a veces teme sus encuentros con ella. Le dan ganas de decirle, basta, Nieves, no seas pasada de moda, ¡las mujeres ya no lloran!

Y Oliverio.

Oliverio estuvo tres meses en manos de los militares hasta que su padre pudo convencer a su amigo, el general, de que no había armas en la casa del Pueblo más que las domésticas y que su hijo pagaba las consecuencias de un antiguo conflicto familiar en manos de un resentido que hoy engrosaba sus filas. El expediente de Oliverio fue revisado con esmero, no deseaba el general cometer una injusticia con su propia gente en aras del favor para el amigo afligido. En enero de 1974 lo liberaron. En febrero era alumno regular de la Universidad de Boston, donde se tituló e hizo más tarde el posgrado. Ya de flamante abogado abrió un estudio en Nueva York gracias a su socio, compañero de curso y gran amigo, cuya hermana más tarde desposaría. (Es una lata la gringa, Ada, no te gustará, además no habla español y no entiende nada de nada, es rubia, flaca y bastante pava, tiene la nariz respingada —como quería tenerla yo de pequeña— y la piel rosada, es de ese tipo de rubias que hemos visto mil veces en películas malas, no como Nieves o yo, nada original. Aquél era el informe que hacía Lola desde Santiago cuando por fin Oliverio se decidió a llevar a su mujer a conocer el país.) ¿Le has hablado de mí?, le preguntó Ada por correo. Sí, le he hablado de cada una de ustedes, fue la respuesta.

Cuando Ada terminó sus estudios en Londres y se disponía a partir hacia Barcelona, buscando el idioma y el calor, cansada del invierno demasiado largo y de la obsesión de los ingleses con el clima, recibió una carta de Oliverio acompañada de un billete de avión. No, Ada, no temas, no te envío este pasaje porque piense que estés trabajando de dependienta en un hotel de mala muerte (Ada interrumpe la lectura con una sonrisa ancha en los labios y se dice: adoro esa capacidad de Oliverio de retener detalles que sólo son significativos para una), sino para darnos una cita en Chile. Pasaré un par de semanas allá de vacaciones y una concurrencia nos hace falta. ¿Sabes cuántos años han pasado desde la última vez que nos vimos? Ada le escribió de inmediato aceptando la invitación y preguntando, como quien no quiere la cosa, si Shirley lo acompañaría. Por cierto —fue la respuesta—, también el pequeño Joaquín, ¡ya es hora de que los conozcas!

Coincidió con Lola: la gringa era una lata. Y adolecía de un defecto grave, desde el punto de vista de Ada: su voz era infantil. Hay algo perverso en las mujeres adultas que mantienen voces de niñas, como si un raro desequilibrio se hubiese introducido en el cerebro, enviando órdenes equivocadas para que a medida que el cuerpo crezca se mantenga la voz estúpidamente detenida. ¿Se habría transformado también Oliverio en una lata? ¿En cuál recoveco de las extensas tierras de Estados Unidos se enterraron su gracia y su desparpajo? Lo único que quedaba del hombre de antaño era su fuerza. Y su apostura. Si mientras crecía hubo dudas de cuán guapo podría llegar a ser en la adultez, pasando épocas por un muchacho del montón en términos de apariencia física, la vida y los años se habían encargado de establecer en él una cuota no despreciable de interés. Ya no sabe Ada distinguir cuánto se debía a su ser intrínseco y cuánto a sus olores tan ricos, a sus horas de ejercicio y sus trajes tan bien cortados. ¿Todavía fumas?, le preguntó levemente escandalizado cuando ella encendió el primer cigarrillo en su presencia, haciendo que Shirley de inmediato tosiera un poco, abriera la ventana y aprovechara para contar que su departamento en Nueva York era *non smoking*. Un aire de formalidad cubría a Oliverio de manera permanente. Ada trató de estar a solas con él, de reencontrarse con el mayor cómplice que tuvo, de apelar a la antigua corriente que nunca dejó de fluir entre ellos, pero no la encontró. Comprendió que en el futuro debía relacionarse con él dentro de un determinado código de nuevas normas. Sólo una vez perdió la compostura, fue cuando notó las dos cicatrices en su mano derecha. Ella nunca lo volvió a ver desde el día en que él tranquilamente partió al Pueblo a ver a tía Casilda porque estaba enferma. Fue la única que no lo recibió cuando volvió de prisión, pues ya no estaba en Chile para ese entonces. Le tomó la mano, instintivamente se la llevó a los labios y allí la mantuvo, cerrando los ojos con intensidad. Recuerda a Oliverio incómodo ante tamaño gesto y la voz, esa vocecita estúpida de Shirley, preguntando, *what's wrong with her, honey?*

Volvió a Londres con el corazón vacío, empacó y se dispuso a comenzar desde cero en Barcelona. No le extrañó ni a sí misma haberse emparejado cuatro meses más tarde con un colombiano talentoso que trataba de abrirse camino como escritor en la patria de las letras hispanas. Cuando armaba el piso que se transformaría en su hogar por muchos años, Ada se encontró a sí misma calibrando algo que le pareció inaudito: nunca invitaría al nuevo Oliverio a este lugar, ¿qué diría de los cajones de manzanas como estantes de libros, o del tamaño de esa cocina donde apenas cabía ella sola? Le avergonzaría que revisara su clóset y constatara que no necesitaba más de cinco ganchos para la ropa. Ni qué decir del aspecto de su pareja, con el pelo largo, desaseado, su barba desordenada, sus eternos *blue jeans*, y su maravillosa ceguera para todo lo que no fuese literario. Jamás reconocería ante Oliverio que era *ella* quien pagaba cada café y cada restaurant, mientras el colombiano, pobre como una rata o como todo latinoamericano en Europa durante esos años, escribía una novela.

Oliverio había abierto una enorme brecha: la de la convencionalidad y eso, *eso*, Ada no se lo podía perdonar. Sofisticado, encantador, buen mozo, pero convencional.

Después de ese fatídico encuentro en Chile, la comunicación entre ellos continuó de otro modo: postales, ya no las cartas largas (el mail más tarde lo cambiaría todo). No tardó Ada en comprender su empeño: Oliverio, a través de esas tarjetas vulgares, le decía, sé lo que piensas, Ada, pero te equivocas, soy el mismo, aquí estoy.

Postal de Palenque, México: «Hoy he aprendido sobre la *asimetría armoniosa*, ¿por qué no fuimos arquitectos tú y yo? El jardín del palacio de Balak me obliga a pensar en el cuerpo humano. Allí se encuentra el esplendor de este concepto. No lo olvides y dime si estás de acuerdo.»

Postal de París: «Por fin comprendo por qué siempre has mirado las revistas y los diarios de atrás para adelante: todos los marginales lo hacen. Léase: sólo a ellos les interesa la sección de cultura.»

Costa de Marfil: «Los *baule* creen que todo hombre tiene *blolo* —esposo—, que permanece en el mundo de los espíritus, el cual puede ocasionar males si se siente solo. ¡Cuidado!»

Y una postal desde Nueva York, desde su casa, sin mediar viaje ni travesía, dejó a Ada pensando si no estarían por terminar sus días de abogado autocomplaciente y sumergido en la oficialidad: «¿Por qué pareciera que las formas del pasado eran más nobles?»

Volvamos al presente, Ada. Estás en Tánger y mañana temprano vendrá este nuevo amigo, Jaime, a averiguar sobre tus próximos pasos. Aún no sabes tu respuesta. Comprende que no puedes quedarte indefinidamente en el hotel Rembrandt, que éste es sólo un paréntesis para recobrar la normalidad. La editorial espera el nuevo domicilio. ¿Qué vas a hacer?

No sé, no lo sé aún, pero no importa, quedan algunas horas... siento mi identidad como una boya en la mar desde la cual se zarpa a distintas aguas sin perderse de la corriente. Encenderé el último cigarrillo de la noche, permítanme un recuerdo final.

Aquel verano en el Pueblo, el último. Volví a casa tres días después de haber escapado. Dormí sólo una noche donde los gitanos. Nadie sabe que Oliverio me encontró tan pronto. Era fácil, después de todo. Enfiló hacia el sur, allí estuvo su inteligencia, en intuir que yo no partiría al norte. No se fue por la carretera, tomó el camino interno, la huella de los caballos. Al llegar al pueblo vecino, el que visitábamos escondidos en el último carro del tren, se detuvo para que la bestia descansara. Allí encontró, a la mañana siguiente, a una gitana en la plaza que ofreció verle la suerte. Oliverio le entregó sus manos, algo le inquietaba de esta gitana, algo muy tenue relacionado conmigo, y le siguió el juego. Cuando ya había pagado por conocer su destino (cuéntame, ¿qué te dijo la gitana sobre el futuro?, nada muy brillante, me habló de amores imposibles, eso le sirve a cualquiera), la invitó a tomar un refresco a la fuente de soda de la plaza, la única que había. La gitana, pensando en cómo sacarle más dinero, aceptó. Entonces se enteró del campamento, dónde lo habían ubicado, que llevaba un mes ahí, que era la primera vez que se aventuraban por aquella zona, que pensaban quedarse al menos todo el verano. De inmediato, Oliverio supo dónde buscarme.

Con la ayuda de la gitana llegó al lugar y me encontró tirada bajo una carpa, sucia, maloliente, exhausta y hambrienta. También un poco temerosa, aunque no suelo por lo general tener miedo. Varias mujeres hacían sus deberes cerca de mí y a nadie parecía importarle. Había dormido entre ellas, en el suelo, me habían acogido sin preguntas, sólo me avisaron que me cobrarían, que su carpa no era un hotel gratuito. Durante la noche, mientras trataba de componerme a mí misma a la luz de las estrellas, un gitano joven se acercó. Ya había aprendido en carne propia que efectivamente era una mujer, no albergaría nunca más dudas al respecto, y no necesitaba volver a constatarlo. Olí el peligro. El hombre era hermoso, eso lo recuerdo bien, con un pelo negro como la noche, ondulado, y un cuerpo bien torneado, aunque le faltaban kilos y músculos, un gitano pobre era. En ese instante me sentía más cerca de él que de mis pares en la capital. Cuando alzó una mano para tocarme la cara, pensé en la posibilidad de entregarme, de entrar de lleno al desquicie total, de quedarme con él y no volver nunca más a la civilización, la simple y llana tentación de sucumbir y de cortar las amarras, abandonar a mi familia, romper por fin la obsesión por mi primo, romperla a costa de promiscuidad, de desenfreno, de perdición. Acariciado ya mi rostro, el gitano llevó luego su mano a uno de mis pechos y me lo apretó como si quisiese estrujarlo. Me hizo daño. Sólo porque me hizo daño decidí apartarme. Mil veces me he preguntado: ¿y si no me hubiese dolido?, ¿qué habría sucedido si su caricia, en vez de brusca y violenta, hubiese sido sensual e invitadora? Me entretengo pensando que mi vida podría haber sido otra, un instante, si a veces no es más que eso, un solo instante para el cambio radical. Para la escisión definitiva. Escapé hacia la carpa de las mujeres que me habían recibido, el gitano me persiguió pero no osó traspasarla, yo no conocía las leyes que imperaban dentro del campamento, pero comprendí que no debía volver a salir durante la noche. Una de las gitanas más jóvenes me miró torva y me dio la espalda en forma ostensible, supuse que era la amada de mi seductor y, en efecto, fue ella quien no tardó en traer a Oliverio al campamento al día siguiente para verse libre de mí. Nunca olvidaré a la gitana mayor, la que me protegió. Imagino que todas se divertían a costa mía, les parecería gracioso que uno de los suyos me acosara, aunque no ignorarían, supongo, la complicación que les podría acarrear una acción por la fuerza. De todos modos, esa gitana mayor —le calculé unos treinta y cinco años y era la única hermosa de todo el grupo, con sus faldas anchas y coloridas y pañuelos transparentes cubriendo un pelo largo y rubio, como las gitanas de los cuentos— me hizo un espacio en su jergón y allí, enteramente vestida, me tendí y me tapé con una frazada que ella me facilitó. No hablamos una sola palabra, pero comprendí de inmediato que a su lado nada malo me ocurriría. Cuando apagaron las lámparas de la carpa —no había electricidad, eran a parafina—, me pregunté si lograría dormir, la ilusión de descansar era grande, nunca me había sentido tan exhausta, temí quedar entumecida hasta el fin de mis días; demasiadas cosas me habían sucedido en muy pocas horas, todas tan definitorias, tan feroces para mi pobre y agitado cerebro, como si hubiesen dado vuelta una hoja y todo el panorama de la hoja siguiente variara por completo de líneas, de ambientación y de colorido. Hay ciertos actos que son irreversibles, el del bosque había sido uno de ellos. Ése era mi estado de ánimo cuando en la oscuridad sentí un calor en mi espalda, un calor reconfortante, dulce, que por fin me entibiaba. Era el cuerpo de la gitana protectora que dormía a mi lado. Pensé que quizás era parte de sus hábitos, esto de pegarse al cuerpo vecino al dormir, y me quedé inmóvil, insisto, gozando tímidamente de ese calor. Al poco rato sentí cómo una mano levantaba mi blusa y se introducía por mi espalda, luego avanzaba hacia mis pechos, levantando con delicadeza el sostén de su lugar. Un calor infinito me invadió. No, no tuve miedo, ninguno, no sabía bien si estaba sucediendo o si lo soñaba, estaba tan alucinada que todo era posible, ya fuese en la realidad o en mi imaginación, todo podría suceder, pues había atravesado la línea invisible de la casa del Pueblo, de mi formación y de los deberes y valores de mi entorno. En mi fuero interno rogué por que la mano no se retirara, que avanzara hacia mis pezones, que los acariciara, que los estrujara, que hundiera sus dedos en ellos. Así lo hizo, como si siguiera mis deseos desde el silencio mutuo. El placer insospechado que me dieron esos dedos conocedores en mis pechos casi virginales fue tan evidente e invitador que la mano se sintió con la licencia para llamar a su compañera, y una vez que ambas agazapaban mi cuerpo, como manos de ciega, palpando, se sintieron con el derecho de continuar las exploraciones, de bajar hacia mi vientre, de tocar y tocar y de acariciar, hasta encontrarme.

Dormí esa noche como si nunca hubiese dormido. Al despertar, con el cuerpo adolorido y desconcertado, busqué a mi cíngara amiga, pero ya había partido. No tuve la oportunidad de darle las gracias. Entonces llegó Oliverio y debí reconocer que no sería nunca gitana, ni promiscua ni desatada, que mi realidad, encarnada en la persona de mi primo, venía a presentarse arrogante e inalterable frente a mis ojos, y que no existía huida posible.

Me he preguntado a través de la vida si puede suceder que, de un día para otro, un cuerpo determinado —en este caso, el mío— pueda, en un momento de su existir, expulsar alguna sustancia mañosa que obligue a todo cuerpo cercano a manifestársele, a desearlo. Yo no era ninguna Mata Hari, ninguna mujer irresistible, pero por algunas horas largas todo ser que se me acercó necesitó violentamente poseerme. De más estará explicar que nadie me había poseído nunca hasta entonces, por lo que mi virginidad pareció perderse mil veces, como si una vez no le bastara para dejar de ser propiamente una virginidad.

Oliverio me hizo pocas preguntas. Sólo me informó de su inmediata visita a casa del practicante y del fuerte puñete que le había pegado a Eusebio. Me subió al anca de su caballo, estaba serio, triste, con algo nuevo en sus ojos que yo no conocía. A poco andar, se bajó en un almacén y al rato salió con una bolsa que colgó de la montura. En ella había pan, queso, cigarrillos y vino. No se dirigió al Pueblo, como yo suponía, sino que desvió el camino por el borde del río Itata hacia una cabaña abandonada a unos diez kilómetros de nuestra casa, un lugar que yo no conocía, antiguo alojamiento de temporeros de la zona. Lo único que quedaba en ella era un grifo de agua que milagrosamente funcionaba, una mesa a maltraer, un brasero, un catre y una silla. Bajó las mantas y sus manos expertas armaron con ellas una cama sobre el catre. Dejó la bolsa de alimentos sobre la mesa y me dijo, con una voz densa que no solía utilizar conmigo: De aquí no saldremos hasta que sea necesario.

Entonces le conté de Eusebio.

Le conté del gitano y de la gitana mayor.

Le conté de mi deseo por él.

Dos días enteros estuvimos encerrados en esa cabaña,

perdidos del mundo, lejos de todo cuanto nos había rodeado desde la infancia, rodeado, constreñido, amarrado, limitado, cercenado, dispuestos a llegar hasta el fondo de nosotros mismos. Nos amamos una y mil veces, hasta dolernos, hasta herirnos, hasta que nuestros sexos sangraron. Y cuando abandonamos, deshechos y ahítos, la cabaña para volver a la casa del Pueblo, sus palabras fueron rotundas y definitivas: Aquí termina todo. Ya nos saciamos. Ya matamos la obsesión. Ya hicimos todo lo que debíamos hacer. Se acabó.

3. BETH O EL ESCASO MAÑANA

Kampala, Uganda, setiembre de 1982

"Jo, I'm anxious about Beth."

Marmee, capítulo 32, *Little Women**

Colándose a través de los muros como un grito ahogado, como el frío, un ángel ha venido a visitarme, dulce el ángel, como aquel de la guarda de mis oraciones infantiles, el de la dulce compañía. Por cierto, me conmociona su visita, nadie viene a estos lugares, ¿a qué podrían venir?, y exalta mis horas deshilachadas, pues nadie más que yo lo escucha, y a su vez mis palabras sólo llegarán a sus oídos cuando, accediendo a su petición, le hable de mis días.

Me llaman Luz Martínez. La pequeña Luz, siempre la pequeña, aunque Lola fuese la menor. Fui la más dulce, la más buena. Nos peleábamos todas por ese lugar, el de la bondad, y fui quien mejor se lo apropió, de forma genuina. Por esa razón estoy donde estoy, en la pobre cama de un hospital perdido en algún lugar también perdido del continente africano, y perdida yo. En mi situación puedo darme cualquier lujo de la mente, ya que no otro. Y éste consiste en pasearme como se me dé la gana por mi vida —corta, claro, soy espantosamente joven—, eligiendo sólo lo que hoy me interesa: el Pueblo. Puedo ser arbitraria como nunca me atreví, puedo ser descarnada, irónica, hasta malévo-

* Jo, estoy angustiada por Beth. (Marmee, capítulo 32, *Mujercitas*.)

la, aunque no corresponda a mi naturaleza, sí, sería un verdadero lujo... nadie me rodea, escasamente yo misma, que ni siquiera estoy atenta a mis latidos, nada. No deseo llamar a equivocaciones: vivo mi agonía. Se supone que las agonías arrojan a los seres humanos al más alto grado de inseguridad; pues bien, a mí me dejan donde siempre he estado.

De pequeña, una de las primeras sensaciones que experimenté al adquirir una cierta conciencia, fue la de que todo a mi alrededor era un poco a medias. Mi único hermano era medio hermano, mi madre era media mujer de mi padre al haberse casado con anterioridad (en esa época, la gente no se casaba dos veces, yo era la única en todo el colegio que tenía una madre viuda, estando mi papá vivo), quienes yo consideraba mis hermanas lo eran a medias, pues eran primas, y la casa que yo sentía propia —la casa del Pueblo— era a medias mi casa. Esto no fue dramático, sólo me recubría de cierta fragilidad. Además, nací delgada, menuda y feúcha. El color de mi cara, de mi pelo, de mis ojos, todo en mí era café, el marrón vulgar de medio género humano, ni siquiera morena —las morenas irradian una cierta fuerza, algo de misterio, algo no develado—, este café del que hablo era común, sin connotaciones, y me permitía participar del tráfago escondiéndome, pasando siempre desapercibida, sin necesidad de acudir a los recovecos. Bajo los efectos de cierta luminosidad, mis ojos se volvían transparentes como los de una lechuza y nada escapaba a mi vista. (Desde el rincón, todo lo vi siempre desde el rincón.) Muy tempranamente deseché los valores de este mundo, aquellos que colmaban de ambición cada centímetro del volumen de mis primas: la belleza, el talento, la fortuna. Es que me parecían efímeros. Y dificultosos. Opté por la bondad. No era difícil abrazarla si de verdad lo otro no cruzaba mi campo de interés, quiero decir, si no me juzgaba por ser la más hermosa ni la más talentosa, ni pretendía ser la más rica, el camino hacia la bondad se facilitaba. Es simple, en cada grupo humano sus componentes deben contar con una fortaleza, cualquiera sea, que dará una identidad individual para sostener el ego dentro de la identidad colectiva. En la infancia, era fácil ser buena. Es más difícil hoy. Por ejemplo, ser buena en mis actuales condiciones significa no llamar a Ada para que me asista en la agonía. ¿Qué puede hacer Ada aquí, entre esta miseria, aparte de sufrir por mí? Porque ella vendría, lo sé. Y ésa es la razón por la cual no la avisaré, prefiero que siga creyendo que vivo y que trabajo y que respiro y que ambiciono y que amo, todo lo que ya es mentira.

Porque Lola se creía invencible e inmortal, yo fui siempre insegura. Durante muchos años nos agruparon como las dos mayores y las dos chicas, Nieves y Ada por un lado, Lola y yo por el otro, Lola siempre como mi referencia más cercana, mi comparación, mi competencia. Ella era hermosa y fuerte, y de una enorme presencia física; a su lado, mi existencia parecía menguarse. Todos pensaban que yo era la menor y ella no lo contradecía. Mientras miraba hacia Nieves buscando su protección, yo miraba hacia Ada. Hoy pienso que no era necesario, el manto del amparo era extenso y alcanzaba para todos, no necesitábamos alianzas, ¿o estoy equivocada? Era la tribu. Nuestro Concord.

A Nieves la bondad se le daba como un regalo envuelto en el papel celofán de su encanto, no debía buscarla, no le costaba nada, todo su horizonte era una enorme sonrisa, ¿de dónde podía provenir la maldad? Habría sido como buscar un pigmento de gris en el blanco más rotundo, no, allí no había matices, el blanco rotundo era rotundamente albo y nada más. Así era la bondad en Nieves. Pero no en Ada. Las luchas interiores se adivinaban en ella, les peleaba a sus partes oscuras, ¡cómo les peleaba! Y cuando la claridad ganaba era con un gran esfuerzo de su parte, lo que me hacía sentirlas más valiosas. Lola coqueteaba con la idea de la bondad, la orillaba y luego se sumergía en ella porque le daba más dividendos. En cambio Oliverio, mi hermano Oliverio, no pensaba en esos términos. Le interesaba la grandeza, la fuerza, la solidaridad, no la bondad. Porque es hombre, me dijo Ada, sólo porque es hombre, ellos pueden darse el lujo.

Cuando establecí la fragilidad de mi contextura, debí relatar que fui un bebé prematuro, que nací a los siete meses y que por culpa de ello nunca me vi libre de una aborrecible cuota de vulnerabilidad, agregada a este cuerpo pequeño y debilucho que hoy hace de las suyas. Fui tremendamente tímida. Hubo momentos en que sólo dirigirle la palabra a otro ser humano me dolía, me ardían las mejillas al dar la cara. Sólo me sentía libre dentro del ámbito familiar. Muchas veces pensé que no sería capaz de abandonarlo, que me escondería tras ellos por toda una vida.

Vivo actualmente las humillaciones del cuerpo. Todas y cada una de las humillaciones tienen un solo nombre. Éste es: *enfermedad*. Mi cuerpo ha gozado poco, tiene pocos placeres impresos en él para ganarle al dolor, no posee la acumulación suficiente, no cuenta con recuerdos que le hagan el peso. Ninguna ecuanimidad. Mis miembros podridos, de un café pastoso y seco o de un rojo anochecido, resisten cada hora el ultraje a su dignidad. ¿Dignidad, dije? Pero de qué hablo, si ya olvidé lo que ello significa. Caóticos y enloquecidos, estos miembros sólo me conducen a pensamientos innecesarios. A preguntarme, por ejemplo, de qué valió haber sido buena. Hice lo que tantas mujeres antes y después de mí han hecho, a costa de despedazarse: dar a luz lo que mata. Ésa fue la definición de la bondad.

Le pregunto a mi ángel visitador si desea una crónica de los hechos o mis impresiones. Pero caigo en la cuenta de que en las historias honestas nunca pasan grandes cosas. Y las que ocurrieron se empequeñecen hoy por culpa de mi estado. Es la obsesión: experimento la tendencia a excluir todo lo que no ocurre dentro de estas cuatro paredes porque me ronda la enfermedad y termina siendo ella la única presencia. Es fantástica la capacidad del ser humano de arrasar con las realidades que no le son relevantes en lo inmediato, de desecharlas, de minimizarlas, en buenas cuentas, de hacerlas desaparecer. Como en los sanatorios, en los manicomios, en los asilos, sólo importa el dolor del día, nada más. Hoy me preocupa una nueva alteración en la piel de mi mano izquierda, una roncha insignificante que apareció esta mañana, ésa es mi preocupación, nada más que ésa. Pasar la otra mano por la superficie de la piel —un pedazo determinado de piel, localizado y exacto— y detectar una irregularidad: al principio sorprende, molesta, choca, una leve alerta, sin embargo, a esa sorpresa, molestia, choque o alerta lo acompaña alguna fascinación, algún placer raro que obliga a la mano a volver al espacio de la irregularidad, a pasar otra vez la yema de los dedos para confirmarla, porque en el fondo estamos constatando el estar vivos. De lo contrario, ¿por qué insistimos en repasarla —a la irregularidad—, si no es para comprobar la variación? ¿Y no es acaso ella, la anomalía, la que nos recuerda que estamos vivos? Constatar la anormalidad del cuerpo es recordar la normalidad, o sea, que la vida sigue corriendo. La enfermedad todo lo suspende. Es como la noche. Frente a mis ojos se posa la exactitud versus el desvarío. Es la enfermedad la que determina cuál gana, no yo.

Si Lola se hubiese embarazado en la adolescencia o en su primera juventud, como nuestra antepasada la hermana sor María Trinidad, y por razones sociales le hubiese resultado imposible enfrentar este hecho, ¡qué enorme habría sido su tentación de hacerlo pasar por hijo mío! Claro, su dote y la mía eran equivalentes entonces, el aserradero le daba tanto pan a ella como a mí, pero la prima pobretona anidaba igual en mi entendimiento: Verónica de las Mercedes era yo.

Salgo de la celda de muros blancos, albos los muros, con un canasto repleto de frutas en mis manos, chirimoyas, guanábanas, granadillas y lúcumas, todas destinadas a endulzar el fino paladar de mi prima monja a la hora de los postres (su embarazo le provoca el gusto por las frutas frescas, no quiere saber de tortas o masas de repostería, la mantequilla y la grasa le producen náuseas), camino por la angosta y quebrada callejuela de adoquines nombrada por una ciudad española (¿Sevilla, Granada, Plasencia?) y me dirijo a nuestra casa. En efecto, es una verdadera casa, cuatro habitaciones, una sala amoblada con maderas finísimas y arcones con incrustaciones de oro, una habitación con un lecho con dosel donde duerme la hermana sor María Trinidad, otra con jergones en el piso para las sirvientas, y la última para las seglares. Aquélla es la mía, la nuestra, la que comparto con otras dos mujeres del séquito de mi prima (una de ellas ha usado el convento como lugar de refugio o de espera para sus desavenencias conyugales, la otra enviudó, y habiendo entregado la dote a sus impacientes hijos —dejando aparte la cuota para el convento—, no tuvo otro lugar donde echar a descansar sus huesos, ya saben, mientras pague, todo va bien, y yo... la supuesta embarazada abandonada por el marido). ¿Un cuarto propio? Ni soñarlo. Mis tareas son relativamente fáciles, ayudo en todo lo que se me presenta, cuido a mi prima en su estado actual, y mi tarea es disimular día a día la hinchazón de su vientre mientras invento un volumen en el mío. Hago turnos preparando la capilla para la hora de las oraciones, a veces ayudo en la cocina cuando están atrasadas, tercio entre mi prima y sus sirvientas para evitar el tráfico de esclavas al que son tan adictas las monjas aristocráticas, hago la labor de cantora (de todas mis actividades, es la que más me gusta, el coro como una sublimación —no sé bien de qué, pero sublimación igual—, las voces subiendo por la cúpula de la iglesia y alcanzando el cielo ansiado, se mezclan allí las voces de monjas y seglares, a todas nos admiten), hago encargos, salgo por la puerta trasera que han olvidado de cerrar (cualquiera sale o penetra el convento por allí, más tarde vendrán reformas que entibiarán tanta permisividad). Por ahora salgo al exterior y respiro la promiscuidad del aire multitudinario y citadino, pero comprendo que no lo necesito, me siento cómoda dentro de los muros de Santa Catalina. Es una hermosísima construcción, enorme y completa en sí misma, y me ahuyenta las sensaciones de temor, bochorno y soledumbre, las que experimenté en el mundo de fuera, aquel que me ofreció una cotidianidad tan nimia, un día a día tan ínfimo en la confección de cada una de sus horas, sin embargo, tan expuesto, con mi pecho al descubierto, cualquiera hacía diana en él. Mañana nos visitará el obispo y la leña en los hornos no se detendrá durante la noche preparando los manjares para él. A mí en lo personal me afecta poco este hecho, el obispo no me verá, no me dirigirá la palabra, seré una más de las muchas mujeres que aquí habitan, entre las monjas de velo negro, aquellas de velo blanco, las estudiantes, las acompañantes —mi calidad— y las sirvientas. No resulta difícil una existencia sin hombres, al menos se apacigua en ella ese lamento fijo de las mujeres: el que su valor esté siempre en función de otra persona. Aquí también se lidia con los demonios de las obligaciones femeninas —nuestros deberes—, pero al menos no van dirigidas hacia marido ni hijos, lo que las hace más tolerables. Las virtudes simples son el pan de cada día, son sigilosas, y en ellas me acomodo bien. Es más, al no creer excesivamente en las bondades del mundo, al sentirlo más bien hostil, agresivo, duro y malintencionado, el espíritu de servicio que me acomete dentro de estos muros termina resultándome legítimo y genuino. Creo que cuando se teme al mundo grande hay que disfrazar el temor en odio, y así renunciar a él, con el respectivo fraseo grandilocuente, por cierto: «Odio al mundo, por tanto, lo abandono.» Resumo la idea: debemos inventar ese odio para poder renunciar, eso es.

(En un pasillo del convento, en la antesala del refectorio y de la sala de labores, cuelga un cartel que dice en grandes letras: PENITENCIA / VIDA COMUNITARIA. Sinónimos. Interesante, ¿verdad?, podría haberlo escrito yo.)

Mi pobre persona no aspira al reconocimiento, sólo desea aceptación y consuelo. Para ello no hago nada, sólo doy un paso más hacia la muerte. Tú dirás, querido ángel, que mi vida no tiene nada de sensata, y puedes tener razón, lo admito. Opinarás que la sequedad de mi piel, casi resquebrajada, es un símbolo de abandono, de descuido total. Acertado. Pero te diré una cosa que no debes olvidar: aun la mujer más feliz guarda un espacio de rencor dentro, ese rencor que nace con ella al abrir los ojos y descubrir que el mundo no la esperaba, ese rencor que engendra el error, no, no me preguntes por qué, ¡francamente!, ¿es necesario explicarlo?, sólo te decía que cada mujer vive ese espacio en absoluta soledad. La diferencia entre ellas y yo es que me he esforzado por ser una criatura de imaginación más que una de costumbre, y mi opción ha sido el no disfrazar esa soledad anestesiándome con los vaivenes mundanos, sino vivirla plenamente. Créeme, me parece más saludable.

Por ahí dijeron: ya que la vida es breve, acorta tu esperanza. Eso hago en silencio. Eso hago. En silencio.

En un cielo de talco se ha convertido el firmamento de las afueras de Kampala. La tierra de toda Uganda, sucia por la feroz sequía, luce un amarillo nicotina, y la dureza del calor paraliza el día. La miseria y el horror de las víctimas de la guerra civil se han transformado en un gemido repetido y majadero. Nadie lo escucha. La presión y la fuerza bruta de la cotidianidad y su inmediatez desafían cualquier peste, cualquier crisis, imponiéndose su nimiedad, escurriéndose entre los escombros y siempre primando, siempre. ¡Qué enorme fuerza ostenta la vida cotidiana, cómo nos obliga a afinar el olfato, a ignorar las emociones, a continuar, a continuar, a continuar existiendo! Como animales, la supervivencia lo abarca todo, cada uno somos una posible presa y un posible cazador, cada uno de nosotros, víctimas y victimarios. En la tradición conservadora de mi país y de mi familia, yacía silencioso y subterráneo el terror a la corporalidad de la pobreza. Mi abuelo podía extender un enorme cheque para ayudar a los damnificados del terremoto, pero no deseaba *verlos*, menos aún tocarlos. La pobreza como un problema real y urgente que había que resolver mientras se mantuviera en un nivel teórico, virtual. Tía Casilda amaba a los habitantes del Pueblo, pero no visitaba sus casas, ninguna proximidad material ni vecindad, le daba terror su cercanía.

He sido la primera en quebrar este raro hechizo y me he arrojado a ella —la pobreza— con el cuerpo, toda una novedad. Mi tacto se horroriza, claro, pero no esquiva.

Ahora la pobre soy yo.

Después de que la familia entró en bancarrota, imponiéndome la obligación de trabajar mientras mis compañeras de estudios se ilusionaban ante los miles de caminos que dibujaba el futuro, me desempeñé como secretaria en un consultorio médico para entregar a mi madre el cheque de mi salario cada fin de mes. Esto me llevó a un primer conocimiento del mundo de la medicina, y surgió en mí un fuerte deseo de compartir el tiempo entre estudio y trabajo. Elegí la Cruz Roja (qué buena doctora hubiera sido de haber ido mi vida por otros derroteros), y a través de ellos pude contactarme con una organización que ya había llamado mi atención unos años atrás, Médicos Sin Fronteras. Fundada por unos médicos franceses, fue la primera organización no militar y no gubernamental que se especializó en asistencia médica de emergencia. A través de la Cruz Roja pude enterarme de sus experiencias en Centroamérica, en Vietnam, en Camboya, y me interesaron enormemente. Supe de inmediato que aquél era mi destino, decidida a abarcar corporalmente la pobreza, es decir, decidida a romper con ese miedo que había heredado. Me planteé como objetivo atravesarla con la espada más afilada, meterme de lleno en ella. Y partí.

Qué fácil resulta sintetizar la enormidad de una difícil experiencia y decisión en una palabra tan inofensiva como *partir*, sólo un verbo de seis letras. Ya volveré a ello.

Fui una pionera en la internacionalización de Médicos Sin Fronteras, al establecer ellos por vez primera un centro operacional fuera de Francia, uniéndome así al programa de alimentación para las víctimas de la guerra civil y de la sequía en este país africano. Debí buscar Uganda en el mapa, sabía de África tanto como de astrofísica. A poco andar, comprendí que no era el nombre del continente ni su contingencia lo que importaba conocer, sino al ser humano en sus momentos límites. Y ése fue mi aprendizaje, sin sospechar que me llevaría a mí misma hasta allí.

Este tiempo raro me ha traído a la mente aquel verano en que enfermé. Tenía sólo diez años cuando Silvia, la hija del practicante, padeció de rubéola. Comenzaba recién el verano y la brisa del atardecer con su frescura profana no hacía más que hablarnos de los fastuosos días que nos aguardaban. Nieves, previsora, había traído telas de la capital aquella vez para asegurar su calidad, ya no se consideraba en edad de entregarse a ciegas a las que comprábamos en el almacén de don Telo, y se preparaba para coser en la máquina de Silvia bajo su supervisión cuando nos avisaron que esta peste era contagiosa, que no la visitásemos. Tanto alboroto, si ninguna de nosotras está embarazada, opinó Ada, restándole importancia, pero tío Octavio nos detuvo, que no fuéramos irresponsables, que la rubéola no era ningún chiste, que ni pisáramos la casa del practicante si no queríamos arruinar todo nuestro veraneo. Acordamos esperar que Silvia mejorara, y aparentemente la pobre fue olvidada por nosotras. Pero no por mí. Una de mis caminatas favoritas era acercarme a la línea del tren y mirarlos pasar, contar sus carros y hacerle señas a la gente que en ellos viajaban, así como imaginarme la carga que ocuparía el interior de los vagones cerrados. Sin despegar los ojos, solía poblarme la fantasía de viajes lejanos, y el acompasado sonido rítmico, intenso y metálico que producían sus ruedas al rascar los rieles, agregado al enorme esfuerzo, respiro a respiro, tos a tos, que salía de la locomotora como si estuviese eternamente extenuada, me transportaba a tierras desconocidas. De alguna forma casi cósmica, los trenes me calentaban el alma —entonces no tenía duda alguna de su existencia— y me traían sosiego. Todas las tardes, al pasar frente a la casa del practicante, miraba hacia la ventana de la habitación de Silvia, permanentemente cerrada, y me conmovía la tristeza de sus días. Una tarde me acerqué y le hice señas a través del vidrio, y su rostro resplandeció al sentir que alguien se dirigía a ella. Continuando con la marca de la región, Silvia era hija única. Su padre trabajaba todo el día en el pequeño consultorio aledaño a la casa, y su madre se ocupaba de los enfermos junto a él cuando se liberaba de las tareas del hogar: esto para explicar la soledad con que la pobre Silvia enfrentaba su peste. Luego de un par de días en que sostuvimos imposibles conversaciones a través del vidrio decidí ignorar las advertencias y entrar por esa misma ventana a su cuarto y tratar de aliviar en algo su malestar. Esta actividad pasó a ser un juego divertido en la medida de lo clandestino que era. (¡Cómo la estúpida de Silvia, con los años que te lleva, te lo permitió!, fue más tarde el reclamo de Ada.) Decidí, con la conciencia con que se cuenta a los diez años, ser la única acompañante de la muchacha durante su enfermedad. Le gustaba peinar mi pelo largo, practicar sobre él experimentos de chapes y trenzas, luego preguntarme sobre mis primas, mi casa, la vida en la capital y Oliverio. Su curiosidad se inclinaba a desentrañar cuánto *glamour* —idea que conceptualizo hoy, no entonces— envolvía nuestras cotidianidades más allá del Pueblo, sin entender que ésa era justamente la parte menos interesante de nosotros. Sus insistentes preguntas sobre mi hermano me halagaban, yo respondía cada una con precisión. Mis ojos debían detenerse inevitablemente sobre sus erupciones cutáneas, y cuando se quejaba de dolor en los ganglios en la región de la nuca y detrás de las orejas, le frotaba amorosamente esos lugares con un algodón húmedo de agua de colonia. El virus se incubó de inmediato en mi propio cuerpo, aunque tardó un par de semanas en manifestarse. Fue un verano duro, de ello no tengo dudas, pero con alguna luz para mí: seré enfermera, le confesé a Ada, sí, mientras la enferma no seas tú. (Mientras la enferma no seas tú en Uganda entre los campos calcinados, contagiada de pestes de las que nunca hemos oído hablar, olvidada en un hospital desabastecido y abandonada a la buena de Dios, asegurando a tus compañeros de misión que sólo te has debilitado, que todo va bien, que te reintegrarás muy pronto al trabajo, que te dejen descansar en paz, que no, no debes llamar a nadie en tu ciudad natal, que, como tu abuela resignada, no reconocerás el modo en que la enfermedad te ha vencido.)

Mi dolencia ese verano, al revés que la de Silvia, fue perfectamente acompañada y repleta de intentos de diversión por parte de mis primas. El tío Octavio decidió que todas debían contagiarse *ya* de rubéola para evitar su efecto posterior, cuando estuvieran en edad de concebir, y realizaba una visita de rigor a mi dormitorio todas las mañanas (mediodías más bien, él nunca se levantó antes). Lola traía su liviano y coqueto atril de madera y se instalaba en mi habitación a hacer sus bosquejos, Nieves me acicalaba y me contaba chismes sociales mientras desenredaba las madejas de lana, y Ada aparecía con libros bajo el brazo —cuando las lecturas se tornaban un poco densas, le imploraba cuentos inventados por ella—, y así despachaba las horas con agilidad. Tía Casilda, con su «enfermo que come no muere», me atosigaba con reservas de la cocina, se abrieron para mí frascos prohibidos del último anaquel, como el del dulce de peras y el de alcayotas con nueces. Si te preguntas, mi ángel, por qué no fui a Santiago a recuperarme, te daré dos razones: primero, porque me habría aburrido muchísimo, segundo, porque mis padres estaban de viaje. Ellos siempre estaban de viaje.

De más está agregar que ninguna de mis primas se contagió.

Insisto y me detengo en la marca que grabó tenaz ese verano en mi destino. A los diez años comprendí que el servicio a los demás era lo único que me hacía sentido. La rubéola adquirió una cualidad de epifanía: al enfermar Silvia, mis amaneceres cambiaron por completo, una energía nueva y benigna me expulsaba de la cama al despertar, la placentera jornada estival se interrumpía, y al atarse el goce a otro quehacer —uno no centrado en mi persona—, este mismo adquiría realce, se plasmaba por fin congruente en mi cotidianidad tan privilegiada.

Conversando con Henry, uno de mis compañeros de misión, sobre las motivaciones que tuve para unirme a Médicos Sin Fronteras, he debido sacarlo de su error: no, Dios no tiene arte ni parte en ellas. Mi compromiso no tiene nada de divino, son los pobres quienes me mueven, no Él. Todo terrenal: ferozmente terrenal es la pobreza, terrena el hambre, terreno el miedo, terrena la enfermedad. La eventual intervención de Dios habría sido crearlo todo: me niego a afirmar que este mundo fue su deseo, ¿cómo podría haberlo querido así? En mi experiencia, los que enarbolan esa bandera son todos unos fanáticos. Y bien sabemos que cuando se es fanático de una causa, cualquiera sea, puedes terminar siendo tan imbécil como el que abraza la causa contraria. No, no es a Su amor a quien me debo, celoso y exigente, no es en Su nombre que invoco el sacrificio. Me llena de dudas que merezca tanto honor y alabanza si ésta es Su obra. La tierra es un horror. ¿Fue idea Suya? Por haberme enterado muy temprano de ello, me arrogo el derecho de repetirlo: la tierra es un horror. Créemelo: en mi propia piel, Uganda hoy día. Chile, en 1973. El Holocausto en pieles ajenas que hago propias. Y así, suma y sigue. Suma y sigue. La lista es tan inmensamente larga.

Quisiera los brazos de un dios más compasivo. Mientras lo encuentro, me debo a los hombres y continúo en el intento de abrir puertas al dolor, para expulsarlo del interior de los sufrientes y ayudar a que se diluya y se descargue por fin. Se me puede acusar, con toda propiedad, de tener aspiraciones un poco arrogantes, y mi defensa sería: ¿existen los puros que a su vez no convivan con la arrogancia? Quizás Francisco de Asís, quizás sólo él.

Bienaventurados los limpios de corazón.

La vida nos dio un tremendo vuelco aquel setiembre de 1973, cuando los militares se tomaron el poder. Las rencillas provincianas probaron ser tan dañinas como el involucramiento en las altas jerarquías de la política, y me enseñaron en carne propia lo que significaba esa palabra tan fea: venganza. Hasta entonces, aquel concepto me hacía sentido en las historias épicas que Ada me leía o en los acontecimientos de nuestra propia vida doméstica (como aquel gesto repugnante de Lola cuando le quemó el manuscrito a Ada, se vengaba de muchas cosas Lola en ese momento, no sólo de la negativa de Ada de llevarla a una fiesta, no era tan pequeña Lola, el ensanchamiento de su rabia acumulada a través del tiempo había llegado a su nivel de tolerancia y contaba los minutos para estallar). Pues bien: allí estaba la venganza, cara a cara con mi hermano, con Ada, con la familia, con cada uno de nosotros, con la casa del Pueblo. Es probable que el fin de tía Casilda y del aserradero no fuesen ajenos a los hechos que produjo ese caos horripilante y lleno de impotencia, aunque quizás estoy exagerando al hilar tan fino. Ada era la preferida de tía Casilda, ella lo ocultaba en pos de una determinada justicia, pero para mí fue siempre tan evidente y prístino como una gota de agua de lluvia al caer sobre una poza quieta y reluciente.

(—Lola, ¿crees tú que tía Casilda tiene una preferida entre nosotras?

—No, cómo se te ocurre, nos quiere a todas por igual, ¡es una de las gracias de su carácter!)

Seguro que nuestra tía se vio compulsivamente forzada a hacer un par de balances durante el escondite de Ada en la bodega del aserradero, pues al poco tiempo, durante mi primera visita al Pueblo después del golpe de estado, sostuvo conmigo una conversación seria de las que normalmente escapaba a perderse, una de aquellas que evitaba casi por principio. La vieja excéntrica y descomunal que era había perdido las riendas de la administración, la que había manejado con orden y tenacidad, y la enardecía la certeza de que sus hermanos y sus sobrinos directos —nuestros padres— se habían comido, madera a madera, cada tronco que sostenía el aserradero en pie.

—Los hombres son una mierda, Luz, y más vale que lo vayas sabiendo.

—¿Todos los hombres, tía?

—Al menos, los de tu familia. Los hijos de tu abuelo José Joaquín, incluido tu padre, son un cuarteto de irresponsables, y las mujeres con que se casaron no han hecho más que respaldarlos. Se han dado la gran vida mientras yo trabajo para que ellos coman. Aunque tu abuelo me pidió velar por ellos, me dejó *a mí* este aserradero.

Guardó silencio fijando la mirada en los álamos, dando un golpe con su eterno bastón, y el reflejo de aquellos ojos era duro, muy duro. Quizás fue aquél su último paseo por el parque, a esas alturas guardaba cama regularmente, sin embargo, quiso levantarse y me pidió que la acompañara, seguro que añoraba la compañía perseverante e invariable de sus álamos. La debilidad que ya carcomía su cuerpo estaba bien escondida, y no la suavizaba ni un poquito. La única diferencia que yo percibía con los tiempos anteriores era el uso del bastón, ahora le resultaba imprescindible, ya no una diversión extravagante como ayer. Fue siempre una mujer de palabras escuetas, rechazaba enérgicamente el fraseo deliberado y florido tildándolo de inútil, por lo que mi tarea consistía en leer entre líneas su enorme desesperación.

—Velar es una cosa. Entregar el pan de cada día es otra, ¿o no?

—Sí, tía, estoy de acuerdo.

—Mis hermanos están viejos y acabados, no me importa que vivan de mí, además, no significan mucho gasto. Pero mis sobrinos... eso ya es otro cuento. He debido hipotecar parte de nuestra tierra, de nuestra maquinaria, de nuestro patrimonio. En cualquier momento cae la casa también. Y una cosa me preocupa.

—¿Cuál, tía?

—Si alcanzaré a vivir para poner todo esto en orden y limpiar las deudas, sanearlo, ¿entiendes?

—Sí, entiendo, pero... ¿por qué es tan importante hacerlo?

—Por Ada.

—¿Ada? ¿Qué tiene que ver ella en esto?

—No tengo hijos ni marido, puedo testar a mi arbitrio. Y quisiera dejárselo a Ada. Entonces moriría en paz.

Ada como la heredera, la única.

Ya entrábamos a la casa cuando, mirándome por el hombro desde su altura pronunciada, remató la conversación:

—Ada nunca se casará.

—Quizás... pero ¿qué te hace asegurarlo?

—Dos cosas: una, que estará siempre enamorada de Oliverio, y dos, que es un tipo de mujer que no resistiría el matrimonio, no lo resistiría porque no lo necesita. Ada es como yo.

A la muerte de tía Casilda, todos se mostraron muy sorprendidos —y horrorizados— por el giro que tomaron las cosas y la quiebra del aserradero. Claro, no alcanzó a vivir para legarle a Ada sus bienes, y el desmembramiento de su patrimonio fue aún más contundente de lo que ella suponía. Fui la única en no asombrarme con la noticia. Y en mi fuero interno me pregunté por qué yo, por qué fui la sola persona a quien le advirtió tal ruina.

Quizás porque reposé en la confianza durante mi infancia detecto con agudeza los lazos afectivos entre los seres humanos, sé distinguirlos y desmenuzar sus claroscuros, y con esa base afirmo que el cariño más consistente y profundo que le fue brindado a Ada en su vida provino de tía Casilda y de mí. Por ese mismo motivo no resultaba singular ni peregrino que sólo nosotras dos estuviésemos dotadas de la sagacidad para comprender su amor por Oliverio en su real dimensión. Como podrás imaginar, querido ángel, nunca fue un tema abierto, sólo tía Casilda lo verbalizó aquella vez, y lo hizo porque la muerte se acercaba. (Hoy, ya decantados los acontecimientos, temo por Ada, temo que en ella los conceptos de deseo y de transgresión se mantengan eternamente entrelazados, que sean ellos los que la exciten y a la vez los que la vuelvan excitante.)

La violación: aquella palabra que se esquivó como a la peste.

Yo estaba sentada a la mesa del enorme comedor al lado de Raúl, el amigo que Oliverio había invitado a pasar las vacaciones y que más tarde pasaría a formar parte de la

familia, observando la anormalidad que todos respirába-
mos sin mencionarla: la expresión del rostro de tía Casilda
era pétrea, y apenas si probó la comida, disimulando su
inapetencia a través del juego que hacía con el tenedor al
revolver el puré y trozar el cordero de tal modo que su volumen sobre el plato disminuyera. Nieves, instalada a la
derecha de Raúl —yo a la izquierda—, se empeñaba en sacar temas de conversación irrelevantes para que este nuevo pretendiente no pensara que nuestra familia era insóli-
ta en exceso, y sus sonrisas sólo tocaban sus labios, no sus
ojos, mientras le insistía que repitiera el cordero y le contaba de la chacra que habíamos plantado y las verduras
que cada una había elegido. Lola miraba a tía Casilda, luego a Nieves, como si buscara en ellas una orden, alguna
sólida ley que tuviera el poder de apaciguar la tremenda
inquietud en sus ojos violetas, situación que venía repitién-
dose por tres días, desde que Oliverio había salido en busca de Ada. Al sentirse ignorada del todo, insistía en fijar su
mirada hacia la gran lámpara de bronce holandesa que
colgaba del techo, dejando su plato intacto; ni se empeñaba en fingir, como lo hacía su tía, sino que expresaba su
desconcierto y preocupación escandalosamente. En cambio, yo me comí todo, y aunque luego me acometiera el
asco, debía acompañar a Raúl en su *normalidad*. Recuerdo
entonces haberle relatado un reciente descubrimiento sobre una organización extranjera de médicos voluntarios
que me tenía muy deslumbrada. Se interesó y me hizo
varias preguntas, lo que relajó una buena porción de
los músculos de Nieves. En eso estábamos, hablando de los
efectos de la guerra de Vietnam sobre los civiles, cuando
sentimos una patada en la puerta. Fue un ruido brusco,
como despiadado, que estalló inesperadamente en la habitación y nos obligó a volver la mirada hacia la puerta en
un silencio absoluto. Oliverio entró al comedor, acarrean-

do a Ada sobre sus espaldas, ella apenas caminaba, sujeta a sus hombros, y su cuerpo —la lasitud de sus manos y piernas, la espalda curvada, el cuello ladeado— hablaba de una persona vencida. La depositó en medio del comedor como quien entrega un encargo costoso y de mucho riesgo para conseguirlo. Pensé en un prisionero de guerra. Mi hermano calzaba las botas de montar y en una de sus manos sujetaba la huasca, la que usaba muy de tarde en tarde. Se separó de Ada, a quien apenas podíamos verle la cara, su pelo sucio y revuelto la cubría. Sólo dijo dónde la había encontrado, en el campamento de los gitanos. Tía Casilda se levantó de inmediato y con su vozarrón llamó al tío Octavio mientras Nieves se apresuraba desde su asiento, acercándose a ella y tomándola por la cintura. Caminaron lentamente hacia la salida. Lola pretendió seguirlas y alguien la reprimió bruscamente, no recuerdo quién. Oliverio se veía exhausto. Se arrojó sobre la silla que Nieves había desocupado y tomó el jarro de vino, se sirvió una copa hasta el borde y la bebió como si fuese agua. Al cabo de dos minutos repitió la acción. Yo me levanté, me puse a sus espaldas y por detrás tomé su mano. Como respuesta él apretó la mía, pero yo sabía cuán ausente estaba, me bastó su mirada. No pasaron más de cinco minutos cuando decidió retirarse. Luz, preocúpate de que Raúl termine su postre, yo me voy a dormir, estoy muy cansado. Eso fue todo. Pero, desde mi agujero, percibí un brillo determinado en sus ojos que coincidía con el que detecté en los de Ada el único momento en que pude encontrarlos, era una fiebre, pero diferente de la fiebre que yo conocía, de la de la rubéola o de la de otra enfermedad. ¿Qué les había pasado? Me hice esa pregunta todas las horas siguientes sobre mi cama, horas largas de conturbación y de insomnio. No estuve con Ada esa noche, ni lo intenté.

Desde el punto de vista de mi prima, yo era la pequeña, la niña a la que era preciso proteger y, por tanto, no me habló de lo ocurrido esos días (ni yo se lo habría pedido). Cuando tía Casilda decretó que nada había sucedido y que todo seguiría su curso normal, obligando a Oliverio y a Ada a quedarse en la casa del Pueblo hasta que el verano terminara, el ritmo aparente de nuestra cotidianidad se retomó. Aparente, digo, porque Oliverio no hizo más que quebrarlo, pero, al hacerlo en silencio, no constituyó amenaza alguna. Lola seguía esforzándose por atrapar la belleza y trasladarla a sus dibujos y pinturas, como si de verdad las cosas siguieran el curso acostumbrado. Nieves se concentraba tenazmente en el coqueteo con Raúl, dándole prioridad sobre cualquier otra actividad y preocupación. A su vez, Ada se encerró en el taller de tía Casilda —una sala bastante rústica al final de uno de los corredores que fungía como escritorio— con la disculpa de que intentaría otra vez escribir una novela, y casi no aparecía por la casa a las horas en que lo hacíamos nosotros, sólo se nos sumaba cuando íbamos a nadar al río. Al menos en eso Ada fue honesta conmigo: no se lo digas a nadie, Luz, pero lo de la novela es mentira; sólo leo, actividad mucho más placentera que la escritura pero no suficientemente prestigiada: si dijera que estoy leyendo, nadie respetaría mi intimidad ni mis ansias de silencio.

Su actitud, si bien ya no la de una prisionera de guerra, era la de una con arresto domiciliario. Lánguida, pero sin dramatismo; cercada y acechada, pero sin peligro de muerte. Ésa era Ada a fines de aquel verano (el último, aunque nosotros lo ignorásemos). Sus ojos, y eso lo afirmo con plena conciencia, no volvieron a ser los mismos. El brillo, ese que detecté aquella noche, permaneció, una fiebre perpetua. Es probable que Oliverio decidiera que, habiendo sido ambos infectados, a él no le conviniese el virus. Y entró en acción.

Una noche, más bien una madrugada, sentí ruidos hacia el final del corredor. Mi sueño siempre ha sido liviano y acostumbro saber qué sucede de noche en los lugares donde duermo, lo que no me perturba, sino que lo relaciono con mi calidad de testigo permanente. Yo compartía habitación con Lola y ésta era la penúltima del corredor izquierdo de la casa; la de Ada y Nieves era la anterior. Después de la mía, sólo restaba la de mi hermano. Por las costumbres que tía Casilda impuso en la casa del Pueblo, no existía, como en todo lugar de provincias, grande y familiar, una pieza de alojados propiamente tal, por lo que ese verano, ante la desobediencia de Oliverio al traer a un amigo de visita (¡me aburre vivir entre tantas mujeres!), hubo que habilitar uno de los dormitorios de los muertos, los que se cerraban para siempre una vez partido su morador. Esto explica que Raúl durmiera en el corredor opuesto a nosotros, en una habitación al fondo, más allá de las de los tíos, que había pertenecido a uno de los diez hermanos del abuelo, uno que murió en su juventud. Sigo con mi relato: a la noche siguiente de la llegada de Oliverio con Ada a cuestas, oí un ruido extraño que me sobresaltó. Eran más o menos las tres de la madrugada. Sabía reconocer bien todo lo que proviniera de los perros, desde sus estruendosas peleas hasta sus agitados amores, y comprendí de inmediato que no se trataba de ellos, por lo que decidí levantarme, después de todo, si un ladrón entraba a casa, alguien debía dar la voz de alerta. Me quedé helada cuando, al abrir la puerta de mi dormitorio, divisé a cierta distancia un cuerpo tendido en el piso del corredor, un cuerpo largo sobre los ladrillos rojos, una mano sujeta a uno de los pilares —los que sostenían la estructura general del techo a cada tres metros—, y la otra, escondida bajo el estómago. Cuando corrí hacia él ya había reconocido en ese bulto a mi hermano. Lo toqué, le di vueltas, no estaba herido. Parecía dormir el más profundo de los sueños. Me resultó muy extraño constatarlo en esa condición, tan ajena a su normal comportamiento, pero de alguna forma oblicua, no me sorprendió: yo esperaba algo por el estilo. Nunca vi ni veré a alguien en tal estado de ebriedad. Mientras lo levantaba y trataba de llevarlo hasta su pieza, pensé: pobre Ada, si ella no se da estos lujos, ¿de qué manera combatirá la fiebre? Mientras le sacaba los zapatos (ya había logrado que se tendiera en la cama, no podía hacerlo por mí misma, me faltaban las fuerzas para lidiar con ese metro ochenta y todos esos kilos) musitó un par de palabras que tardé mucho en reconocer como «la negra linda». Detrás del almacén de don Telo, caminando más o menos una cuadra por una pequeña callejuela lateral hacia el río, se situaba un peculiar bar / fuente de soda / club llamado La Negra Linda. Para nosotras era inexistente, pues estaba siempre cerrado de día, o para decirlo con más exactitud, nunca lo habíamos visto abierto, aunque nos atraía su arquitectura, ese espacio amplio de madera tosca que asemejaba un galpón, como si detrás de sus tablas esperase un animal y no un hombre cansado y sediento. Claro, oímos algunas veces rumores de que era un lugar de mala vida, pero dado al asunto de los horarios, ni siquiera nos advirtieron o reprimieron en cuanto a visitarlo. Llegamos a pensar que era un mito. ¡Qué mito ni qué nada! Allí había pasado Oliverio sus últimas horas, emborrachándose con vino barato, pagando por los brazos de alguna mujer cariñosa (más tarde aprendí que La Negra Linda se proveía para el verano de unas pocas prostitutas de la ciudad más cercana, el Pueblo no contaba con más de dos o tres un poco envejecidas que ya tenían aburridos a los clientes). Desvestí a mi hermano lo mejor que pude, lo tapé y en puntillas fui a la cocina a buscar un vaso de leche logrando que lo tragara entre quejas y resoplidos.

A la mañana siguiente fue sorprendente verlo presentarse a la mesa del comedor para el desayuno: no había huellas de la noche pasada. Me pregunté por la energía que poseía este hombre para que su cuerpo resistiera. Incluso llegué a temer por otras veracidades, si en esta vuelta lograba mentir tan bien. De más está relatar que nadie, ni su amigo Raúl, percibió su escapada nocturna. Cuando se encontró con mis ojos al alcanzar la cafetera, rieron los suyos. Supuse que era su forma de darme las gracias.

La escena de aquella noche se repitió sagradamente cada madrugada hasta que terminaron las vacaciones. Los olores con que me encontraba en sus ropas y en su pelo me producían náuseas, también los vómitos que muchas veces limpié. Olvidaba que ese hombre repugnante al que yo recogía del suelo era la misma persona que veía de día, en absoluto gobierno de sí mismo, impecable en su aspecto, correcto en sus modales, y encima, buen mozo. Un par de veces mi imaginación trató de rastrear su quehacer nocturno y no llegó muy lejos: la sola idea del cuerpo de mi hermano fundiéndose con aquellos otros, los de las agrias mujeres pagadas con sus pobres carnes tristes, fláccidas, desnutridas, amarillentas, ahuyentaba por sí misma cualquier desvarío. Me preocupé sobremanera de que Ada no se enterara, que nada rozara su celoso pensamiento, yo podía contener en mi interior los lados oscuros de Oliverio, que ella se reservara el brillo. Cualquier poesía, que quedase a su servicio. Yo no la necesitaba.

Hoy pienso en Oliverio. Pobre hermano mío, no fue su culpa que las mujeres en su entorno lo transformaran en ese *héroe* que distaba de ser, su hermana Luz incluida (fue, después de todo, el único hombre de mi vida). Quizás se engolosinó con el papel y trató de jugarlo lo mejor posible, pero cuánto habrá pagado por sofocar lo antiheroico, cuánto agotado para estar a la altura de lo que Ada exigía de él. A veces temo algo que no alcanzaré a comprobar: que Oliverio no exista fuera de la psique femenina. Un día, en mi infancia, mi hermano me llevó al cine a ver su película preferida. Se llamaba *Johnny Guitar*. Por casualidad la he vuelto a ver, ya de mayor, y me sugirió otras cosas. La pasión del protagonista era Joan Crawford, perdón, Viena, una mujer dura y de ferviente determinación, con ambiciones para regalarle a cualquiera (Lola era una perfecta Viena, ¿cómo Oliverio no lo vio?). Johnny, el pistolero más rápido del Oeste, carece de ambiciones y por esa razón se embarca en aventuras ajenas y mata por ellas. (Lo que me fascinó de esta película y por eso la recuerdo tan bien es que el conflicto real se diese entre dos mujeres, cosa rarísima en un *western*. Incluso el duelo final es entre ellas, y ninguna es precisamente una mujer *buena*, ¿son por ello menos felices?) Cuando Viena y Johnny se reencuentran cinco años después, él le dice que ella sigue igual, «te conocí en un *saloon* y te encuentro hoy en otro», le dice. Viena le responde: «La diferencia es que aquí soy la dueña.» A Viena le apasiona la tierra y su propiedad, lo que me suena conocido (mientras nosotras llorábamos la tierra perdida, Oliverio forjaba otro futuro, desprendido e indiferente a ella). Johnny no sabe en el fondo qué hacer y entonces hace lo que *se debe*, quedando vacío, convencional a los ojos de Viena (¿y Oliverio a los ojos de Ada?, ¿qué es Nueva York, su bufete de abogados y su matrimonio con Shirley sino eso?). Es que Johnny es el héroe con el alma vacante. Quizás sería más correcto hablar de *la calidad vacante* del héroe que se involucra en lo ajeno por el vacío propio. El tabú es que no se puede nombrar este vacío, menos si el cumplimiento de su rol —insisto en apuntar hacia su trabajo en Nueva York, a su matrimonio con Shirley— es perfecto, dándome lugar al temor de que un día abandone su papel y acabe en la desesperación.

Al finalizar las vacaciones, el día anterior a la partida, estábamos todos tendidos en la galería después del almuerzo, echados sobre aquellos antiguos sillones mullidos tapizados en lino floreado, cuando Oliverio —lo recuerdo con un cigarrillo en la mano— me desafió a una partida de ajedrez. Nos sentamos frente a frente, instalamos la pequeña mesa entre nosotros y trajimos el tablero del abuelo. Oliverio acomodaba las negras y blancas piezas de marfil cuando Ada entró a la habitación. Se detuvo en seco y volvió la cabeza para mirarla. Le seguimos el ejemplo. La recuerdo muy delgada, como si sus huesos, uno a uno, pelearan por aparecer. Se la veía con la cara despejada, el pelo muy corto y brillante, vestida con sus *blue jeans* de siempre y una camiseta negra. Pensé: parece un muchacho.

—¿Qué hacen? —preguntó con una voz un poco somnolienta, un poco etérea.

—Te esperábamos —le respondió Oliverio con galantería.

Ada sonrió, y junto a ella, Nieves y Lola, aliviadas. (Cuál no sería el tamaño de la tensión ambiental para que un gesto tan pequeño como aquél tuviese potencia como para variar los ánimos. ¿Comprendería Ada hasta qué punto nos sometía?) De inmediato el aire cambió y, si exagero un poco, diría que el instante se tiñó de fiesta. Me pregunto hoy si no mentían todos. La cosa es que las mujeres empezaron a hablar al mismo tiempo, Ada se fijó en un dibujo que hacía Lola y se acercó al atril, mientras Nieves opinaba que Lola dibujaba cada día mejor y Raúl pedía que le mostraran el resultado. Fue ése el momento en que miré a mi hermano y, al verlo contento, con aquella mirada cálida y enternecida que parecía haberse hundido varias capas bajo tierra y que a veces yo dudaba si reaparecería, le hice, casi en un susurro, la única pregunta del verano:

—Oliverio, ¿por qué?

Lo pillé desprevenido. Frunció el ceño tratando de ganar tiempo. Entonces se levantó de su silla, se acercó al anaquel de libros del abuelo que había estado al fondo de la galería desde el principio de los tiempos y seleccionó uno. Observé que el ejemplar yacía boca abajo, separado del resto. Tardó unos momentos en buscar la página adecuada hasta que volvió a mi lado y me entregó el libro abierto.

—Aquí está la respuesta.

Tomé el libro. Alcancé a leer la primera línea cuando oí a Ada.

—¿Y qué lee la pequeña Luz?

—Un soneto de Shakespeare —respondió Oliverio por mí, un poco precipitadamente.

—Léelo fuerte, Luz, para que lo gocemos todos —dijo Ada.

Titubeé, no estaba segura sobre cuál sería el procedimiento correcto. Debí de tardar un poco, porque mi prima, impaciente, me arrebató el libro de las manos y, aduciendo mi eterna timidez, dijo que leería ella. Alzó la voz lenta y pausadamente, como quien sabe bien de lecturas en voz alta:

Debo confesar que nosotros dos debemos seguir siendo dos,
si bien nuestros indivisibles amores son uno:
llevaré esas manchas que conmigo quedan
sin tu ayuda, yo las debo llevar solo.

Ahora el titubeo fue de Ada. Quizás sólo yo noté cómo se ensombrecieron sus ojos por un instante mínimo, luego, fingiendo jovialidad, se apresuró a cerrar el libro.

—Es muy largo, no se puede leer a Shakespeare después del almuerzo, mucha modorra...

—Pero, Ada —reclamó Lola—, continúa, si estaba precioso.

—Es el soneto 36, léanlo después, a las que les interese.

Los sicarios rebeldes de Masada.

Cuando Ada leyó su historia, no tardó en compartirla con nosotras.

—Me ha desatado fantasías —fue la disculpa por su interés.

Y nos hizo el relato. Los sicarios eran un grupo de judíos rebeldes —en los años setenta después de Cristo— que decidieron resistir la ocupación romana luego de la destrucción de Jerusalén, y se instalaron en la cima de la meseta de Masada, en pleno desierto, cerca del mar Muerto, en una fortaleza que Herodes mandó construir con propósitos similares. Era un lugar del todo inaccesible, y sus muros protectores, inmensos. Cerca de mil personas, entre guerreros, mujeres y niños, vivieron allí durante tres años esperando que los romanos volvieran para combatirlos desde aquel lugar. Una vez que subieron a la meseta no volvieron a salir, pues aparte de las enormes dificultades materiales que implicaba, dentro de la fortaleza había todo lo que un ser humano podía necesitar por un largo, largo tiempo. Herodes, previniendo la eventualidad de ser sitiado, construyó incluso cuevas cavadas a mano en la roca que almacenaban varios millones de litros de agua proveniente de la lluvia. Sus bodegas contaban con granos, vinos, aceite de oliva, dátiles, higos y otras exquisiteces. Era una formidable fortaleza, no sólo por lo inexpugnable, sino también por su lujo, los mosaicos en el piso, las pinturas en los muros, la magnífica distribución del espacio.

—Ellos sólo lo entendían como fortaleza defensiva —explicaba Ada—, pero es la faceta del placer la que me parece más relevante.

Luego agregó:

—No es la historia bélica la que me interesa, sino la idea del mundo autárquico. Un estado en miniatura. Nada de lo externo es necesario ni querido. Tenerlo todo para poder vivir aislados del mundo, o sea, el mundo como prescindible, la cotidianidad hecha a mano. A ver, Nieves, ¿qué te llevarías del exterior hacia la fortaleza?

—Nada —respondía Nieves—, ¿para qué, si allí había de todo? Y mi gente estaría conmigo...

—¡Ése es el punto! —exclamaba Ada, entusiasta—. Imagínense que pudiésemos tallar la tierra de tal manera que convirtiéramos al Pueblo en la meseta, haciendo que el Itata nos rodeara por los cuatro costados, y estableciéramos aquí nuestra propia fortaleza... el mundo dejaría de existir, no lo necesitaríamos, tendríamos aquí todo lo necesario para ser felices, todo deseo protegido y contenido dentro de los muros.

—Esperen, esperen... ¿qué creen ustedes que sentirían los rebeldes? —quiso averiguar Lola.

—Se sentían los elegidos por Dios, los verdaderos judíos, esperaban la llegada del Mesías. En buenas cuentas, vivían en un tiempo apocalíptico. Pero no se trata de ellos, Lola, se trata de nosotras.

—Está bien... pero antes de seguir, necesito saber en qué terminaron los sicarios, al menos cuéntanos eso.

—Vencieron los romanos, lograron quemar y destruir el enorme muro.

—¿Y los judíos?

—Se suicidaron.

—¿Todos?

—Sí, todos. Un suicidio masivo.

—¡Qué historia tan poco edificante!

—No, tonta, no es la historia la que importa, es la meseta, es la fortaleza. A fin de cuentas, se trata de los confines.

Permíteme, ángel, hacer una última alusión a ese verano. ¿No te dije que tenía derecho a ser arbitraria en mis recuerdos?

Había una balsa en la parte del río que rodeaba el Pueblo, una rústica balsa construida con algunos tablones gruesos que se colgaba de un riel en el aire por el cual avanzaba (lo del «riel en el aire» es una forma de decir, un riel colgaba desde un lado del río al otro, sujeto en ambas riberas por unos postes de dudosa resistencia). Cruzándolo, al bajar de la balsa, se divisaban muchos guindos con sus pequeñas manchas rojas como lucecitas, un árbol de Navidad, un sarampión benigno. Era la chacra de doña Manuela. Al finalizar las vacaciones, tía Casilda propuso hacer una gran mermelada de guindas para llevarles a nuestros padres a Santiago. ¡Eran tan ricas las mermeladas que hacíamos en esa cocina oscura y grande de la casa del Pueblo! La condición que nos puso para gastar toda esa energía, esa leña y esos kilos de azúcar fue que nosotros nos procurásemos las guindas.

—Ah, no, ¡qué lata! Ya no estamos de edad... —opinó Lola cuando tía Casilda abandonó la pieza.

—Es que Raúl y yo pensábamos salir a andar a caballo esta tarde —dijo Nieves, disculpándose.

Resumo: fui yo a buscar las guindas (era la mermelada preferida de mi madre). Partí con los dos canastos grandes, los mismos que usábamos para colectar la zarzamora, y me subí a la balsa, crucé el Itata y compré donde doña

Manuela. Esperando que volviera la balsa para cruzar de vuelta a casa, en un pequeño y endeble armatoste que hacía las veces de muelle, me encontré sorpresivamente con Silvia. Cuando me vio venir, bajó los ojos, dobló el cuerpo y comenzó a ocuparse de los cordones de sus zapatos, los que ya estaban amarrados, con la evidente determinación de ignorarme. Yo no la había visto desde *los acontecimientos,* de más está decir que las visitas a casa del practicante quedaron fuera de perspectiva para siempre luego de aquello. Pero Silvia era inocente de las locuras de su primo, ¿por qué culparla a ella por los hechos de Eusebio? Me acerqué con la misma amabilidad que le brindé siempre y que de alguna forma me caracterizaba entre la gente del Pueblo, pero ella se negaba a subir la vista de sus zapatos. Insistí.

—No seas patuda, Luz Martínez, ¡no sé cómo te atreves a dirigirme la palabra!

—Pero, Silvia...

—No quiero hablar contigo ni verte nunca más en mi vida, ni a ti ni a nadie de tu maldita familia.

—¿No estás exagerando? Tú y yo somos bastante ajenas a todo lo que pasó.

—¡Qué ajena ni qué nada! ¿Sabes que debemos abandonar el Pueblo? ¿Lo sabías? ¡Dime!

—No.

—Ya, ahora lo sabes. Además de que nadie en el Pueblo nos dirige la palabra, tu bendita tía se ha preocupado de dejar a mi padre sin trabajo. ¡Lo echaron, Luz! Nos vamos dentro de un mes.

Dicho esto, se largó a llorar. Mi instinto inmediato fue acercarme a ella y tenderle los brazos, se veía tan, tan desvalida y triste.

—¡No me toques!

No fue una petición, fue un aullido, y, por cierto, me

sobresaltó. Se alejó de mí corriendo y, olvidando la balsa y el cruce del río, corrió y corrió hasta desaparecer por el potrero.

Llegué a casa con las guindas y no conté a nadie de mi encuentro. Lo que hice fue hablar esa noche con tía Casilda. No necesito repetir que a ella no le gustaban las conversaciones serias, por lo que traté de ser lo más escueta posible dentro de lo que el asunto permitía.

—No lo eches, tía. Prohíbele que vuelva a invitar al primo, eso es coherente. Pero Silvia ya comenzó sus estudios en la universidad, ¿tienes corazón para interrumpir la educación de una mujer joven por culpa de los devaneos de su pariente? ¿Podrías vivir con eso a cuestas y dormir tranquila?

—He hecho cosas peores.

—No sé qué habrás hecho, y no me corresponde entrometerme. Pero nunca en mi vida te he pedido un favor. Lo sabes, ¿verdad? ¡Nunca!

—Eso es cierto.

—Te lo estoy pidiendo ahora. Deja que el practicante continúe su trabajo.

Tía Casilda era una mujer de palabra. Antes de partir, le pedí a la vieja Pancha que fuera a casa de Silvia y le entregara un frasco de mermelada de guindas de mi parte. (Cristal, la hija de la vieja Pancha, se enteró y corrió a contárselo a Lola, su regalona. A los diez minutos llegó Lola a enfrentarme: ¿Por qué lo hiciste? Porque sí, le respondí, de eso se trata la solidaridad.) Lo que yo necesitaba era constatar si en efecto el practicante permanecería en el Pueblo. Cuando la vieja Pancha volvió con el encargo y me dio las noticias que yo requería, quedé tranquila y partí.

Lamentablemente, la historia no cerró allí.

Mil veces he recordado lo que contaron en la casa del

Pueblo cuando fueron los militares a buscar a Oliverio y que él mismo me reiteró al recuperar su libertad: divisó a Silvia en la casa del practicante cuando llegó al Pueblo, ella estaba en una ventana y lo vio llegar. Inmediatamente después lo apresaron. Silvia dio la voz. Silvia era el enlace de Eusebio para acometer la venganza. No necesito decir cuántas veces he pensado en lo siguiente: si el practicante y su familia hubiesen abandonado el Pueblo aquel mes de febrero, ¿habría sucedido todo como sucedió? Ya sé que es estéril, la culpa casi siempre lo es. Pero me atormenta igual. Quizás, de no mediar mi petición a tía Casilda, el derrumbe se habría evitado, y con él, la tortura (bien sabemos que sus huellas duran para siempre, una herida que supura sin fin), la partida de Oliverio, el exilio de Ada y el fin de todos nosotros como tribu.

Basta. Poco importan ya los recuerdos.

No estaré para el fin del año y ello me produce una fuerte sensación de extravío. Navidad, Año Nuevo: fechas horribles cuyo único objetivo es obligar a los miserables de la tierra a recordar cuánto lo son. Y para contárselo a los que aún se creen fuera de esa categoría, ¿se insinúa recién tu miseria y no sabes del todo que vas hacia allá? Pues llegó fin de año, ya te enterarás. Fecha inventada para subrayar a los huérfanos, a los viejos, a los pobres, a los enfermos, a los emigrantes, a los exiliados. (Lo que hace soportable el exilio, situación actual de tantos de mis compatriotas, es lo colectivo, *todos* están amenazados, *todos* castigados.) Fechas festivas que se inventaron para hacerle hincapié a la soledad. Mis padres se empeñaban en que la Navidad fuese para nosotros un sinónimo de felicidad. En el sur de América debe agregarse al caos navideño el calor, el espantoso calor, mis recuerdos son todos de alta temperatura: lo sofocante del horno mientras se asaba el pavo, de las ollas con agua hirviendo mientras las caras sudaban y sudaban, del nacimiento del pelo siempre mojado, todo para la famosa cena de Navidad, donde cada uno llegaba exhausto del calor y del ajetreo y de comprar el último regalo en una tienda atestada, habiendo gastado sumas de dinero del que se carecía, para depositar bajo el árbol paquetes que, al final, en medio de la confusión, nadie identificaba ni agradecía. Inimaginable rendirle pleitesía a un caballero abrigadísimo que se desliza con trineos por la nieve mientras respiramos ahogados a más de treinta grados.

Mientras yo agonizo, en Santiago de Chile prepararán la fiesta de Navidad.

Hoy se han destruido mis reservas. Y observo con pavor. Escuálida mi vida, qué duda cabe. Nulos mis deseos, insuficientes mis entregas. Vacío mi equipaje de partida. Si al menos hubiese alcanzado a amar, eso al menos. Desde mi agonía es más fácil hablar por boca de otros. Yerma, ¿por qué estoy yo seca?... haré lo que sea... clavarme agujas en el sitio más débil de mis ojos.

Como dice Violeta Parra, cuando se muere la carne, el alma se queda dura. Mi carne empezó a morir mucho antes de enfermar, convertida en un espanto yo, en una espina rocosa, en un volumen de granito. Nadie la quiso nunca. Tampoco la expuse al mercado ni a la compraventa del romance, no hubo empeño de mi parte, siempre vencida por mi inhibidora timidez. Ada diría que no hay nada que haga menos atractiva la sexualidad que la necesidad sexual. Los que tienen éxito en este campo son los que parecen estar ahítos pero que, aun así, les sobra capacidad, pueden despilfarrarla todavía un poco más. Pero si esa esfera de los seres humanos demuestra su hambre, los objetos del deseo escaparán lejos, no por premisas morales, no, sólo por lo fea que es la necesidad. Por tanto, escondí mis carencias, las expulsé a las tinieblas y de nada me sirvió. El abandono lánguido de mi cuerpo es un abandono inmaculado.

Leí alguna vez que la felicidad deja muy tenues huellas, son los días negros los que quedan prolijamente documentados y nos mortifican de un modo duradero. Puedo detenerme aquí y componer mi documento con la maniática minuciosidad del instante que vivo, esta habitación de descascarados muros verde grisáceos y vacíos, el lamento plañidero de las mujeres —mis trabadas compañeras de infortunio— que yacen sobre sábanas manchadas en las piezas vecinas, el flojo ahogo del aire casi inexistente, la sucia escupidera, el acoso de delirios y murmuraciones, las escamas en la piel que me convierten en un arisco pescado feo, el aliento nauseabundo, el dolor sordo de cada miembro de este cuerpo de calamidad. No hay redención para ninguno de nosotros, los que habitamos esta especie de anticipada morgue. Imposible la redención. Nada nos salvará. Aquí en la tierra. Aquí. En la tierra.

Un pájaro perseguidor se posa sobre mis huesos con aire de triunfo, fulgurante su plumaje. Parece sediento de desastre. Lo miro a hurtadillas, temerosa de un posible movimiento, y elijo no detenerme en él, ignorar si entra o si sale.

Llega una enfermera con la piel más oscura que nunca hubo. Le arrebata al miedo el privilegio de ser mi única compañía. No entiendo bien qué dice. ¿Me pregunta dónde estoy? En el Pueblo, le respondo, como si pudiese tocar el viento delicado en mi cara. Al hablar caigo en cuenta de que me quedan las puras vocales, se me emboscan las consonantes, hace muchas horas que no hablo en voz alta. La enfermera abandona mi habitación, no sé bien por qué.

Sí. Estoy en el Pueblo, el único espacio físico de este mundo que queda fuera del documento.

Cierro el círculo con mi ángel y antes de despedirnos le pido una respuesta.

—¿Cuál es la pregunta? —me inquiere legítimamente.

—¿En qué momento se estableció la alianza entre la bondad y la amargura?

4. AMY O LA CONSENTIDA

Caracas, setiembre de 1994

"If I can't have it as I like, I don't care to have it at all."

Amy, capítulo 26, *Little Women**

Los hombres nos quieren a las mujeres eternamente infantiles, se dijo Lola al salir de la ducha y poner un pie sobre el suelo de mármol en el lujoso hotel de cinco estrellas en el que se aloja. Recuerda con una sonrisa y una buena dosis de ternura lo impostora que se sentía las primeras veces que pisó lugares de este tipo, cómo su inconsciente esperaba que en algún momento la descubrieran y le dijeran: Eh, tú, ¿qué haces aquí? Al menos en habitaciones como éstas no debe revisar cada centímetro ni mirar bajo las camas buscando arañas; eso ya le resulta un alivio, un quiebre a su hábito largo de averiguar sobre lo que más teme, no vaya a ser que se le presente de improviso. Se envuelve con las suaves toallas blancas, y luego de frotarse con cuidado, abre las puertas del clóset que contiene su vestuario. Todo lo hace calmadamente. Le gusta contar con el tiempo necesario para realizar cada una de las acciones requeridas, la tensión del apresuramiento drena su energía quitándole lucidez; de todas las emociones cotidianas, el apuro es la que Lola más detesta. Elige un traje de dos piezas de lino

* Si no puedo tenerlo como a mí me gusta, no quiero tenerlo. (Amy, capítulo 26, *Mujercitas*.)

color verde olivo y lo lleva al dormitorio. En la mesa de noche descansa el pequeño cofre de cuero que viaja siempre con ella, la casa de sus joyas. Jamás sale a la mañana sin aquella parte del atuendo, le gusta elegirlas, tocarlas, saber que son propias, nada más envolvente que el reflejo del azul de sus ojos en el verde de la esmeralda o en la transparencia del diamante. Sabe que, calzados los anillos, sentirá inmediatamente el peso de recomenzar. Hoy debo estar bien, y muy perspicaz, reflexiona mientras oye apenas una voz en la televisión que dice que un telescopio español prueba que hay un agujero negro en el centro de la Vía Láctea. Más tarde se detiene un momento frente a la pantalla: a raíz del resultado de una encuesta de las Naciones Unidas sobre la obesidad, muestran escenas de personas por la calle, cualquier calle, puede ser Miami, Ciudad de México o Santiago de Chile. Aparecen más que nada mujeres, mujeres de distinto aspecto, raza, edad, color. Lola las mira como si estuviesen dotadas de magnetismo, le produce fascinación analizar la forma física de las personas. Suele posar sobre ellas una mirada desapasionada pero vigorosa, sean una multitud o unas pocas, y sus ojos trabajan a la par con su mente, seleccionando, descartando. No se tiene a sí misma por una persona prejuiciosa, sin embargo, es veloz en emitir juicios despiadados, qué vulgar, qué falta de estética, qué falta de presencia, qué gorda, ¡Dios mío, qué horrenda esa mujer! Frente al más mínimo estímulo, se sumerge en meditaciones sobre la fealdad física de los seres humanos, y concluye con espanto que la falta de belleza se ha entronizado en la humanidad.

Luego de engorrosas y largas reuniones han llegado a acuerdo con la contraparte, y por fin esta mañana se firma el convenio, lo que agregará suculentas ganancias a la consultora de la que es socia. La noche anterior ha cenado en un estupendo restaurant tailandés con el principal negociador de los venezolanos y sonríe como una mujer de experiencia al recordar las insinuaciones poco profesionales que el hombre le ha hecho y la forma en que le ha dejado entrever que conquistarla, aunque sea por una noche, es un desafío para él que no acostumbra seducir a sus pares, porque éstos son siempre masculinos. Sí, eternamente infantiles, así nos desean, se repite.

La bandeja del desayuno está casi intacta sobre la cama. Antes no eran fáciles los amaneceres de Lola, solía despertar malhumorada todas las mañanas, nadie osaba hablarle hasta que se despejaba. Le ha costado vencer aquella dificultad de las vigilias. Con orgullo comprueba hasta qué punto es dueña de sí misma y cómo las resiste cada vez mejor. El café le es imprescindible, pero debe cuidar la línea. Nada peor que las mujeres que se dejan estar, piensa, nada peor que haber sido siempre hermosa y girar contra esa cuenta como si sus fondos fuesen eternos. No importa —se dice, siempre con respuestas inmediatas para lo que le causa zozobra—, a medida que cumpla más y más años reemplazaré la belleza por la elegancia. Y basta. Comienza a vestirse, y mientras abrocha cada uno de los seis botones que adornan la liviana chaqueta de lino, recuerda su ida al supermercado el día antes de partir. Salió de la oficina a mediodía —algo del todo inusual en sus hábitos—, y al entrar al Jumbo, en el Alto Las Condes, se encontró con muchas mujeres parecidas a ella en edad, en aspecto, en marca de auto, en colorido, pero un detalle las diferenciaba radicalmente a los ojos de Lola: vestían *blue jeans*. Las miró sin disimulo ni compasión y el odio le subió por el estómago hasta instalársele en la garganta (lugar por el que Lola odia). ¿Qué significa que estas mujeres vayan de *blue jeans* un miércoles a mediodía y tengan tiempo para hacer la compra de mañana y no a las siete de la tarde como la hago yo?

Una vez vestida mira el reloj, aún cuenta con veinte minutos antes de encontrarse con sus dos socios en el lobby. Se pregunta si no deberá llamar a Santiago, a su casa, y enterarse de sus hijos. Para qué —se dice—, si Cristal todo lo resuelve. ¿Para escucharles la voz? Interrumpe su monólogo y camina hacia el teléfono. Ojalá José Joaquín no haya partido aún al colegio, María de la Luz pasaría la semana en casa de su padre y prefiere dejarla tranquila. Toma el diario del día que reposa en la bandeja junto a las tostadas que no comió, y mientras hojea los titulares marca los números para comunicarse con Santiago de Chile; al contrario que su prima Ada, ella hace varias cosas a la vez. Decide comerse una tostada. Cuando en el juicio final le pidan cuenta por los pecados capitales, deberá asumir uno sin reparo: la gula. (Si fueras una condenada a muerte, Nieves, ¿qué pedirías para tu última comida? Por favor, ¡no creo que me dieran ganas de comer en esas circunstancias! ¿No? Qué raro, yo dedicaría mi último día a confeccionar el menú.)

Lástima, ya partió José Joaquín... pensé que aún lo pescaba... Sí, me fue estupendo. Hoy firmamos. Sí, llego pasado mañana, como te dije. Preocúpate de que María de la Luz vuelva antes que yo... te oigo pésimo, teléfonos de mierda... ¿Cristal, estás ahí?, ya... ¿me ha llamado alguien?... bien, buenas noticias... Acuérdate de anotarme todos los recados... oye, Cristal, estoy mirando por la ventana de mi pieza y como estoy en el piso más alto, veo toda la superficie del techo del edificio del lado... ¿me creerás que apareció una mujer en el techo? Sí, está caminando cerca del borde... camina de una forma rara... no pensará tirarse, supongo... ay, Cristal, se está acercando más y más al borde... ¿qué hago?, no, no puedo abrir la ventana y llamarla... es que no se abre, es un vidrio fijo... Cristal, no te muevas del teléfono, Dios mío, ¡qué espanto!... la mujer mira y mira hacia abajo...

Lola suelta el teléfono y comienza a golpear el vidrio,

ante la falta de respuesta, sigue haciéndolo con desesperación. Sabe que nadie la oye, que la urgencia de sus golpes en la ventana no llegan a la mujer, que a pesar de mediar sólo la altura de un piso entre ellas, el sonido no las traspasa. Sordos sus gritos, como en una sala de grabación, blancos los nudillos de sus puños, fuertes las agujetas en la cabeza, miles de puntas finas se clavan al unísono, envuelven el cráneo en su superficie, rodeándolo, como un casco tenaz. Estropeado el lino verde olivo, el pánico empapándolo de sudor.

La mujer del edificio contiguo está parada al borde mismo del precipicio. Súbitamente levanta los ojos. Se encuentra con la imagen de Lola golpeando frenéticamente la ventana del último piso del hotel, la mira, clava sus ojos en ella, luego los baja y se arroja al vacío.

¿Sabes lo que me ocurre, Nieves? Me acostumbré a ser feliz. Idiota y sublime, la felicidad.

Aquella aseveración la hizo Lola hace sólo dos semanas, una antes de partir a Caracas. Horrorizada dentro del horror, en este momento yace en una nueva cama —exigió que la cambiaran de habitación a una que no diera hacia el edificio de atrás, sino a la calle—, ha cerrado obsesivamente cada cortina de la enorme suite, prohibiéndole al sol asomarse siquiera. Lola no se aviene con la cultura del dolor, la ha rehuido desde que tiene memoria. (Inolvidables las discusiones nocturnas con Luz en la habitación que compartían en la casa del Pueblo: ¿Cómo voy a creer en el liderazgo de un hombre derrotado y esclavizado como el Cristo de la cruz? ¡No, Luz! No puedo evitar las sospechas que eso me despierta.) La experiencia le dicta que la capacidad para soportar un golpe duro depende sólo de la felicidad que tengas acumulada. Quisiera hoy sujetarse a todos los momentos buenos que ha vivido, pero éstos se le escapan, esquivos y borrosos, inasibles. Cree firmemente que la escena matinal que enfrentó desde la ventana del hotel ha estropeado su vida para siempre. El rostro en blanco, los ojos cerrados, el cuerpo helado, los músculos tensos, no existe ni el tiempo ni la muerte, se dice, y el tiempo, sólo si está amarrado a algo, si no, no existe, repite. Pero esa misma afirmación, la que ha creído en muchas ocasiones, hoy no le hace sentido.

¿Para qué vine al mundo? ¿Quién soy? ¡No, Lola, no!, se responde con premura, ésa es una pregunta que nos formulamos sólo una vez en la vida: a los dieciocho años. No puedes ni debes hacértela más tarde; si lo haces, tómate un tranquilizante fuerte y métete a la cama. No asistió a la reunión, no imprimió su firma en el convenio para el que trabajó tan largamente, sus socios no han logrado hablar con ella, no acepta ver a nadie, sólo al mánager del hotel cuando subió, a pedido de ella, a explicarle quién era aquella mujer. Se llamaba Ifigenia Aurora Medina Vásquez: cuarenta y un años, casada, dos hijos, ama de casa. Es todo lo que pudieron informarle. El resto del cuadro deberá suponerlo, armarlo, intuirlo, estrujarlo en su imaginación, todas íbamos a ser reinas, de cuatro reinos sobre el mar, Rosalía con Ifigenia y Lucila con Soledad.

Su completo aspecto lucía desarreglado, opaco, ensombrecido. Su chaqueta era café oscura, holgada, su falda gris bajo las rodillas, las medias también oscuras, los zapatos bajos, el pelo corto, y sus ojos... no sabe Lola cómo eran sus ojos; los sospecha café, como sus cabellos, pero la distancia no le permitió distinguirlos. Ifigenia Aurora. Lola quisiera acurrucarse, cabeza con cabeza, y recibir consuelo. La sangre derramada es la mala sangre, ¿qué te pasó, Ifigenia?, pregunta en voz alta, ¿hiciste desayuno esta mañana?, ¿sabías ya al despertar que era la última?,

¿besaste a tus hijos de despedida?, ¿dormiste anoche con tu esposo?, ¿cocinaste la cena antes de irte a acostar?, ¿lavaste la ropa?, ¿acometiste cada tarea con la obsesiva paciencia prolija de un alpinista, aquella paciencia inmemorial de las mujeres de tu estirpe? Lola teme que en esta desolación aparezcan los rincones más hostiles de algunos de sus sentimientos, y no sabe cómo acallar la voz interna. Teme que el miedo y la duda suplanten en su interior a la racionalidad impuesta hace tantos años y la ocupen entera. No debe olvidar que la vida a veces es tan, tan hermosa que llega a parecer una caricatura de la hermosura, tantas veces ha sido así para ella, no para Ifigenia Aurora Medina Vásquez, para quien —es probable— sólo las estaciones interrumpían su año. ¿Por qué supone Lola que fue la monotonía la que marcó la vida de aquella mujer? ¿O fue el exceso de realidad? Quizás en algún punto ambas se juntan.

La oscuridad en que Lola se ha sumergido es lóbrega y tan rotunda que olvida las formas y los colores que ha visto. No volverá nunca a Caracas, le han quitado su inocencia, así como Hitchcock se la quitó a los pájaros o Sábato a los ciegos. No volverá, aunque el convenio se vaya a las pailas. Manchas marrones sobre el azul celeste, los pájaros de mal agüero ensuciaron el cielo de Caracas. No, nunca volverá. Lola siente cómo su espíritu, esa profunda lúcida atención alerta, se revuelve e interroga, hace todas las preguntas, insiste en seguir preguntando, y ella sólo quiere dormir, olvidar lo que ha presenciado, anestesiarse para poder continuar. La muerte es helada. La muerte es helada. La muerte es helada.

El huracán en Los Cabos. Allí estaba, en el norte de México, cuando lo anunciaron. Es la imagen exacta con que Lola entiende el día de mañana a partir de su encuentro con Aurora Medina. El anuncio de un huracán, no se sabe a ciencia cierta si desviará su destino o si embestirá como un misil dirigido, por tanto, se espera, se espera un poco, todos esperan, desde los expertos a los meteorólogos aficionados, las horas de sol empiezan a disminuir, algo de tiniebla enrarece todo, sólo algo, no es aún la oscuridad, el cielo se ennegrece poco a poco, las olas van sutilmente aumentando su tamaño a través de los días, su nacimiento cada vez más lejos de la orilla, la línea que moja la arena se recoge, aparece la tierra, la tierra entera y verdadera antes cubierta por el agua, pero el miedo se mantiene suspendido, pues nadie sabe si éstos son los síntomas de la cercanía del huracán que visitó ya las zonas aledañas o si es él, él mismo, el huracán en persona quien prepara su camino para hacer, por fin, su entrada apocalíptica.

Lola conoce poco de los límites. Para ella, la vida ha sido siempre ilimitada, un pozo sin fin, olvida la mortalidad con pasmosa conveniencia, y nunca ha permitido que la muerte se haga presente. Por cierto, sabe que está en el camino, ineludible, pero el hecho de no saber cuándo llegará parece darle riendas y permitir un delicioso olvido. Ningún concepto de cierre en su cabeza, de fin, inmortal Lola, pobre ella, bendita ella. ¿Es que no aprendió nada del tío Antonio, nunca escuchó acaso sus peroratas sobre la futilidad de la vida y la inminente proximidad de la muerte, aunque ésta tardase setenta años en llegar, como fue su caso? Nieves agregaría: Ubícate, Lola, el límite está a la vuelta de la esquina y todas nuestras acciones tienen los minutos contados, quizás hay cosas que ya te sucedieron por última vez y no lo sabes, ¿tienes idea de cuántos amaneceres en el mar te quedan?, ¿cuántas veces más recordarás el último verano en el Pueblo?, ¿a cuántos hombres más abrazarás?

El día en que su amante la calificó como «una mujer de mucha suerte», Lola se levantó de la cama en el hotel donde se encontraban y se dirigió a la ducha, negándose a los placeres del postamor.

—¡Mucha suerte! Claro, como si yo no me hubiese forjado la vida que tengo. He invertido en ella centímetro a centímetro, minuto a minuto, peso a peso. ¿Cómo te atreves a hablar de *suerte*?

El día en que Lola abandonó la Escuela de Arte y se matriculó en la de Economía —más tarde llamada Ingeniería Comercial—, supo que cualquier cosa buena que le pasara en la vida se debería a su propio esfuerzo, nada de suerte, nada de azares. Le dolió abandonar sus estudios, el lápiz grafito y el pincel eran ya parte de su naturaleza. Pero la quiebra del aserradero le dio la oportunidad de sopesar lo que significaba entregar su vida y quehacer a algo tan esquivo como el arte. Distinguía en su interior dos conceptos que podrían resultar sinónimos para muchos, sin embargo, en ella estaban nítidamente diferenciados: *oficio* y *vocación*. El oficio —profesión— contaba con delimitaciones; el arte —vocación— era total. En el primero, podías ser buena desde el anonimato, con el solo reconocimiento de tus pares, sin necesidad de largar todas las amarras. Podías trabajar ocho horas y hacerlo estupendamente bien, como un buen edificio cuyo arquitecto diseña, decide sus formas, sus volúmenes, y opta por su precisión. El arte, en cambio, se funde en forma extrema con la vida misma y borra toda frontera. Sus exigencias son feroces: o la grandeza o la nada. Lola había leído mucho de la historia del arte, y todas las sombras que caían sobre su quehacer eran masculinas. Cada uno de los grandes pintores era hombre, por tanto, la entrega al quehacer ilimitado. Las manos femeninas: siempre una excepción. Lola se escudriñaba sin piedad y se decía: hay que ser muy buena para que valga la pena, y yo no lo soy.

En un momento debió poner sobre la balanza dos ideas contradictorias: la eficiencia versus la pasión. La quiebra del aserradero la obligó a plantearlo en esos términos, y ganó lo primero. Pero en el fondo, muy escondido en la parte de atrás de su cerebro, Lola sabe que la verdadera razón no fue su miedo a la pobreza, sino el miedo a no ser suficientemente buena. Siguió jugando en adelante con el infinito placer que le causaban las formas, el color, el espacio, y lo sumó a su mirada, pero nunca más fue su médula.

Los años de estudiante fueron duros. Muy duros, recalca Lola. El país, en la más sombría dictadura de todos los tiempos, la universidad convertida en un colegio particular, la familia disgregada, la casa del Pueblo desaparecida, los veranos calurosos en Santiago, los inviernos trabajando después de las clases, las noches llegando exhausta a hacer el aseo y cocinar cuando no debía quedarse hasta tarde estudiando. Todo su espíritu festivo, postergado irreversiblemente, nadie la devolvería más a esa edad, aunque por esos años el toque de queda no invitaba precisamente a la fiesta permanente (me pregunto si existió en la historia otro país que acumulara la cantidad de años con toque de queda de Chile, debo averiguarlo, se dice hoy, convencida de que gobierno alguno osó someter por tanto tiempo a sus habitantes al estado de emergencia permanente, a la eterna prohibición de andar por las calles de noche, al estrés de la puntualidad para encerrarse en las casas cuando la vida afuera parecía normal). Me obligaron a abandonar la frivolidad, declara resentida, y luego se pregunta en secreto: Si el aserradero hubiese continuado existiendo, ¿quién sería yo hoy día? Y se responde, con pocas ganas y algo de dolor: Para crecer, una a una me fueron inferidas las heridas de la corrección. Aun así, los novios le sobraban, como le ha sucedido desde que tiene memoria. Los jotes, los llamaba Oliverio. A pesar de sus restricciones, revoloteaban, para ello siempre había espacio. Hasta que se enamoró.

Se llamaba Alfonso Molina, también economista, a quien conoció en la universidad cuando éste fue su ayudante en la asignatura de Comercio Internacional. Más tarde se encontraron en la misma oficina, él trabajaba ya como un profesional donde Lola hizo su práctica, un nuevo banco europeo que probaba suerte en el mercado chileno. Ella se negó al matrimonio hasta que hubiese terminado su carrera y obtenido el título, hecho que sorprendió a Alfonso, acostumbrados como estaban entonces los hombres a que las mujeres no se tomaran demasiado en serio la profesión: eran *ellos* los que la necesitaban para casarse. Alfonso siguió sorprendiéndose: cuando los europeos del nuevo banco, atraídos por el trabajo de Lola, quisieron contratarla al finalizar su práctica, ella se negó: jamás trabajaría en el mismo lugar que su futuro marido. Aprovechando lo que había aprendido con ellos, se postuló a otro banco y fue admitida, inaugurando así una carrera meteórica.

—¿Y los hijos, Lola, cuándo?

—Tenme paciencia, Alfonso. Debo quererlos limpiamente y no cobrarles lo que me arrebatarían si los tuviera hoy.

(Que no me pase como a Nieves, por tenerlos tempranamente le succionaron la vida, el ímpetu, las oportunidades... ¿lo pensará ella cuando les hace un inocente cariño en la mejilla?)

A los cinco años de matrimonio nació José Joaquín, contenta Lola de que Nieves, que parió tantos años antes, no se hubiese apoderado del nombre. Dejó de trabajar, se embarazó de inmediato de María de la Luz —sólo nombres familiares—, y cuando al cabo de tres años sintió completada esta parte de su tarea, volvió al mercado. Era joven y éste le abrió las puertas sin ningún inconveniente (¿me odias, Lola, por no interrumpir *mi* carrera? Sí, Alfonso, un poco, ya veremos de qué forma me compensas).

Lola necesita hacer aquí un punto y aparte.

A los pocos meses de volver a trabajar, desempeñándose en el Departamento de Créditos, cayó en sus manos una petición deliciosa: una nueva sociedad de profesionales daba inicio a una empresa de importaciones y pedían un crédito para echar a andar la actividad. Como correspondía, Lola revisó con minuciosidad cada antecedente, incluidos, por cierto, los datos personales de socios y avales. Ante su sorpresa, se encontró con un nombre que no había olvidado: una de las socias se llamaba Silvia Astudillo. Su segundo apellido era Soto. Para no pecar de falta de precisión, llamó a Nieves, quizás ella se acordaba del segundo apellido de Silvia, las mayores siempre lo saben todo, fue su esperanza, y efectivamente Nieves se lo confirmó: sí, era Soto. La felicidad de Lola fue inmensa: la tengo en mis manos, por fin.

El futuro de la empresa de importaciones de Silvia Astudillo se encontraba en una perfecta carpeta engargolada sobre uno de los escritorios del Departamento de Créditos del banco, a merced del criterio de una funcionaria determinada. A merced del criterio de Lola. Lola, *of all people*, como habría dicho Oliverio. Tres arduos días de trabajo ocupó en buscar la fundamentación adecuada al timbre DENEGADO con que rotuló dicha carpeta. Cuando Silvia y sus potenciales socios recurrieron al banco exigiendo hablar con la persona encargada de aprobar el préstamo para convencerla de que estaba en un error y recibió el nombre de Lola como la funcionaria en cuestión, Silvia no insistió, supo de inmediato que debía cambiarse de banco, y ni siquiera pidió la reunión que hacía cinco minutos le parecía tan urgente. Suponiendo Lola a qué institución acudiría, por el perfil de la petición, llamó a un compañero de curso de la universidad que desempeñaba su mismo cargo en el otro banco y le pintó tal película que el funcionario se apresuró a denegar el crédito. Nunca más supieron de la empresa de importaciones.

Un año después, Nieves se encontró con Silvia Astudillo cara a cara mientras ambas hacían una cola en una oficina del Registro Civil, en el centro de la ciudad. Se miraron un instante al reconocerse, desconcertadas y sin conducta. Pero Silvia fue más rápida: abandonó su puesto en la cola, fijó en Nieves una mirada llena de desprecio y pronunció una sola frase: Ustedes son una tropa de decadentes.

A medida que pasaron los años y habiendo escalado cargos cada vez más altos, Lola decidió dejar de ser empleada y armar su propia consultora.

—Me parece arriesgado —fue la opinión de Alfonso—. ¿No decidiste representar a esa línea aérea en Chile?

—Sí, pero eso no copa mi capacidad... puedo hacer muchas cosas más. Y sobre el riesgo, bueno, sin él, no me pasará nunca nada... Además, si me demoro un poco, tenemos tu sueldo.

—Si yo fuera tú, no contaría mucho con eso.

Lola lo miró fijo. La rabia le pasó por los ojos. Eran azules, eran duros, eran inclementes. No debía perder el control, lejos quedaron los tiempos en que sus gritos actuaban como el primer rayo, el preludio de la tormenta.

—¿Qué significa exactamente esa afirmación?

—Exactamente: que no quisiera dejar de ahorrar por

culpa de tus devaneos. Tú eres una mujer rica, Lola, puedes acudir a tus propios ahorros.

—Lo de ser rica es relativo... mi sueldo es alto, eso es todo, que sea más alto que el tuyo no me convierte automáticamente en una persona rica... pero, de todos modos, la casa la mantenemos entre los dos, ¿o me equivoco?

—Según los ingresos...

—Entonces me estás dando la razón. Si me demoro en percibir ingresos al instalarme por mi cuenta, la casa deberías mantenerla tú.

—Eso vale para alguien que no ha ahorrado todo lo que tú has ahorrado. A ver, muéstrame tu último estado de cuentas de Merrill Lynch.

—Lo tengo en la oficina... ése no es el punto, Alfonso, me da lo mismo gastar mis ahorros, para eso son... El punto es que estoy aburrida de negarme a desafíos fascinantes que me proponen sólo porque son incompatibles con mi trabajo. Necesito la libertad de un cuento propio, ¿para qué seguir entregando mi capacidad a una institución que no es mía? Además, a la larga podría ganar tanta plata...

—Y mirar en menos al mundo entero, ¿verdad? A mí, de partida.

Súbitamente llegaron a la memoria de Lola imágenes acumuladas a las que en su momento no había dado la debida importancia: Paga tú el arriendo de la casa en el sur, no tengo liquidez en este momento; ahora que te han vuelto a subir el sueldo, ¿pagarás tú las vacaciones en Brasil?; me parece que el colegio de los niños debería ir a tu parte de gastos, es de mínima justicia; si quieres ampliar la casa, corre tú con los gastos; ¿un óleo de Benmayor para el comedor?; si lo quieres, cómpralo tú; sí, Alfonso. De acuerdo. Yo pago. Yo pago. Yo pago. ¿Por qué había accedido tan dócilmente a hacerse cargo de gastos cada vez mayores desahogándolo a él? En un instante Lola comprendió que llevaba diez años protegiendo a Alfonso de la inseguridad que ella le causaba. El dinero era sólo la vía que tal inseguridad eligió para hacerse presente.

Claro, la joven profesional recién titulada que abandona su papel de estudiante pobre con la que se casó termina convirtiéndose en una economista exitosa que lo ha desplazado hace mucho, dejándolo en el mismo pequeño banco europeo en el que se conocieron, qué maravillosa es tu estabilidad, mi amor, para disimular el tedio que le produce la vida laboral de su marido. La energía que se respira en la vida familiar es la que inyecta Lola, las preferencias de los hijos hacia ella no se disimulan, cuando suena el teléfono siempre es para ella, las invitaciones que reciben son de *sus* amigos, a él ya casi no le quedan, ha ido lentamente adoptando los de su mujer, porque así alivia el trabajo que le requiere mantener vivos los afectos, la prima Nieves resulta más cercana al hogar que cualquiera de sus hermanas, la decoración de la casa, hasta del último rincón, es su obra. El dominio en el terreno público y en el privado claramente pertenece a Lola.

(El dominio tiene un costo, Alfonso. Te acercaste a mi tocador mientras me maquillaba, miraste asombrado los muchos papelitos amarillos que colgaban de la madera, pegados por mí esa mañana —¿por qué te asombras, no ves que todas las mañanas los reemplazo, que siempre hay papeles amarillos pegados a mi tocador para recordar las mil y una pendejadas que debo hacer en el día, más allá de mi trabajo, de mis horas de oficina, de mis esfuerzos por ganar dinero?—: «Comprar forro plástico azul cuaderno José Joaquín», dice uno. «Poner plumón cama M. de la Luz», dice otro. «Colegio, verificar reunión de apoderados.» Sigamos: «Contestar carta Ada.» «Entregar regalo de matrimonio donde Raquel.» «Preguntar dato cerámicas.» «Cambiar foco comedor.» «Dejar plata jardinero.»

«Forrar cojines terraza.» Tú lees cada uno de los papeles amarillos y no dices nada, pero yo comprendo que tu pensamiento es, más o menos: Qué aburrida tu vida.)

—Ay, Alfonso... antes te gustaba que me fuera bien, te gustaba presumir de mis capacidades.

—Creo que ya no... ni siquiera aprecio en demasía tu aspecto, me agota que los hombres te miren, te asedien. A estas alturas, Lola, no me estás resultando una mujer cómoda.

—Te quedan cortos los calcetines. ¿Puedes cambiártelos? —fue toda su respuesta.

El odio ya se le había instalado en la garganta.

Esa noche, a punto estaba Lola de alcanzar un sueño voluptuoso cuando sintió desde la espalda la mano de Alfonso acercándose; conocía de memoria el camino, primero le tocaría un pecho, luego le metería la otra mano por entre las piernas, siempre igual. Opinó que en ese instante el amor era inadecuado, incómodo, fuera de lugar como un poema cursi. Quince años de matrimonio y su anhelo era dormir, volver al sueño que empezaba a visitarla, el sueño en Bangkok, una embarcación larga y ligera, colorida y graciosa, el agua plateada en su paseo por el río, mojándose ella de seda. ¿Sexo? Si a los seis años de estar juntos el sexo ya se había convertido en una actividad envejecida.

Fue un par de semanas más tarde que conoció a Osvaldo Goldberg en una comida que le brindó la línea aérea extranjera que le ofrecía su representación. Como si alguna intuición se lo anticipara, se arregló con esmero. No cuentes con que te acompañe —le dijo Alfonso, desatada ya la distancia con su esposa—, me aburrí de comidas en tu honor. Ella lo había mirado pensando que él era dueño de ese tipo de inteligencias que nadan por su cuenta sin una gota de sentido común. Y que era un hombre que no tenía más que dos expresiones en la cara y las turnaba según quién estuviera delante. Y que si volvía a ponerse un par de calcetines que le quedaran cortos, lo mataría. Todo eso pensó Lola, colmada del alivio que le produjo la negativa de su marido a acompañarla: estaba mucho más aburrida de lo que se reconocía. ¿O será que el aburrimiento se engendra lentamente, día a día, mes a mes, año a año, y cae encima de la cabeza, todo a la vez, para ser reconocido de sopetón, de la noche a la mañana, ya sin posibilidad alguna de pelearle o de hacerle el quite? Impotente, Lola sentía cómo la inmunda sombra del desamor la invadía. Éste se había acercado sigilosamente, pero ella no oyó sus pasos. La sordera es también una opción, se dijo con cinismo. Mientras se maquillaba frente al espejo de su tocador, experta ella en el arte de realzar su propia belleza, tuvo un pensamiento, también anticipatorio: El placer versus la felicidad —se dijo—. Si la última me es denegada, sacaré placer de la vida de cualquier modo, aunque uno sea instantáneo y la otra estratégica. Se miró en el espejo, se observó con detención, suavizó un pliegue de la seda negra de su vestido, sonrió arropada por algo de matriz, algo muy primigenio, y partió a la cena.

Entre las seis personas que la esperaban en la mesa redonda del elegante restaurant al que la habían citado, sus ojos detectaron de inmediato al único hombre a quien no conocía, qué guapo, se dijo Lola, qué increíblemente guapo, y pronto se enteró de que era el enlace argentino para la línea aérea, el que ocuparía su mismo cargo en la nación transandina. ¿Argentino? Con razón... más de una vez se había instalado en un café de la calle Florida en Buenos Aires sólo para mirar a los hombres, todos tan buenos mozos, espléndidos, en comparación con su contraparte chilena. Con asombrado placer, Lola no le quitó los ojos de encima. Su actitud era desenvuelta y segura, casi elegante. Parecían almendras sus ojos. Suaves, castaños, con una neblina sobre ellos que les imprimía una sombra inexpugnable. Ni hablar del perfecto corte de su traje oscuro. Recién bebían el aperitivo cuando Lola se dio cuenta de que la señora que estaba al lado, sola en una mesa para dos, se desvanecía y dejaba caer la cabeza sobre el mantel. Se levantó para dirigirse a ella y Osvaldo Goldberg la siguió.

—No es nada grave, habrá tomado unas copas de más —opinó él.

—Pero, igual, debemos avisar que la vengan a buscar, pobrecita.

—¿A quién?

—A un ex marido, o algo así...

—¿Y si no lo tiene?

—Bah, todo el mundo tiene un ex marido en alguna parte...

Osvaldo Goldberg rió abiertamente y su risa se instaló en Lola con una intensidad doliente. Sus dientes eran perfectos. Cuando el *maître* se hubo hecho cargo de la señora, él no perdió el tiempo.

—Y tú, ¿tienes un marido o un ex marido?

—Un marido —respondió, mordiéndose la lengua para no agregar *lamentablemente*.

Por supuesto, él también era casado.

Y, también por supuesto, terminaron en la habitación de su hotel, en el Sheraton al lado del río Mapocho. Salieron a la noche, y toneladas de azul cayeron sobre sus ojos. Algo aéreo e inmaterial cubrió a Lola, y a partir de ese momento lo único que oyó fue el ruido de las rompientes. Contra su cuerpo, contra todo su entendimiento.

Como si el encuentro con Osvaldo marcara un parteaguas en su cotidianidad, Lola tomó decisiones. Renunció a su gerencia en el banco, formó la nueva consultora con dos ingenieros comerciales más jóvenes, aportando ella el cincuenta y uno por ciento del capital, y decidió separarse de su marido.

(Conversación telefónica con Oliverio, Santiago / Nueva York:

—¿También tú estás a punto de separarte? ¿Pero qué nos pasa, Oliverio?

—Son ciclos, Lola. No los entendamos como fracaso. No tengas dudas de que lo que viviste con Alfonso fue valiosísimo. Lo mismo Shirley y yo.

—¿De qué se trata la vida, después de todo? Porque, créeme, no lo sé.

—Yo tampoco lo sé... *but I don't think it's about winning.*)

A partir de su separación, la situación entre Osvaldo y ella pasó a ser dispar. Él era casado, ella disponible. La idea golpeó a Lola como tremendamente vulgar: mujer separada / hombre casado / romance escondido / historia eterna. Hasta el color de sus cabellos refrendaba el lugar común: las amantes, para cumplir con la convención, deben ser rubias. Y curvilíneas, como ella. Y su edad, todavía le faltaba un poco para cumplir los cuarenta, remataba la cuestión. Bueno, se dijo mirándose al espejo, crítica y ceñuda, debo reconocer que ya no soy un lirio.

Los viajes a Buenos Aires se hicieron cada vez más frecuentes. Una vez allá, casi no salían de la habitación del hotel. Osvaldo temblaba ante la perspectiva de que alguien los viera, lo que hacía crecer en Lola la aversión por ser *la otra*. Jamás soñó llegar a desempeñar ese papel, y le costaba, cómo le costaba. La sola idea la colmaba de humillación, y lo secreto del asunto le restaba estímulo y *glamour*. Después de todo, ¿qué valor podía asignarle a una historia que no podía mostrar? Lola tenía pocos secretos, en general era una persona con una vida abierta y llana, y ningún éxito era muy reservado. La falta de testigo en los hechos le daba la impresión de que éstos no habían sucedido, como si al no exhibirlos se eclipsaran, carecieran del peso propio para cimentarse en la realidad. Al ser su vida, sin duda, la de una persona afortunada, tendió a confundir los verbos *atestiguar* y *presumir*, verbos sin ninguna relación entre sí que sólo se enlazaban en su inconsciente al relacionarlos con la muestra de sus pasos: que los ojos se posaran sobre ellos (atestiguar) para marcar su línea de éxito (presumir).

A juicio de Nieves, éste era un aspecto conmovedoramente inocente en la personalidad de Lola.

Te diré qué ha hecho este argentino tan buen mozo —le escribe Nieves a Ada en su reporte mensual a Barcelona—, *ha rescatado a la antigua Lola, aquella de la juventud, y con eso nos ha hecho a todos un gran favor. Aunque ella deteste el rol de amante, ha hecho bien en romper con Alfonso, y me pregunto si habría tenido el valor de hacerlo sin mediar esta loca calentura. Ya sabes, Ada, un empujoncito siempre ayuda... En los últimos tiempos de su matrimonio, Lola y Alfonso hablaban sólo al desayuno y a la cena, si es que ella llegaba. (Ninguno almorzó nunca en casa, ¡qué envidia!) Para oír el sonido de su propia voz entre una masticada y otra, Lola le preguntaba a Alfonso si le gustaba lo que había dispuesto (cocinado por Cristal, obvio). Me lo estoy comiendo, ¿o no?, era toda la respuesta. Entonces Lola se enfermó de la garganta y empezó a sentir un poco de odio hacia todo el mundo, lentamente, con persistencia, destruía a sus interlocutores en su cabeza, aprovechándose de todas sus debilidades. Este callado muestrario de odio le fue tomando los ojos y, créeme, empezó a tener la mirada de una vieja a la que le faltó experiencia de vida, una mirada mutilada, sin ilusiones. El afecto copaba un espacio pequeño de su cuerpo, sólo desde la clavícula hasta el*

mentón, o sea, un afecto del largo del cuello, ¿poco, verdad? Re-
cuerda, Ada, que Lola sí siente afecto por algunas personas, sus
hijos, sus padres, sus primos, pero casi por nadie más. La gracia
es que, al ser escasos, los quiere de verdad, sin ambigüedades o re-
servas, no como yo, que amo al mundo entero y lo hago mal. Bue-
no, lo importante es que esa fea etapa ya pasó y la mirada de
Lola se limpió. Vuelve a ser la de siempre. Sin ocultar el cinismo,
hoy opina que para la sanidad mental de una mujer ésta debe, en
algún momento de su vida, tener un marido y un par de hijos;
hecho esto, podrá echarse a volar.

P. D. Mi impresión es que el argentino no piensa dejar a su
mujer y que el romance tiene los días contados.

Se equivocó Nieves. Quizás olvidó aquella estrella que
ha protegido a Lola desde el instante en que abrió los
ojos al mundo, atendiendo cada una de sus plegarias. La
rueda de la fortuna da vueltas a su alrededor una y otra
vez, vuelve y vuelve, nunca la abandona, y ella lo sabe.

Luego de controlar la ansiedad a punta de ejercicios
de relajación y de tranquilizantes cuando los sentía necesarios, abandonó la clásica desproporción con que algunas mujeres viven el amor al acumular cierta cantidad de
años sobre el cuerpo. También comprobó, con satisfacción, que su interior no estaba lo suficientemente vacío
como para ser inundado sólo por la relación con otro.
Hecho esto, Osvaldo le anunció su divorcio y le ofreció casarse con ella. Su única ambición en la vida era cuidar de
ella, le dijo, lo que, por cierto, ella creyó. Que la cuidaran
lo daba por sentado, ¿quién podría rehusarse a ello? Alfonso lo hizo con esmero hasta que sintió que ella no requería de cuidado alguno. Hasta su hijo José Joaquín lo
hacía. ¿Por qué Osvaldo no iba a desear lo mismo?

—Lo pensaré en Caracas, aprovecharé esos días para
meditar un poco —fue su respuesta.

La década de los ochenta fue mi década, correspondió a mis ambiciones. Mi voracidad se ha calmado, hoy puedo calificarla como hambre a secas. Me pregunto qué me espera en los noventa, con su velocidad aterradora, le había escrito Lola a Ada un tiempo atrás. Hasta ayer, hasta su encuentro con Ifigenia Medina, habría contestado sin pensarlo dos veces: puras cosas buenas. Ya no soñaba como en su juventud con que su nombre apareciera en los titulares de los diarios: «¡Lola Martínez salva a bebé de muerte segura!» o «Premio a la Mujer del Año recae sobre la economista Lola Martínez». Tampoco fantaseaba con que recuperaba el aserradero y la casa del Pueblo, haciéndoles trampas a sus primas si fuese necesario, y se convertía en dueña y señora de todo lo que alguna vez amó. Quizás me he serenado —pensaba Lola cuando volaba hacia Caracas—, quizás esto es lo que llaman *madurar*. En su adolescencia, víctima de su propia educación y de la cultura que la crió, consideraba que la única razón posible para contemplar el suicidio sería el embarazarse, o más bien perder la virginidad y que se supiera (debería haber imitado a la monja de Arequipa y, en vez de matarme —se dijo años más tarde—, buscar una madre sustituta, quizás la buena de Luz se hubiese ofrecido). Al abordar el avión que la llevaría a Caracas, si alguien le hubiese hablado de suicidios, habría preguntado: ¿qué es eso? Y aquí estaba, haciendo su equipaje en la más bonita de las suites del hotel, contando las horas para abandonarlo y pensando en Ifigenia Aurora Medina. Extrañada, nota que Osvaldo Goldberg no acude a su cabeza, ni lo ha llamado para buscar su consuelo. Le sobra Osvaldo en estos momentos, así como le sobra casi todo: su ciudad, sus hijos, su casa, su trabajo. En pocas palabras: su realidad.

Tantas veces Lola pensó que se necesitaban actos cotidianos, ojalá domésticos, para palpar la continuidad. Sin embargo, su instinto, no su experiencia, le da la espalda. Se siente absolutamente incapaz de volver a su casa en Santiago, a su oficina, a los áridos números en que se sumen sus horas, a sus hijos, a la dulce disponibilidad de Cristal. Lola analiza: si durante el día dedicas la mente a lo imaginario —quién fue Ifigenia Aurora Medina y por qué se mató—, por fuerza ello debe complementarse con un orden preestablecido, una cotidianidad exacta de cada día, una geometría, ritos sacros, cada levantada, cada comida, cada acostada, la rutina llevada a su máxima rigurosidad. Por primera vez en muchos días recuerda a Ada y piensa que así debe ser con los escritores, sólo aquello los protege de vivir en el mundo de las mentiras, aquel raro mundo de la imaginación en el que ignoras sus vaivenes y los lugares donde pueden llevarte, así como el fondo amenazante en que puedes terminar. Se sorprende ante la novedad de sentir empatía con ese quehacer, el de la ficción. Pero no se esconderá tras la cotidianidad salvadora, no, no volverá a Chile. Siente que Ifigenia Aurora Medina le está dictando una orden.

¿Qué quieres, Lola? ¿Dónde deseas ir?

A un potrero brillante, como recién lavado.

Por cierto, al Pueblo.

Anhela tantas cosas: que el tío Octavio le revise la garganta y le recete un tónico perfectamente inútil, que el tío Antonio le diga que no vale la pena ir a almorzar porque va a morir *ya*, que el tío Felipe aparezca con los dedos manchados de óleo y le enseñe un dibujo de Durero, que tía Casilda le haga una confidencia en su taller, al fondo del corredor, como aquella vez que encontró las famosas cartas, que la vieja Pancha le sople al oído el lugar donde se ha escondido Ada con Oliverio para fumar, que Cristal le lleve a la cama un plato con quesillo frito en almíbar, que Luz la reprenda suavemente en la noche porque no ha rezado sus oraciones y no ha sido suficientemente buena durante la jornada, que Nieves la abrace y le reafirme que ella es la más bella de todas, que sus ojos no son azules sino violetas, como los de Elizabeth Taylor.

Lola piensa en el único síntoma demostrativo de que un ser humano ha superado el pasado: que éste deje de doler. ¿Por qué, si su vida ha transcurrido entre puras realizaciones, por qué, entonces, las heridas aún duelen? ¿Qué esperan para cerrarse, qué? ¿A qué buscan asirse sus manos ansiosas?

Vengo de allí —se dice Lola—, el pasado ha sido mi única ruta, y aquello por lo que he creído estar en el mundo es sólo una fachada. Construir pertenencias. La meseta de Masada, el mundo autocontenido. La aspiración de Ada.

Ada. Si fuésemos heroínas de una novela —piensa Lola—, ella sería sin duda el personaje dramático. Allí radica su importancia en el interior de la familia. La última vez que la vio fue en Madrid, Lola asistía a un seminario por un par de días y decidió quedarse el fin de semana e invitar a su prima al Ritz, donde se alojaba. Llegó una mujer sin duda moderna y sofisticada, de una forma ajena a los estándares de Lola: muy delgada, los huesos de la juventud sobresaliendo de forma aún más notoria en la adultez, una absoluta simpleza en su vestuario, pantalones y suéter, toda de negro, sin una sola joya, ni una gota de maquillaje, el pelo muy corto, pero a diferencia de los tiempos anteriores, cortado en una buena peluquería. Lola no pudo dejar de sentirse una mujer de Rubens a su lado. El aspecto de Ada, su tipo de vida en la ciudad de Barcelona, su trabajo en la editorial, su falta de pareja, su radical independencia, todo le sugirió a Lola un personaje moderno, sin tinte alguno de romanticismo, y puso el dedo en la llaga al preguntarle por qué su enorme contradicción de seguir creyéndose una heroína decimonónica si era exactamente lo contrario. Será por el melodrama al que soy tan adicta, le respondió Ada, despachándola con una sonrisa y una dosis de ironía. Caminaban por el parque del Retiro y recién se insinuaba la tarde. Lola no se contentó con la respuesta y la azuzó, sólo para entristecerse más tarde con lo obtenido: ¿Sabes cuál sería mi infierno, Lola? Muy decimonónico, a lo madame Bovary, que todas las ficciones soñadas resulten mentiras en la realidad y que deba vivir para siempre con ellas, con las intenciones en lugar de los arquetipos, reconociendo la mentira en todo sin poder probarla ni quebrarla en ningún punto, como un confín definitivo.

Al abandonar Madrid aquella vez, luego de largas conversaciones, de haberse deleitado con muchas anécdotas, con análisis de todo tipo, políticos, personales, psicológicos, y con una buena cantidad de risas (lo único más contagioso que el llanto es la risa, puedes ser testigo de otro llorando y a veces puede parecerte estridente, inadecuado o fuera de lugar, indecoroso, pero la risa... ¿eres capaz de dejar un espacio entre la risa del otro y tu juicio?, Lola lo cree imposible), luego de saltar sobre los colchones de las camas del Ritz (¡probemos si el hotel es tan bueno como pregonan!), de contemplar la piedra gris de Los Jerónimos, de burlarse de los turistas que ingresaban al Prado, de comer chorizo y tortilla de patatas con espeso vino tinto en un boliche barato, y de hacer miles de recuerdos comunes, tuvo una ilusión: la de querer a Ada. Era tanto más feliz que su prima, su vida era más lograda que la suya, sólo eso bastaba para perdonarla. Quizás lo que hizo Ada no fue más que someterse a su destino, ella, que odió el sometimiento, suspiró Lola, tratando de hacer una síntesis. Cuando abordó el avión para cruzar el Atlántico de vuelta a casa, desde la intermitencia de su dormitar, Lola iba de la mano de su sueño, cruzando pantanos donde por fin daba muerte a su enemigo. Es que cansa la memoria, su esencia es la inmovilidad, ya fue lo que fue, siempre igual; pocas veces nos encontramos con el brillo de una imagen distinta, recién aparecida, que la renueve. Lola necesitaba dar vuelta la página, y en Madrid creyó conseguirlo. Estaba convencida de que, después de todo, el dolor, en la medida que no se menciona, se apacigua; para no sentirlo, basta no glorificarlo... *for to give it more words was to give it more life.*

Porque de una cierta cantidad de dolor estaba teñida toda la relación con su prima. Desde su primera infancia hasta el día en que Ada volvió del campamento de los gitanos, Lola se sintió agraviada por ella. Su gran secreto ha sido su largo odio, el que a nadie pudo nunca confesar, como un pecado: odiar a Ada fue su infracción, su culpa, su yerro. Odiar a Ada atentaba más contra sí misma que contra el objeto del odio. Odiar a Ada era descender en la escala de grandeza de la familia.

Lo último que Ada le preguntó, cuando ya partía su taxi para el aeropuerto, fue: Lola, ¿quién te mata las arañas ahora? Lola sonrió, complacida. Nadie —respondió—, vuelve a Chile y mátamelas tú. Ambas rieron y el taxi partió. Todas las noches, durante años y años, Ada se ofrecía para entrar a la habitación de Lola antes que ella, revisaba metro a metro el lugar, miraba bajo la cama, se deslizaba por esa angosta franja oscura y mataba las arañas que iba encontrando, chicas o grandes, inocentes o significativas, despejando los espacios que ella ocuparía más tarde. Sólo una vez la traicionó y a Lola aún le molesta recordarlo, ¿no es mayor el peso de la larga protección que el de aquella única vez? Pero Lola es rencorosa.

Era un día 15 de enero, fecha establecida por ellas caprichosamente todos los veranos para jugarle bromas a cada habitante de la casa sin autorización para el enojo: era el único día en que se permitían molestar abiertamente a los demás. Esconderle el bastón a tía Casilda, por ejemplo, abrir las puertas de las habitaciones de los tíos cuando estaban todos acostados y trancarlas por fuera con piedras para que no se cerrasen, robarle las hierbas a la vieja Pancha, vaciar la crema para las manos de Nieves sobre la piel de un perro, preferentemente el pastor alemán de Ada, y de paso arrancarle una página al libro que ella estuviese leyendo. Ese 15 de enero estaban en la galería y Ada dejó una caja de fósforos al lado de una vela en la mesa lateral al sillón mullido por el que todos se peleaban, en el que Lola se recostaba en ese momento. A los diez minutos, Ada, en forma estudiadamente distraída, le pidió a Lola que prendiera la vela. ¿Para qué?, preguntó, aún no oscurecía. Para hacerle una broma a Luz, anda, prende esa vela. Lola, entretenida por la idea de burlarse un poco de Luz, a la que todos protegían por principio, tomó la caja de fósforos con naturalidad, en la más completa inocencia, y la abrió sin mirarla. Al meter la mano para sacar el fósforo, sintió algo raro contra los dedos, una textura entre dura y gelatinosa, peluda, levemente pegajosa, todo a la vez. Miró entonces la caja y vio cómo trataba de salir de ella una enorme araña, tarántulas o arañas peludas, las llamaban, empeñándose en liberar sus gruesas, largas y asquerosas patas. El grito de Lola se oyó en todo el aserradero. Tirando lejos los fósforos, corrió fuera de la galería, absolutamente aterrada, y sus piernas, sin control alguno, la llevaron hasta el bosque, de donde nadie la convenció de volver. Durante todo ese verano soñó y volvió a soñar con la araña peluda, el objeto que más pavor le infería en el universo entero.

Tenía nueve años Lola cuando encontró dos gatitos en el potrero de los guindos, al cruzar el Itata en la balsa. Los recuerda como dos suaves bolitas atigradas, peludas y tibias. De inmediato se prendó de ellos y gastó una tarde entera tratando de cazarlos, ya que eran gatos silvestres y arrancaban al más mínimo acercamiento. Cuando al fin se hizo de ellos, los cargó en el canasto de las guindas y los llevó a casa. Pidió permiso a tía Casilda para quedárselos. Tía Casilda le explicó cómo domesticar a un gato de campo y le enseñó que los gatos eran *territoriales*. No les importa la gente —le dijo—, sólo el lugar, y deben aprenderlo y conocerlo para que les interese quedarse. Lola los llevó a una de las bodegas detrás de la cocina donde se guardaban los porotos, las lentejas y la harina en grandes sacos, les armó una cama, una pequeña caja de arena para que hicieran sus necesidades, y cerró la puerta bien cerrada. Entraba muchas veces al día a darles leche y acariciarlos, se sentía en la gloria con ellos en sus brazos. Habló a la hora de comida del tema y pidió fervientemente a toda la familia, incluidas la vieja Pancha y Cristal, que no entraran a esa bodega para que los gatitos no escapasen. Practicó imaginarios discursos que daría en Santiago a sus padres para que le permitieran convertirlos en sus mascotas, y pasaba largas horas haciendo guardia en la puerta de la bodega para que nadie abriese la puerta. Al cuarto día, cuando ya sentía que toda su vida había dado un enorme salto por permitir albergar tal ternura en su interior, llegó temprano en la mañana con el cazo de leche en la mano y, espantada, reparó en que la puerta estaba abierta. Conteniendo la respiración, en puntillas, entró a la bodega: los gatos no estaban por ninguna parte. Los buscó con ahínco, recorrió el aserradero, los bosques, el Pueblo, y no los encontró. Decidió que vendrían de noche, que cuatro días resultaban suficientes para que ellos hubiesen aprendido a reconocer su territorio. No durmió por tres noches seguidas, paseándose por la puerta de la bodega envuelta en una manta, vigilando, esperándolos. Los gatos nunca volvieron. ¿Quién había abierto la puerta? Por supuesto: Ada.

Lola no creyó en la defensa de su prima, que había sido un descuido: nadie le quitó de la mente que Ada lo había hecho a propósito. Y ésta nunca le pidió disculpas. ¡Cabra de mierda!, ¿sabes lo patética que eres, paseándote como una sonámbula en espera de esos animales?, créeme, andar cuidando tus gatos no es la única preocupación de la familia. Lola no sabe si el tamaño de su rencor era por la pérdida de los gatos o por la falta de disculpas de Ada, la hería y luego la hería encima. No quedó consignado como un hecho relevante en la vida familiar, lo que le dio más rabia aún.

Nada le gustaba tanto a Ada como cruzarse en un corredor con Lola y darle un pellizco, luego le decía: Nunca tendrás la nariz respingada... ¡olvídalo! Entonces Lola, que siempre mascaba chicle, unos grandes chicles rosados que vendían en el almacén de don Telo, se vengaba haciendo un enorme globo con su chicle rosa y reventándoselo lo más cerca posible de la cara. ¡Esperpento asqueroso!, le gritaba Ada, y escapaba de ella.

De regalo para su cumpleaños, al cumplir once, su madre le trajo de París un abriguito de piel, blanco como la nieve, suave y peludo como lo habían sido sus gatitos, irreal a los ojos de Lola, que imaginaba una prenda así de perfecta apareciendo sólo en las revistas y no en la realidad. Lo colgó de la lámpara de su dormitorio para mirarlo todas las noches. Al llegar el verano quiso llevarlo al

Pueblo. Su madre la reprimió, que si estaba loca, que qué iba a hacer con esa elegancia en el aserradero, además era verano. Para mostrarlo, mamá, para tenerlo cerca, te prometo que lo voy a cuidar. Llevó el abrigo y la primera noche apareció vestida con él a la hora de la comida. Todos lo celebraron, comentando lo bonita que se veía, menos Ada, que se largó a reír. ¿Qué haces con un abrigo de piel en pleno verano? ¡No seas ridícula! Se lo sacó, un poco humillada, y lo llevó a su dormitorio. De noche, junto a Luz, lo extraían del clóset y lo instalaban a los pies de la cama, introduciendo sus manos por la piel y acariciándolo mientras leían el libro de turno, extasiadas ambas ante su contacto. Un día llegó Ada y pidió prestado el abrigo.

—¿Para qué lo quieres?

—Esta noche nos toca acampar y... bueno, siempre pasamos frío.

—No, para acampar, no... te lo presto sólo si te lo pones aquí, dentro de la casa.

—Idiota, para eso no son los abrigos.

Lola mantuvo su negativa y olvidó el tema.

A la mañana siguiente vio a Luz ir hacia ella con la cara acongojada y el abriguito en las manos. Lola intuyó que algo malo había sucedido. Efectivamente: al quedarse dormida, Ada entró sigilosamente a la habitación, descolgó el abrigo del clóset y lo llevó para el campamento que hacían con Nieves todos los veranos. Durante la noche, su perro, un pastor alemán de temer, se lo había comido; en andrajos convirtió la piel. Lola lloró y lloró, y a pesar de que esta vez Ada sí se disculpó, no dejó de aprovechar la ocasión para sermonearla por su afición a las cosas materiales, que un abrigo más o menos daba lo mismo. Lola sabía que sus disculpas eran formales y que, en el fondo, no le importaba un comino ni su abrigo ni la propiedad ajena. Para aliviar su pena, Ada le propuso que en la sesión de teatro que tuvieran ese día le permitirían cantar *I'm sorry*. Ésta era una canción que cantaba Brenda Lee y que Lola había representado una noche, vestida en un rosado y vaporoso *baby doll*, imitando la voz infantil y llorosa de Brenda Lee, con las manos en el pecho, gesticulando como una poseída. Se habían reído todos de su representación, con una risa tierna y divertida, ya que Lola se veía en efecto muy cómica. ¡Eres tan exquisita!, insistía Nieves, abrazándola en su *baby doll*. Ada no pudo parar de reír, ni siquiera cuando los demás habían cesado. Lola, ofendida ante la burla, juró que nunca más haría ese número, a pesar de que a ella le gustaba tanto y lo consideraba tan bien logrado.

—Alégrate, Lola, esta noche puedes cantar *I'm sorry* y juro no burlarme.

—¿Me lo prometes?

—Te lo prometo.

—Pero es en serio, si te ríes de mí, me voy a morir.

—En serio: una promesa es una promesa.

Lola olvidó por un rato el cuento del abrigo de piel ante la expectativa de repetir su número. Preparó el *baby doll* y llegó feliz a la representación. Después de que Nieves recitara un poema de Oscar Wilde, le tocaba a ella. Segura de que esta vez no habría burlas, puso el alma en su actuación, contando con el silencio del público. En la penúltima estrofa notó que Ada se ponía una mano en la boca, un gesto que sólo podía significar que trataba de ahogar la risa y disimular. Cuando faltaba casi nada para llegar a la última línea, se oyó una carcajada estruendosa en la sala y, acto seguido, Ada se levantó corriendo, y entre lágrimas de risa, balbuceaba: Perdón, perdón, es que no puedo aguantar, ¡es que es demasiado ridícula!

Culposa Ada ante el daño infligido, le ofreció una tregua: enseñarle a hacer fogatas. Lola se maravillaba desde muy pequeña por la destreza de Ada y Oliverio para encender grandes fuegos, parecían capaces de inventarlos de la nada, pero cada vez que ella quiso aprender, fue despachada: Esto es una ciencia, no estás en edad todavía. Con el tiempo, Lola se hizo tan experta en fogatas como Ada, pero se preguntaba si los pasos para llegar a ello no habrían sido excesivos.

A medida que fueron creciendo, las descalificaciones tomaron otro rumbo. Lola coleccionó frases y más frases, las que vuelven a ella a través de los años, que no fueron dichas en su momento con excesiva dureza ni mala intención, sólo al pasar, como quien establece hechos inevitables, no como opiniones.

—No tienes mucha vida interior, Lola, ¿cómo lo vas a hacer cuando seas mayor? ¿Vivir rodeada de gente tu vida entera para disimularlo?

—No, mi amor, no te des el trabajo de hablarle a Oliverio, es inútil, te considera estúpida.

—Gracias a Dios eres linda... acuérdate de mí: será tu principal arma.

(Luego escribía en su cuaderno, el que, por cierto, Lola leía: «Lola no se parece a nadie, como si persistiera en acentuar su propia imagen. Es bella, bellísima, con belleza alada, podría convertirse en aire o agua. Azules ojos violetas y tez lozana. Pero bella y dulce, es ansiosa, ansiosa, ansiosa. Y la ansiedad le matará todos los sueños.»)

—¿Sabes, Lola? Es probable que no entres a la universidad, no tendrás el puntaje necesario, pero no es grave... la pintura se puede estudiar en cualquier academia.

¿Vale la pena seguir enumerando? —se pregunta Lola, cansada, y se responde a sí misma—: Qué torpe lugar común, descriteriado e insensato, aquel que sostiene que las mujeres lindas son tontas. En el minuto en que apareció mi primer bucle dorado y mis ojos color violeta, se decretó que yo debía ser estúpida. Ada fue la que más insistió en ello, haciendo pasar su propia insignificancia física por un augurio de inteligencia asegurada. Ser hermosa y ser encantadora y ser amada no podía, desde el punto de vista de la familia, corresponder a un cerebro que funcionara. Pues bien, heme aquí: he hecho una vida mucho más inteligente que muchas mujeres lúcidas y preclaras. Por cierto, más que Ada, que a la hora de tomar decisiones y poner sobre la balanza el factor riesgo versus el de felicidad, titubeó.

Antes de cerrar este capítulo en su cabeza, Lola se siente en el deber de hacer una alusión a su venganza. Aunque se avergüence, no puede omitirlo si está tratando de ser honesta con sus recuerdos. Tenía trece años cuando sucedió, Ada dieciséis. Una vez más, Ada la había maltratado, a propósito de una gran fiesta que darían unos amigos en un campo vecino y a la que no le permitió asistir, aunque todos en la casa estaban de acuerdo en que ella fuera. Cuando Ada abandonó el Pueblo esa tarde, del brazo de Oliverio y con Nieves, arregladísima, a su lado, dejó a Lola hecha un mar de llanto, inyectándole la convicción de que había llegado la hora de la venganza.

—Vamos a jugar, Lola, Nieves nos dio permiso para abrir el baúl y sacar sus muñecas con todos los vestidos.

—Tienes catorce años, Luz, ¿no estás un poco mayor para jugar a las muñecas?

—Es que me encanta abrir el baúl de Nieves, vamos, podemos encontrar otras cosas y disfrazarnos.

—Anda tú, yo tengo que pensar.

—¿En qué?

—Ya te lo contaré, por ahora, déjame sola.

Se instaló bajo uno de los álamos de la entrada al parque, su lugar favorito a la hora de los pensamientos, y luego de mucha concentración, dio en el clavo. *Mujerci-*

tas. ¡He ahí la respuesta! La habían actuado un par de años atrás al elegirla como la novela del verano para apropiarse de su historia y de sus personajes. Lola había quedado encantada con el desenlace, cuando Amy se casa con Laurie, a pesar de Jo. Lola era Amy, Oliverio era Laurie, y por supuesto, Ada era Jo. Fue un perfecto verano aquél, cada una quedó contenta con su personaje, y no se pelearon, como otras veces. Oliverio la había tomado en brazos y subiéndola sobre sus hombros, atravesó la casa entera hasta llegar con ella, dramáticamente, donde Jo a avisarle que se habían casado. Jo / Ada lloraba y lloraba, aunque en el libro la Jo verdadera trataba de hacerse la indiferente frente a este matrimonio, y ninguna de las primas se lo creyó. Lola pensó en el manuscrito de Ada, ¿acaso Amy no quema en la novela el manuscrito de su hermana Jo? Voló hacia el dormitorio de su prima y abrió el baúl donde lo guardaba. Entre la idea y las llamas devorando los papeles no transcurrieron más de cinco minutos.

Más tarde, Lola se arrepentiría de todo corazón por lo que había hecho, y así se lo expresó una y mil veces a Ada, pero, a pesar de ser eso cierto, no olvidará el infinito goce que sintió al mirar cómo las llamas consumían aquel trabajo y cómo, al sentir el reflejo anaranjado en sus propios ojos, decidió que ése era el perfecto crimen que la tontera podía hacerle a la inteligencia.

Entonces Lola creció. De la noche a la mañana llegó al Pueblo convertida en una muchacha preciosa, con formas femeninas de las que antes carecía y con sentimientos afines. Como dijo Nieves, coqueteaba hasta con las paredes, chinchosa, bonita, y siempre sabiendo cómo encantar a cada uno, a cada uno menos a Ada, que nunca parecía caer bajo su influjo. Fue en ese primer verano de la adolescencia que se enamoró.

Llegando a la casa del Pueblo, luego de haber deshecho el equipaje en la habitación que compartía con Luz, corrió a la pieza del lado a avisarle a Oliverio que había llegado e irrumpió en ella sin llamar a la puerta. Su asombro fue grande al encontrarse con la figura de su primo desnudo. Oliverio caminaba por el cuarto buscando su ropa, había terminado recién de ducharse y la toalla estaba tirada encima de la cama. Seis años mayor que ella, su primo ya había alcanzado una respetable estatura y corpulencia.

—¡Oh! Perdón... —dijo, confundida, pero no se apartó del lugar donde estaba.

—¿No golpeas las puertas acaso, cabra de mierda? —la misma actitud que Ada, el mismo lenguaje, la misma rudeza para tratarla, a ella, que era una princesa.

—Perdón —repitió y siguió sin moverse.

—¿Qué te pasa? ¿Es que nunca has visto un hombre en pelotas?

—No, nunca.

—¿Y piensas quedarte ahí para siempre?

—Es que eres tan hermoso —suspiró.

Oliverio se largó a reír y le cerró la puerta en las narices.

Sin duda, así debía de ser el amor, aunque se reconoció a sí misma que podía ser ese músculo en la pierna, el que sobresalía sobre la rodilla hasta la ingle, pero no, era amor. Para ella, la escena se poblaba de belleza y merecía guardarse como algo precioso, un objeto, por ejemplo, un mármol (ya comenzaban las formas a crearse dentro de su mente y apreciaba las esculturas griegas y romanas). Esperaba que nadie se enterara de lo sucedido para que no se ensuciara, la limpieza de sus ojos era parte importante del placer. Pero esa misma tarde pasó Ada por su lado y comenzó la burla.

—Así que mirando hombres en pelotas, la muy linda...

—Puchas, fue sin querer, ya sé que tendría que haber golpeado...

—¿Y también por equivocación te quedaste mirándolo? ¿No eres un poco chica para eso?

Que Oliverio le hubiese contado a Ada la llenaba de rabia. Le hería el orgullo, además, había creído que para él era halagador y que guardaría el debido silencio.

A partir de aquel momento, sus sueños se inundaron del cuerpo desnudo de Oliverio. Era demasiado joven e inexperta para desentrañar el significado del deseo, no era capaz de articularlo como tal. Sólo sabía que se había enamorado de su primo y que todos los veranos a partir de entonces volvería a sentir lo mismo, año tras año, humillación tras humillación. Era voluntariosa Lola y le costaba imaginar que podría haber algo en la vida que no conseguiría. Su fracaso tenía nombre y apellido: Ada. A medida que fue creciendo, se habituó a vivir en la perfecta escisión: los inviernos saliendo con los muchachos de Santiago, flirteando libre y despreocupada, y los veranos entregando su alma al diablo por el amor de su primo, como si hubiese sido la única preocupación durante el año completo. Cuando llegaba al Pueblo, no podía evitar caer en las clásicas comparaciones. Soy más hermosa que Ada. Soy más encantadora. Soy más femenina y menos torpe y más sociable y más adecuada, mis pechos son preciosos y ella casi no los tiene, mis ojos son como los de Elizabeth Taylor y los de ella son comunes y corrientes. Soy mucho más sexy que Ada, soy mucho más atractiva, ¿es que este huevón de Oliverio no se da cuenta? Ada se cree más inteligente que yo, me mira en menos, pero veremos a la larga si soy tan tonta como ella piensa.

Cuanto peor la trataba él, más lo amaba, el deseo como un imposible, camino conocido de tanta mujer hermosa y malcriada. Y en lo que le ganaba decididamente a Ada era en simulación: ella sabía cómo jugar las cartas y lo hacía en silencio. (Más tarde Lola decidió que el disimulo, en sus manos, había llegado a integrar la categoría de *arte*: logró, manejándolo correctamente, que nadie nunca se enterara.) A veces se permitía pequeños lujos, como procurar que los tirantes del traje de baño resbalaran por sus hombros cuando nadaban en el río, estando Oliverio cerca. O tomar sol en la puerta de su dormitorio enfundada en una mínima camisa de dormir —en el famoso *baby doll* de sus imitaciones de Brenda Lee, que seguía guardando en su clóset—, sabiendo que él estaba obligado a pasar por ahí al salir de su propia habitación. No era ninguna tonta Lola, sabía perfectamente la forma en que él la miraba, era un hombre, después de todo, no podía reprimir el deleite que producía su cuerpo. (¿Sabes cómo se llama el libro que estoy leyendo? *Lolita*, y me recuerda a ti en más que el nombre, le dijo un día Ada con tono irónico.) Es probable que Ada ignorase los resultados de sus pequeños *lujos* —como ella los llamaba—, ya que su prima —Lola estaba convencida— no contaba con la sutileza ni con la coquetería necesarias para percibirlo. Esto le dio carta blanca para continuar, y no le importaba el hecho de que Oliverio la tratara mal durante el día si en la noche, cuando ella se tendía en el sofá de la galería con una escasa solera cubriendo su cuerpo —a esas alturas del verano, totalmente dorado—, él desviara en algún punto la mirada hacia ella. El deseo no tardaba en cargar esos ojos: ése era su poder sobre él, poder tácito y subyacente. Lola reconocía el deseo, Ada no, al menos así lo creía, ya que producir ese deseo le resultaba tan vital que se había transformado en un problema de identidad. No así para Ada.

Los únicos momentos en que Lola no se enorgullecía de su pelo rubio era cuando deseaba fervientemente parecerse a Viena, la heroína de Oliverio, la protagonista de su película preferida, *Johnny Guitar*. Soñaba con teñirse de negro como Joan Crawford y colgarse dos pistolas al cinto. Entonces Oliverio sí la respetaría. Y le hablaría de la tierra, de la propiedad, Viena dueña de su salón como Lola del aserradero, luchando a muerte por él. Y en el duelo final, aquel memorable duelo entre dos mujeres, su pistola sería más rápida que la de Ada.

Oliverio. Por tu bendito amor.

A fines del penúltimo verano, estaba Lola obsesionada por pintar una naturaleza muerta, un bodegón de aquellos clásicos para regalárselo a tía Casilda (ya había visualizado un espacio en el comedor donde colgarlo), y necesitaba hacer muchos bosquejos previos como preparación, su amor propio la obligaba a alcanzar un resultado perfecto. Luego de varios intentos, se encontró sin papel, un determinado papel corrugado que usaba para esos menesteres. Corrió angustiada donde el tío Felipe para pedirle algunas hojas prestadas. Se me acabaron, mijita, pero la Casilda siempre me guarda un stock en su taller. Es que tía Casilda anda en el aserradero. No pretenderás que me levante de la cama, chiquilla, para una cosa tan simple, anda al taller y detrás de la mesa que hace de escritorio vas a encontrar una carpeta azul cerrada: ábrela y saca un par de hojas.

Las primas nunca entraban al taller de tía Casilda sin autorización, la intimidad era para ella intransable, pero a esa hora trabajaba y no se enteraría: Lola *necesitaba* el papel, y sus necesidades adquirirían carácter de urgencia universal, había que satisfacerlas como fuera. Entró al taller y buscó la carpeta que le indicó el tío Felipe. En una esquina, en el suelo, bajo un pequeñísimo mueble de mimbre, vio una caja de madera cerrada, una especie de pequeño baúl que estaba segura de no haber visto nunca. La embargó una enorme curiosidad, ¿qué podría contener? El polvo que la cubría hablaba de largos tiempos sin abrir. La tomó en sus manos y supo de inmediato que averiguaría su contenido. Los horarios de tía Casilda eran perfectamente públicos y conocidos por todos: a las ocho de la mañana se dirigía al aserradero y no volvía a casa hasta el mediodía.

Al día siguiente se levantó más temprano de lo acostumbrado y se dirigió con sigilo al taller. Debería haberlo supuesto: eran cartas. El tiempo había vuelto los sobres amarillos y la letra en ellos resultaba enredosa y torpe, como la de alguien que apenas aprendió a escribir. Se sentó cómodamente frente al escritorio de tía Casilda y comenzó a leer. A los pocos minutos se palpó la cara, estaba ruborizada, ni en sus más desatadas fantasías había imaginado un lenguaje así de erótico, casi obsceno. La colmó una sensación de culpabilidad, ella no debía leer aquello, además de chocarle, no le correspondía hacerlo. Decidió guardar las cartas y no contar nunca lo que había leído, como una forma de respeto —¿y de protección?— hacia su tía. Pero fue tarde: tía Casilda entraba en ese momento al taller. Miró la escena y, pétrea, no pronunció palabra. Lola comprendió que quien debía hablar era ella, y se deshizo en disculpas. Al cabo de un rato, como por milagro, se disipó el enojo en su tía. Quizás le resultó un alivio por fin relatar lo sucedido y que alguna de sus sobrinas nietas, las únicas mujeres en tres generaciones aparte de ella, fungiera como testigo tardío.

Sucedió cuando tía Casilda cumplía diecisiete años. Su padre, el bisabuelo de Lola, era conocido en la región por ser un hombre ligero de cascos, un mujeriego, y hasta su esposa lo aceptaba con la condición de no enterarse nunca de las consecuencias de sus actos irresponsables, como ella los llamaba. Nada de huachos repartidos por los campos o ciudades vecinas que fueran a pedir que su padre los reconociera como hijos. Un día tocó a la puerta un muchacho hermoso, hermoso como el sol y como la luna juntos, y pidió hablar con don José Joaquín. Casilda nunca lo había visto, y al llevarlo hacia el estudio de su padre, decidió que en ese mismo instante se había enamorado. Era fuerte, tosco, con enormes ojos negros y un cuerpo grande. Esperó detrás de la puerta, sólo para enterarse de la identidad de este hombre que le había arrancado el corazón. Era un hijo ilegítimo del viejo Martínez, venía de una ciudad cercana y quería instalarse en el Pueblo para trabajar en el aserradero. José Joaquín le ofreció dinero, él dignamente lo rechazó, sólo deseaba aprender del aserradero para poder instalar uno propio en el futuro, no pedía más que eso. José Joaquín aceptó, con la condición de que nadie se enterara de su origen, menos que nadie su esposa, y que fuera muy cuidadoso en mantenerse alejado de la casa grande y de su familia. El joven aceptó y esa misma mañana quedó contratado. Casilda, que a partir de ese momento perdió toda racionalidad, voluntad y lucidez, fue la única en enterarse de quién era y decidió hacer oídos sordos al hecho. Averiguó en qué casa del Pueblo se alojaba, y a la tarde siguiente, calculando la hora en que habría terminado de trabajar, le hizo una visita, con la disculpa de que había oído que entendía de veterinaria y su perro regalón estaba enfermo (en efecto, lo de sus capacidades con los animales había sido parte del currículum que él había entregado el día anterior a su padre). El muchacho, Juan se llamaba, aunque su apellido ciertamente no era Martínez, atendió al perro esa tarde y la siguiente y la subsiguiente, siempre en aquella casita del Pueblo donde pernoctaba, sin que don José Joaquín se enterara. Juan ignoraba que Casilda estaba en conocimiento de su origen. No era difícil imaginar lo que sucedía en el interior del muchacho: Casilda era *la patrona,* la única joven poderosa del Pueblo, atractiva, audaz y valiente, tan segura de sí misma, y cuando notó lo que a ella le ocurría, no tardó en sentir en él su reflejo. Pero eso no significaba que estaba dispuesto a meterse en un enredo. No contaba con la temeridad de Casilda: cuando constató que cada miembro de su cuerpo estaba electrificado y que si no los desahogaba se desquiciaría, decidió vivir resueltamente su pasión, sabiendo que se reduciría sólo a eso —no era tan tonta para creer que aquello tendría destino—, y lo planificó todo. Pasar desapercibidos en la olla de grillos que era el Pueblo resultaba imposible, por lo que, una tarde, con mirada inocente en los ojos, le dio cita a Juan en una cabaña abandonada en la ribera del río que sólo se ocupaba en invierno como alojamiento para temporeros de la zona, a unos diez kilómetros de su casa. Juan acudió fielmente, sin atreverse a soñar que podría tener a esa mujer desde todo punto de vista inaccesible. Y se desató entre ellos el romance más apasionado del que se pueda tener recuerdo.

—¿Y el hecho de que fuera tu medio hermano no te hacía retroceder?

—Me retorcía de culpa todas las noches, pero al amanecer ganaba la pasión. Qué incesto, qué nada, lo único que nos importaba era amarnos.

—¿Él sabía que tú sabías?

—Se lo dije lealmente cuando fuimos por primera vez a la cabaña, así quedábamos en igualdad de condiciones.

—¿Y si te hubieses embarazado, tía?

—Lo habría pensado en su momento, pero no te creas que en esa época no había ciertas medidas que tomar.

La historia estaba condenada, difícilmente podría contar con un final feliz. Un día yacían en la cabaña, la que ya consideraban su casa, y alguien reconoció los caballos amarrados en el árbol, el de Casilda era famoso en el Pueblo y el de Juan, préstamo de José Joaquín, sólo podría reconocerlo uno que trabajara en la casa grande, que fue el caso. En vez de enfrentarlos a ellos, como habría correspondido, corrió donde *el patrón*. Muy poco demoraron en averiguar la verdad. Al día siguiente salió don José Joaquín con el látigo en la mano, y ante los ojos aterrados de todos los empleados del aserradero, comenzó a golpearlo, lo arrió a latigazos hasta la calle principal del Pueblo y no se detuvo hasta dejarlo botado y sangrando en la salida. Esa noche, un par de campesinos contratados por el padre de Casilda lo siguieron por el camino, lo ataron a un árbol y lo castraron. Juan se colgó de ese mismo árbol.

Manteniendo la madre un rotundo silencio y apartándose del conflicto, José Joaquín decidió el destino de su hija: fue enviada a Santiago, donde uno de sus tíos, y no volvió al Pueblo hasta la muerte de su padre, cuando su hermano heredó el aserradero y la invitó a regresar, abriéndole los brazos.

—Pero, tía, podrías haberte salvado, era cosa de decir que tú nunca supiste quién era él, total, Juan ya no hablaría.

—¿Y el honor, Lola? Yo siempre tuve conciencia de lo que hacía, *elegí* hacerlo, lo único que honraría mi amor era la verdad.

Sintiéndose un poco mezquina y de sentimientos pequeños, Lola miró a tía Casilda y oyó exactamente lo que no deseaba oír.

—Por esa razón yo defenderé a Ada hasta el final de mis días —dijo la vieja tía concluyendo su dramática historia, cuando en ese instante le ardía el cuerpo entero a Lola del anhelo de sentirse ella la heredera de esta nueva Casilda que se abría ante sus ojos, radiante y corajuda.

Inevitablemente, Lola vuelve al último verano.

Cuando comenzó aquel mes de diciembre, se vio forzada a reconocer, vanidades aparte, que había florecido, que se había convertido casi sin darse cuenta en una mujer irresistible, y así lo confirmaban sin cesar los hombres a su alrededor. Quizás sea éste el momento, pensó mientras hacía su equipaje para irse a la casa del Pueblo. El hecho de que Ada se hubiese apropiado de Oliverio desde el principio de los tiempos era lo que hacía tan atractivo a su primo ante sus ojos. La palabra *incesto*, que probablemente corroía a Ada en su mirada dramática de la vida, no la rozaba a ella. Que fuera o no su primo la traía sin cuidado, era un hombre que ella deseaba, eso era todo.

La cabaña abandonada al borde del Itata, a diez kilómetros de la casa grande, la obsesionaba. Las confesiones de tía Casilda fueron hechas el verano anterior, pocos días antes de volver a Santiago, y no alcanzó a buscar ese lugar prohibido que tanto la excitaba. Sería ahora una de sus tareas inapelables. ¿Cómo conseguir llevar a Oliverio hasta allí? ¿Y si de verdad terminase siendo ella la heredera de su tía y no Ada? ¿Se le negaría Oliverio, tendría los cojones para negar su deseo?

Cada quince días, tía Casilda viajaba a la ciudad grande a hacer trámites y siempre pedía la compañía de una de sus sobrinas, a veces dos. Cuando se lo requirió a Nieves y a Ada, a quienes les encantaba ir —aprovechaban el cine rotativo de la plaza mientras la tía se paseaba por los bancos y las oficinas—, Raúl se ofreció a formar parte de la comitiva. Lola comprendió que era una oportunidad de oro. Cuando todos hubieron partido, se acercó a Oliverio. Titubeó un poco ante su estrategia, la historia que tía Casilda le contó era un enorme secreto y le había asegurado su silencio, pero, sin entregarla, ¿cómo conseguir su objetivo?.

—Oliverio, corazón de melón, tengo un paseo que proponerte.

—¿Cuál? —preguntó Oliverio desde el libro en el que estaba sumergido.

—Quiero mostrarte un lugar bastante único que tiene relación con una historia secreta de la familia, una que nadie más que yo conoce.

Oliverio la miró, sospechoso.

—Ya, huevón, ¡ten más espíritu de aventura! Te haré un regalo contándotela, dame las gracias en vez de mirar con esa suspicacia.

Tomaron los caballos, Lola esperaba encontrar el lugar mientras no se separaran del borde del río, y así lo hicieron. Diez kilómetros no es poca cosa, pero ellos estaban acostumbrados a paseos incluso más largos. Un par de veces durante el trayecto Oliverio la apuró con *la historia secreta*.

—Cálmate, sólo te la contaré cuando estemos allá.

Tardaron un poco menos de dos horas en divisar la pequeña cabaña, al borde del río, tal cual la había descrito tía Casilda. Sus maderas habían ennegrecido con el tiempo —las buenas maderas de antaño, comentó Oliverio pasando la mano por la superficie— y su aspecto evocaba reminiscencias medievales, más aún, un rebaño de cabras pastaba cerca, como en una escena de una película de Cecil B. de Mille. Oliverio lo inspeccionó todo.

—Mira, Lola, ¡el grifo de agua funciona! Y la mesa conserva las cuatro patas. ¿Cuántos habrán pasado por aquí durante los años?

—Entiendo que aún la usan los temporeros en el invierno.

—Sí, las cenizas en el brasero lo prueban. Mira esa cama, mira el trabajo del fierro, ¡es del siglo pasado!

Oliverio parecía un niño que por fin había encontrado su isla del tesoro. Estaba encantado. Luego de la minuciosa inspección, salió al aire libre y se tendió cerca de las cabras sobre el pasto fresco que todo lo aromaba. Buscaba el sol, pero estaba ya anémico. Las nubes se empolvaban de violetas, el río de chocolate.

—Soy todo oídos, comienza tu historia.

Así lo hizo. A medida que Lola avanzaba, él fue incorporándose del pasto y su cuerpo, minuto a minuto más tenso, como las estatuas de mármol que ella estudiaba, parecía haberse paralizado. Sus ojos se ensombrecieron hasta parecer que la noche se los había robado. Lola no pudo deducir qué era exactamente lo que pasaba por su mente mientras la escuchaba, pero su perturbación era evidente y notoria. Cuando Lola concluyó el relato, Oliverio la miró de forma lesionada. Ella guardó silencio, planeando en su interior los próximos pasos que debía dar. Pero el mutismo de Oliverio empezó a inquietarla.

—No tengo más remedio que contar la historia a mi manera —dijo en un tono de disculpa, como anticipando lo que viniera.

—Nunca deberías haberlo hecho.

—¿Ni siquiera a ti?

—Ni siquiera a mí. No es *tu* historia, Lola. Es muy fuerte... sólo la habría resistido de boca de tía Casilda.

Se levantó, estiró las piernas y caminó resuelto hacia su caballo.

—Vamos, no nos quedemos aquí.

—Pero, Oliverio, ¿no te parece que es el mejor lugar para que pensemos en tía Casilda y en toda nuestra familia?

—No quiero pensar en nada. Vamos, Lola, párate.

No le ofreció su mano para levantarla del suelo. No la miró.

—¿Qué te pasa por la cresta?, parece que estuvieras enojado conmigo.

—No, no estoy enojado, y tú no tienes nada que ver.

Ya arriba del caballo le sonrió con cierta tibieza resignada.

—Es sólo que queremos encontrar palabras para lo que ya sabemos —le dijo.

Lola no comprendió a qué se refería y, encaprichada, optó por entrar ella en el mutismo. No podía entender en qué se había equivocado, cómo le había salido el tiro por la culata de este modo. Afirmó en su interior lo que alguna vez había oído: la naturaleza humana no es blanca y negra, sino negra y gris.

El amor no ha alcanzado su máximo grado cuando aún debe cuidar de ocultarse.

Entonces vino la violación.

Lola pensó largamente en qué significaba aquello y fue la única que lo puso en palabras, aunque un escalofrío la recorriera: un pene forzando el camino, quebrantando con virulencia una voluntad y un cuerpo, un feo y grande pene violentando los pliegues delicados de una intimidad.

El concha de su madre es Eusebio Astudillo, recuérdenlo todos, dijo. Si estuviésemos a principios de siglo, le cortaríamos las bolas. ¿Qué haremos ahora? ¿Cuál el castigo, cuál la venganza?

Lola se volvió loca de angustia y de impotencia, hasta olvidó los agravios de Ada, mi pobre Ada, mi pobre Ada.

Esa tarde se dirigió al bosque porque, como siempre,

su instinto le dictó que algo raro sucedía. Controlar a Ada era su intención, pensó que se había ido con Oliverio y no pensaba dejarle el campo libre (de pequeñas, el abuelo les prohibía los paseos al bosque, era tan extenso, tan solitario, cualquiera podía esconderse allí). Hasta que los vio. La imagen que conserva Lola hoy es difusa: un cuerpo, masculino, sobre otro, el segundo cuerpo contra el suelo, el primero con los pantalones bajos —por cierto, no estaba desnudo, recuerda la blancura de esas nalgas en contraste con el colorido oscuro del bosque—, y ese primer cuerpo ahogaba al otro, obligándolo a sucumbir, y los ruidos... sólo un animal podía producir esos ruidos tan obscenos... Lola era virgen, no sabía mucho de relaciones sexuales ni cómo se llevaban éstas a cabo con exactitud, y la escena le pareció asquerosa. Y gritó. Gritó porque pensó que era Oliverio sobre Ada. Alcanzó a esperar, entre la confusión de sus percepciones, que con su grito los arruinaría.

Cuando Ada se escapó y salió Oliverio a buscarla y comenzaron a pasar las horas y luego los días, ese instinto que ya hemos mencionado, el que solía avisarle a Lola de los acontecimientos, le dictó que Ada no estaba perdida.

A la tercera jornada, muy de madrugada, Lola tomó su caballo. No podía desaparecer por muchas horas, dada la inquietud generalizada que se vivía en la casa, por lo que inventó a tía Casilda que iría al río, que necesitaba desesperadamente estar sola para resistir los acontecimientos de los últimos días. Y partió por el camino del Itata, por su borde. Un kilómetro antes de llegar a la cabaña amarró su caballo a un árbol y continuó a pie. Era tal su convicción de lo que encontraría que tomó las precauciones necesarias. A poco andar divisó, a lo lejos, el caballo de Oliverio amarrado al árbol del lado de la cabaña, como otro Martínez lo había hecho décadas atrás. Y como el otro Martínez, también éste era descubierto. Lola continuó caminando. Ahora que su intuición se transformaba en certeza, ¿cuál papel jugaría? Aquélla había sido *su* idea, no estarían sus primos en esa cabaña de no ser por ella, ¿cómo se permitía la vida hacerle esta jugarreta? Los pasos que dio por el potrero verde y lavado fueron algunos de los más importantes que daría en toda su juventud, sintió que de ellos dependía engendrar o no una tragedia. Mortificada por tener que tomar una decisión, llegó en puntillas hasta la cabaña y puso el oído contra la puerta, que se encontraba herméticamente cerrada. Transida de celos y dolor, volvió a oír aquellos ruidos, los que por primera vez acudieron a sus oídos tres días atrás en el bosque, como un intercambio entre un aliento y un pulmón sofocado, como una búsqueda de alivio, como un escalofrío salado que estalla, como un rugido de animales salvajes. Lola sintió que carecía de cielo, que podía caer allí, inerme. Vio cada brizna de hierba como una tumba y cada hectárea de tierra, la que un día sería suya, como yermos baldíos. Apartándose de la puerta de maderas ennegrecidas, caminó y volvió atrás sus pasos con suma lentitud, siempre cerca del agua, que temblaba como su propio cuerpo, y puso sus manos en los ojos y los cerró para que Ada jamás conociera algo peor que el grito que la partía a ella en dos.

Cuando esa misma noche Oliverio interrumpió la cena y entró al comedor a patadas con el cuerpo de Ada tras de sí, la mirada de Lola fue para su prima: pensó en Ada como en una mina de plata, pensó en Ada, que estaba exhausta y abusada como una mina de plata que ya dio casi todo de sí.

Lola no ha contado las horas que han transcurrido en la habitación del hotel de Caracas, con el fantasma de Ifigenia Medina tendido a su lado. La quietud sólo cobra sentido después de un intenso movimiento, por lo que, luego de lo que calificó como una eternidad oscura, tan oscura que le recorrió hasta las uñas, Lola notó que estaba pensando en algo sin saber lo que era. Más tarde se dio cuenta y llamó a recepción, su primer gesto en muchas horas de mujer ejecutiva en viaje de negocios, y pidió que le cambiaran su pasaje, ya no volaría a Santiago de Chile, que le hicieran una nueva reserva aérea para la mañana siguiente.

Nueva York.

Tupida hierba, jugosa, oscura, aterciopelada.

Nueva York.

5. JO O LA LEJANA TIERRA MÍA

Le Luberon, setiembre de 2001

"God seems so far away I can't find Him."

Jo, capítulo 18, *Little Women**

The day it rained food, nombra el niño afgano el día en que él y sus pares reciben la ayuda internacional, un solo diente tiene el niño, sus ojos negros son enormes y están vacíos. Ada no tiene dudas de que lo mismo dijeron los beneficiados en Uganda cuando Luz apareció con los alimentos después de la guerra civil. En un gesto poco original para estos días, Ada se ha instalado noche y día frente a la CNN. Cansada a veces de palabras que le suenan inadecuadas —el uso de *evil*, por ejemplo—, hace *zapping* hacia los canales de la televisión europea. Han volado las Torres Gemelas en Nueva York. La ciudad vertical de la que habló Celine, la que él llamó una ciudad de pie: la han tumbado. Y después de eso, el mundo simplemente cambió. Ada cree que todo equilibrio hoy es pavorosamente inestable, y se refugia en las imágenes apaciguadoras de burros y desiertos y mantos que muestra la pantalla. Advirtió una mañana que algo le estaba sucediendo con Afganistán; aquella estética del pasado, tan radicalmente inusual en las imágenes occidentales, casi bíblica, había comenzado a remover diferen-

---

* Dios parece estar tan lejos que no soy capaz de encontrarlo. (Jo, capítulo 18, *Mujercitas.*)

tes vetas en su inconsciente. Ella ha resumido todo este fenómeno interior en un solo elemento: los rebaños. De cabras, de ovejas, lo que fuera, siempre rebaños. A pesar de su lógica, bien entrenada a estas alturas de su vida, no puede evitar hacer un paralelo entre la estética medieval que la inunda estos días y la necesidad de volver a la placenta, en posición fetal, a las aguas tibias y protegidas. Es la guerra. Pero es la guerra en *esos* parajes, no en otros. Son los parajes los que la afectan, no la guerra.

La paz, divina y aburrida, ha llegado a su fin.

Comenta poco lo que ve y lo que oye. Cuando cruza al café del frente de su casa conversa con Josephine y con los clientes de turno, todos opinan sobre los musulmanes, sobre Bin Laden, si está vivo o murió, sobre los gringos y su sed de batallas. Por la noche toma su computador portátil y escribe mails para sentir que es parte de un todo global. Hoy le envía uno a sus primas, contenta de que Nieves se haya integrado por fin a la red: «La fuerza del imperio, chiquillas. Los únicos dos momentos comunes para todo ser humano pensante en los últimos cincuenta años, cuando cada uno recuerda dónde estaba y qué hacía al enterarse de la noticia, tienen que ver con la historia de Estados Unidos, eventos sucedidos en ese territorio: el asesinato de Kennedy y la destrucción de las Torres Gemelas. Me gustaría partir preguntándole a un personaje de una novela dónde estaba el 11 de setiembre, como leí una hace años que empezaba así: "¿Dónde estabas cuando asesinaron a John Kennedy?" Ambos momentos norteamericanos determinándolo todo.»

(Si algo compartimos los chilenos con ellos, los del norte —piensa Ada—, es amanecer un martes 11 de setiembre y comprender que nuestra historia cambió para siempre. El 11 de setiembre había sido por veintiocho años una fecha chilena, se la arrebataron a Pinochet, también a mí, que cifré en ese día mortecino el giro de mi biografía, doblemente rematada.)

Mira por la ventana, y aunque ama cada forma que divisa, piensa: ¿Por qué este pueblo y no el mío? Sabe que lidiará para siempre con una indeterminada soledad. En cuanto a sexo se refiere, Ada ha bajado la cortina, siente que es un alivio que las hormonas ya casi no le funcionen, pero la embarga una gran sequedad; escamas en la piel, está convencida de que una mañana amanecerá convertida en un reptil escamoso, no en un escarabajo, no, sino un reptil seco, seco, seco. Ya buscará en la enciclopedia su símil. Su vida en el pueblo rojo era ocasionada por la presencia de Jaime y el pueblo quedó vacío porque él se ha ido. Un año después de su partida, en la misma fecha, en la misma exacta fecha, atacaron las Torres y Ada sospecha que el aliento se volverá cada día más denso y mustio, que el mundo no volverá a ser igual por mucho tiempo. Le molesta su condición de extranjera y siente que su país, allá en el fin del mundo, es el lugar más seguro del planeta. ¿Por qué este pueblo y no el mío?

Vive en un pueblo rojo como la arcilla de los cerros que la rodean. Rojo como el corazón. Rojo como la sangre. Rojo como la carne de una sandía. Rojo como el esmalte de las uñas de una bataclana. Rojo como el jugo de una ciruela. Rojo. Abrazado estrechamente por la campiña meridional, como en un pedestal sobre la piedra escarpada, sube y sube el pueblo, un escalón tras otro, hasta situarse en la cima, majestuoso, proyectando una imagen antigua. Desde la ventana del tercer piso del viejo edificio sólido, angosto y refaccionado que Ada habita, divisa los campos de lavanda: lilas, moradas, celestes, azul claro. Mirarlos y olerlos constituyen su felicidad. (Me enamoré del sur de Francia, confiesa Ada, del Midi, del tópico y todo lo demás, ¿soy yo tan original para no enamorarme del tópico? Mi cocina huele a aceite de oliva y tomo vino comprado en el viñedo más cercano, como corresponde.) No sabe en qué lugar del mundo terminará, pero tiene la certeza de que, esté donde esté, los campos de lavanda volverán como el bienestar, como una lujuria suave. Y aun así, se pregunta por qué este pueblo.

Transcurridos diez días desde el atentado, Ada tomó resueltamente el teléfono.

—Oliverio, quiero comprar la casa del Pueblo y el parque, con o sin aserradero.

—No está a la venta, Ada.

—No importa, podemos tentar a los dueños, ¿no es así como se hacen los negocios?

—Podemos probar, pero...

—Ofrece más plata, haz en mi nombre una buena oferta.

—Veré.

—Acuérdate de *El padrino*: una oferta que no se pueda rechazar.

Oliverio rió desde el otro hemisferio.

—¿Estás dispuesta a cortar la cabeza de un caballo?

—Estoy dispuesta a todo.

Cuatro días más tarde miraba distraída la pintura de una sandía sobre el muro de la cocina y se preguntaba según qué capricho las pepas emergían negras en un trozo y blancas en otro cuando sonó el teléfono. El corazón le dio un brinco, quizás Oliverio tenía ya una respuesta.

—Imposible. No quieren vender.

—¿Quién es el actual dueño?

—No lo conoces, un señor González.

—¿No habrá forma de convencerlo?

—Ada, deberías tener más confianza en tu primo. Hago este tipo de operaciones todos los días, sé cuándo es posible y cuándo no. ¿Sabes? Aún no me convenzo de que eres rica... no le viene a tu personalidad.

—Tampoco yo me convenzo... y si no puedo comprar la casa del Pueblo, no me interesa el dinero.

—Ada, el Pueblo era una mierda.

—Pero era mío.

Guardan unos instantes de silencio.

—¿Ada? ¿Estás ahí?

—Sí, te escucho...

—*Come back.*

Una vez cortada la comunicación, Ada ha quedado con la mano pegada al teléfono como si el aparato irradiara un determinado magnetismo. Ante su enorme asombro, sintió que estaba a punto de llorar. No, no, yo no lloro, se dijo furiosa, y encendió un cigarrillo. Si odiaba que Nieves fuera una sentimental, ¿podía permitírselo a sí misma? No, se respondió, resuelta. Tomó un lápiz sobre la libreta de apuntes de la cocina y anotó con rapidez una frase que ha leído y no quiere olvidar: «*The past became the past only when it could no longer wound you.*»

Si el Pueblo aún le duele a Ada, se pregunta cuánto de pasado hay en él.

Eres una mujer desvergonzada, Ada Martínez, hablas como si desde que dejaste el Pueblo el presente nunca te hubiera resultado suficiente, dijo Jaime en una oportunidad, con una leve irritación en el tono de su voz.

Mientras más precario y tornadizo se vuelve el aire estos días, mientras más veces siente que el piso tiembla bajo sus pies, más se refugia en su rutina diaria. Por pequeña y doméstica que ésta sea, es lo que la sitúa, lo que le da quietud. Ha sido esa misma pequeñez la que le ha permitido resistir el feroz contraste entre lo inmediato de la cotidianidad y la inmensidad del mundo de la escritura y el lugar donde ésta la lleva. Ha transcurrido un año entero confiando en aquella rutina. Hace mucho tiempo que Ada lo sabe: en la medida en que cada día sus pasos sean así de contenidos, el goce de la literatura tendrá espacio. Pero hoy aquello no le basta, pues el enemigo es otro, es al desconcierto que debe vencer, a la terrible sensación de inseguridad, a las ansias de sentir la pertenencia: un pequeño lugar seguro al que poder retirarse, un paraíso, un punto de equilibrio, una pequeña promesa de cordura.

El trabajo manual la dignifica. Recuerda a los sirvientes de la casa del Pueblo, y a Nieves y a Lola en Santiago, siempre víctimas del servicio doméstico y victimarias a la vez, ¡oh, diseño feudal, aquel del Tercer Mundo! Los gestos de Ada todas las mañanas son pocos, pero los realiza con la conciencia del decoro: tiende su cama, separa su ropa, a un lado la que va a la lavadora, a otro la que parte a la tintorería, luego la que se guarda en el armario. Baja a la cocina y en la Bialetti hace el café (nunca, nunca deja de olerlo, molido cada tercer día dentro del frasco de vidrio, ese olor la reconforta, la alivia de cualquier pesar), y mientras la cafetera hace su trabajo, ella pela una naranja y tuesta un trozo de baguette al que más tarde le agregará un pedazo de queso. Nunca se sienta a trabajar si la casa no está ya limpia y ordenada. En el invierno le cuesta mucho encender el fuego de la chimenea y pelea contra la leña insuficientemente seca y la llama que demora en nacer, a veces se altera y le dan ganas de salir a la calle y pedirle a Jean Luc, el chico del bar, que la ayude, pero se resiste, no la ganará un pobre fuego. Una vez por semana viene Nanette, una gorda enorme y alegre, una orgullosa profesional de su trabajo, y arrasa con todo, suelos, alfombras, cortinas, haciendo un aseo profundo y lavando la ropa. A las tres horas se va con muchos francos en el bolsillo y no han cruzado más de diez palabras.

La vida la ha ido poniendo cada vez más y más minimalista. No sólo en su aspecto, sino en todo lo que la rodea: tiene muy poca ropa, toda fácil y más bien simple, casi siempre negra, no realiza ninguna actividad impuesta desde fuera, nada obligatorio, por lo que sus necesidades de vestuario son ínfimas, pantalones, amplios suéteres, un par de bonitas chaquetas de cuero o terciopelo, un abrigo, uno sólo, largo hasta el suelo, de cachemira negra que no pesa nada, una joya. Sus muebles tienen las mismas características, muy pocos y de líneas simples, esenciales, nada de llenar los espacios, no, si el espacio es hermoso, que se vea, ¡por favor! No faltan una alfombra bonita, un sofá mullido frente a la chimenea ni el sillón de felpa color ratón en que se sienta a leer bajo una lámpara de pie antigua con una coqueta pantalla de vidrio en forma de tulipán. El único lugar donde lo suculento y lo ampuloso caben es en su estudio. Tantos libros por todos lados, en los estantes siempre insuficientes, sobre la mesa, sobre la alfombra. Diarios viejos y nuevos, recortes, carpetas. Ya no usa los cajones de manzana de Barcelona, los ha reemplazado por austeros estantes de madera de pino. Ceniceros por todos lados, muchos ceniceros y un cierto desorden aparente que ella entiende a la perfección. Su refrigerador es también como su ropa o sus muebles: leche descremada, un queso fresco —los otros se guardan en el estante, nunca en el frío—, un par de latas de paté, tomates siempre que los haya, lechugas y endivias, unos racimos de esa uva de granos inmensos, amarilla, dulce y perfumada, tan propia del inicio del otoño en la Provence, vino blanco, el tinto también en el estante, crema (para la pasta, nada hace tan feliz a Ada como un plato de pasta recién cocinado con aceite de oliva o un poco de crema y nuez moscada). En cada habitación, un paquete de Gitanes tirado en algún lugar (Europa es Europa, después de todo, y la gente antigua conserva sabios gestos de humani-

211

dad que no se les puede pedir a los nuevos: en Europa la gente fuma). Todo a su alrededor es personal, mínimo, nada grandioso y nada estridente. Hay algo de justicia en todo su entorno.

A estas alturas, a Ada le parece incomprensible que sus primas toleren a una persona ajena a la familia viviendo dentro de la casa con la excusa de las tareas domésticas. Le resulta un hecho inhumano, tanto para una parte como para la otra. Cree que debe incorporar ese rechazo a su lista, la que varía según la temporada, pero que mantiene algunos ítems inapelables, como su odio a los guías turísticos (¡me carga que me expliquen las cosas!), al arte conceptual, en especial a las instalaciones (¡cada día me gusta más la pintura, ojalá con caballete y todo!), a los tacones (¡no estoy dispuesta a medir tres centímetros de más a costa de romperme los pies!), a las personas que comen chicle (¡cómo logran deformar los rasgos con esos movimientos faciales tan vulgares!), a los cines donde venden *popcorn* (cuando sea millonaria, me construiré una sala de cine para mí sola, nunca más oír el sonido de una masticada de palomitas en la mitad del silencio más significativo de la película) y a los que hablan explícitamente de sexo (¡actúa y calla!, uno de los grandes del cine francés, cree que Louis Malle, el más sexualizado, consideraba que mostrar en la pantalla un beso en la boca era obsceno, Ada lo aplaude).

Hace muy poca vida social, no tiene más de cuatro amigos en el pueblo, Dawn, una psiquiatra inglesa que se ufana de tener sexo sólo con su perro, Jacques Henry y Solange, una pareja de franceses que se dedican a la pintura, y Jesús, un periodista mexicano con quien habla español, lo que le produce una enorme satisfacción (Ada considera que habla tan bonito, no inhala las sílabas como los chilenos, no es perezoso con las eses ni agrega artículos sin ton ni son en su gramática). El resto son sólo conocidos a quienes saluda cordialmente en la calle cuando los encuentra. A medida que pasan los años, al observar a la gente, reconoce cómo los genes de tía Casilda hacen estragos en ella. Cada vez que va a Chile queda sorprendida de la sociabilidad de sus primas, asisten a fiestas, cenas, bodas (en su entorno no existen, como si nadie se casara). Una persona debe parecerle muy interesante a Ada para desear su compañía, siempre es mejor la novela que está leyendo o el programa de televisión que marcó en el diario. Dos veces al año va a Barcelona por razones de trabajo, come con sus empleadores, visita a algunos amigos de toda la vida, compra novedades en las librerías y se empapa de cine y de teatro como en sus tiempos de vida en Londres (cuando se quedó una semana entera sin un centavo por gastar sus últimas cinco libras en una obra de teatro en que actuaba Alan Bates, ¡cinco libras esterlinas!, ¿cuánto costará el teatro hoy en día?). A París va muy de vez en cuando, no es una ciudad que la seduzca más allá de su belleza, y cuando necesita algo que el pueblo no provee, maneja hasta Aix-en-Provence o hasta Marsella.

Volver a mi tierra, volver a mis pagos, se dice Ada.

Qué cantidad de arraigo necesita, ella, la más viajera, la que levó anclas más temprano.

—Quisiera nombrar las cosas. Todas y cada una, ponerles nombre...

—Así acabarás con los misterios, con la fugacidad... nada quedaría a la intuición. No, Ada, no nombres nada.

Aquélla fue la primera discusión sobre la escritura que tuvo con Jaime, que era un diletante. Sabía de todo, especialmente de música, pero no era experto en nada. Era difícil hacerle recordar que la inquietud literaria pertenecía a Ada, no a él. Podía disertar horas sobre pintura hasta conseguir olvidar que aquélla no era su especialidad. Conocí el Louvre a los diecisiete años, y cuando hube visitado la última sala, tuve una mejor opinión sobre mí mismo, le gustaba contar cuando deseaba burlarse de su propia persona. Pero sin duda era la música lo único que lograba ponerle en trance. La última vez que cenaron con Jesús, el amigo mexicano, él hizo gala de su espléndida colección de rancheras. Cuando los mariachis se llamaron unos a otros con sus trompetas —*Niño Perdido*—, Jaime hizo callar a Ada, que en ese momento conversaba con Jesús, y le susurró: ¡Mozart! ¡Esto es Mozart!

Cuando Ada fue rescatada por Jaime en Tánger a pedido de Oliverio y él la instó a que tomara decisiones sobre su futuro, comprendió que ella no tenía dónde ir y que su país natal no la llamaba.

—Te puedo hacer un ofrecimiento atractivo —le propuso—: Francia.

—¿Por qué Francia? —preguntó Ada.

—Porque comprar el pan todas las mañanas en ese país es un acto de civilización. La baguette bajo el brazo confiere dignidad. Es como pagar tus impuestos, ganarte el sustento de cada día, votar en las elecciones: eso es comprar el pan en Francia.

—¿Y cuál es el ofrecimiento?

—Venir conmigo a mi pueblo del sur, en Le Luberon. Tengo una casa de cuatro habitaciones y, como te imaginarás, ocupo sólo una. Podemos compartirla. Es un lugar como cualquier otro, pero estoy yo y podemos armar una vida acompañada e independiente a la vez. Te noto un poco frágil para partir a vagar por el mundo sola, o más bien dicho, no debes vagar más, si te salvaste ahora, la próxima te matarán, ¿sabes? Y yo soy un hombre inquieto, me muevo mucho, puedes quedar de dueña de casa al ciento por ciento bastante seguido. Entiendo que puedes hacer tu trabajo desde cualquier lugar, ¿no es así?

—¿Por qué eres tan generoso, si apenas me conoces?

—Oliverio me contó que eras una mujer entretenida. No te estoy haciendo un favor. Vengo saliendo de una grande, y creo que no quiero estar solo.

Cuando Ada aceptó —habría dicho que sí aunque la invitación fuese para Tegucigalpa, tan desorientada se encontraba—, él se sintió en el deber de ser específico.

—Algo recuerdo de cómo son las mujeres chilenas, por lo que debo dejarte claro una cosa: no te estoy haciendo una proposición ni sexual ni sentimental. Recién me he divorciado y aún amo a esa maldita mujer, no estoy disponible ni espero estarlo nunca más.

—Lo agradezco —fue la respuesta de Ada.

Así fue como llegó al sur de Francia cinco años atrás, al pueblo rojo que Jaime había elegido sólo porque era hermoso. Él resultó ser un estupendo compañero. Efectivamente viajaba mucho, y Ada quedaba sola en casa trabajando, y cuando convivían, al tener reglas claras, lo hacían con armonía. Jaime era un hombre que sabía estar solo y eso contaba para Ada más que un chorro de cualidades. En la casa del Pueblo existía un derecho sagrado: los momentos de silencio y los momentos de soledad. Nadie reclamó jamás porque algún miembro de la familia se evadiera al aislamiento. Ada llegó a sentirlo como un derecho humano básico, sin imaginarse que alguien pudiese no necesitarlo. Recuerda un par de visitas chilenas en su casa de Bruselas y la desesperación que la embargaba al no disponer de esos momentos porque sus visitas no se lo permitían. Entonces Ada sentía un ruido determinado en la cabeza, y si el ruido duraba, temía enloquecer.

Jaime y ella comenzaron a hacerse amigos poco a

poco, y su temperamento, bastante avasallador, la sacaba del mutismo y del encierro a los que a veces se entregaba. Su antigua esposa era una actriz española muy famosa, y cada vez que daban una película suya en la tele, Jaime llamaba a Ada a su cuarto y la invitaba a verla con él, no resistía sus desnudos —los que ella protagonizaba con frecuencia y con toda comodidad—, y le pedía a Ada que le tapara los ojos cada vez que la actriz empezaba a sacarse la ropa. No habían tenido hijos. La maternidad santifica la posesividad, solía decir, y eso... ¡no se lo regalo a ninguna mujer! Era unos años menor que Ada, aunque se veía físicamente muy desgastado. Padecía de diabetes y la cantidad de whisky que ingería no le ayudaba.

—¿Sabes que el alcohol se convierte en azúcar dentro del cuerpo, verdad?— le preguntaba Ada.

—Por favor, por favor... no te traje al sur de Francia para que fueras mi niñera.

Ada aprendió pronto de las zonas prohibidas; no intentó entrometerse.

Era un hombre lleno de máximas —dime qué lees y te diré quién eres, una de sus favoritas—, y ella reconoce que le hacían gracia. Un día esperaban la cena en un pequeño restaurant y Jaime notó que el señor del lado pedía leche para acompañar su comida. De inmediato pidió que le cambiaran de mesa. Odiaba a los jóvenes y a todo el que sintiera que era políticamente correcto tener contacto con ellos. Relataba una temporada que había pasado en la playa en casa de su hermana en Chile, llena de hijos adolescentes. Tú te has salvado de conocerlos, Ada, pero son la peor pesadilla: ¿sabes qué cantidad de ruido pueden producir, los decibeles que pueden alcanzar? No tienen ninguna consideración por los oídos cansados de los adultos. Gritan innecesariamente, golpean los objetos, inventan ritmos execrables con manos y pies, siempre moviéndolos en una supuesta percusión, las mesas y el piso tiemblan a su paso, suelen andar en patota —la asquerosa edad de la patota, se mueren de inseguridad si los sacas de ahí—. Como si fuera poco, carecen absolutamente de lenguaje. Son las personas menos interesantes de la tierra. Por cierto, juraba que nunca sería padre. El temor a Dios, Ada. Se equivocó nuestra generación criando hijos sin temor a Dios. Al no contar con ese muro de contención, arremeten contra sus padres; al no temer, no se consuelan en lo humano, sino que arrasan con ello. Si la mala suerte me hiciera tener un hijo, lo criaría en el más puro dogma, y así yo quedaría libre.

Ada escuchaba, no existía un solo tema del cual no tuviera una opinión. Una noche, habiendo terminado de cenar, la miró fijamente.

—Analicemos, Ada, el bienestar sexual: yo lo entiendo como un problema de *proporciones* en la actitud. El que carece de sexo tiende a faltar a la medida de las cosas, tanto a magnificar como a empequeñecer. Cuando gozas de buen sexo, los tamaños de las cosas conservan justamente eso: su tamaño. Sin sexo, éste se distorsiona. ¿Por qué crees tú que las mujeres victorianas vivían desmayándose y enjugando lágrimas y encerrándose en cuartos oscuros? Sólo por la falta de proporción sobre la vida que les inspiraban sus férreas castidades.

—Estoy de acuerdo —asintió Ada, buscando en su cabeza los personajes victorianos que podrían ilustrar esta afirmación, sin embargo, fue Lola quien vino a su mente, no ellos. Cuando empezaba a pensar en su prima y en sus gestos desproporcionados de la juventud, Jaime la interrumpió:

—Para que *tú* no corras peligro de perder las proporciones, como te veo tan encerrada aquí en el pueblo, pensaba invitarte a pasar la noche conmigo.

Ada no pudo menos que reír, nunca distinguía bien

cuándo Jaime hablaba en serio o en broma. Sin embargo, pensó que era una buena idea. Y esa noche, escondida bajo el enorme edredón de plumas de ganso que cubría la cama de Jaime, le escuchó.

—¿Sabes cuál es mi tragedia, Ada? Nunca se me ha dado el amor en su integridad: deseo, compañerismo y comunidad de espíritu. Siempre vivo una de las tres cualidades, ausentes las otras. Montserrat fue puro deseo, absoluto y pertinaz, ¡un desastre! Mi amor de juventud fue pura comunidad de espíritu y valores, veníamos del mismo lugar, creíamos en las mismas cosas y en el mismo tipo de vida y tirábamos bien, pero no éramos amigos, no conversábamos ni nos divertíamos uno con el otro, por lo que nunca fuimos compañeros. Y así sucesivamente.

—El compañerismo lo tendrás conmigo.

—Claro, por eso estamos en esta cama. Pero me pregunto por qué la vida ha sido tan caraja y me ha hecho vivir de puros fragmentos.

(—¿Vives con él?

—Sí, compartimos la casa.

—¿Y te acuestas con él?

—A veces.

—¿Y lo pasan bien en la cama?

—Estupendo.

—Y no son pareja.

—No, Lola, no somos pareja.

—¡No entiendo! ¡No puedo entenderlo!)

Lo que no le confesó a Lola es que ciertas noches, sólo cuando había dormido en la pieza contigua, pensaba en la actriz española y en su cuerpo desnudo en la pantalla —¿por qué debo yo conocer ese cuerpo, mirar ese cuerpo?, las rivales nunca deberían ser mujeres públicas, porque ésas no se dejan ignorar—, y los celos le subían desde las vísceras, paseaban por su pecho y continuaban hasta el cerebro, y las sienes latían obligándola a salir de su cama y a caminar por la casa entera a grandes zancadas, en un sentido y luego en el otro, hasta alcanzar una paz sombría, ficticia y poco fiable. Al cabo de un tiempo, se reía de sí misma.

Jaime provenía de una familia chilena muy rica de empresarios mineros. Sus hermanos, apegados en extremo a la tradición, trabajaban con su padre aumentando el capital familiar, el que correspondía a cada hermano por igual, al margen de lo que ganaran en el empleo mismo. Tempranamente, Jaime había decidido separarse de ellos y de su país y había estudiado filosofía en París sólo por el gusto de hacerlo. Su vida no había sido más que vagar y vagar en busca de la belleza, realizando empleos poco importantes. Algunas veces, su padre, ya fallecido, lo había instado a invertir y a hacer algo útil con su dinero, cosa a la que él se negaba. Cuando Oliverio apareció en escena, el hijo descarriado le fue puesto en custodia e hizo importantes inversiones en su nombre, ampliando así aún más sus arcas. Cuando intentaba convencerlo de comprarse al menos una casa, en la ciudad que eligiera, Jaime se negaba, no deseaba que algo tan pedestre como una construcción lo atara a un lugar determinado. Un día comprendió que sus pequeños empleos eran innecesarios y decidió no trabajar nunca más. Gastaba su dinero sólo en existir, y no lo hacía con mayores lujos ni falta de medida. Había decidido que su vida en sí era algo dispensable, pasajero e inútil, y carecía de ambiciones, al menos de las conocidas. Ada cree que, sin mencionarlo, Jaime se sentía como una zona perdida, encuadernada por manos ajenas, un corazón arrancado de raíz de la tómbola de la fortuna que continuó girando sin detenerse por él, el que en un naufragio no alcanzó su mano al salvavidas, un grito de auxilio no modulado. Cuando al principio de su vida compartida Ada llegó un día con lápiz y papel para enfrentar el tema de los gastos de la casa, Jaime le pidió que no fuera ridícula.

—No he hecho más que mantener mujeres mi vida entera... y si puedo hacerlo, ¿para qué te agitas?

—Ser mantenida por ti me quitaría toda libertad. Las mujeres debemos *comprar* la libertad, ¿o aún no te has enterado? Pagaré el cincuenta por ciento de cada gasto de esta casa.

Su posición fue inamovible y Jaime la respetó por eso; nunca más tocaron el tema del dinero. Un día, cuando ya habían pasado cuatro años de exitosa convivencia, llegó con unos papeles al escritorio de Ada.

—Te necesito, hada madrina. ¿Puedes estampar tu honorable firma en estos oscuros folios?

—¿De qué se trata?

—Es que quiero ponerte de codueña de esta cuenta bancaria, donde guardo unos ahorros.

—¿Esos sobres grandes que te llegan todos los meses?

—Esos mismos. Es mi único dinero legítimo, o sea, ganado por mí, no heredado de la familia. Por eso lo mantengo en una cuenta separada.

—Quieres decir que es plata limpia —lo interrumpió Ada, socarrona.

—Fue en los tiempos en que compraba y vendía obras de arte... Oliverio lo hizo crecer cuando vivía aún en Nueva York. No sé por qué te doy explicaciones... ¿por si te pones quisquillosa, quizás?

—Alguna culpa esconderás por ser rico, ¿o no?

—Está bien. Pero volvamos al asunto: quiero que tengas firma en esa cuenta, Ada. Si mañana entro en un coma diabético o me estrello totalmente borracho en la carretera, ¿quién va a pagar el hospital? Necesito que puedas manejar mi dinero.

—Puedo manejarlo, Jaime, pero estos papeles dicen que compartiría esos fondos contigo, ¿entiendes?, el firmar me convierte en dueña de ellos, tan dueña como tú.

—Estupendo. No tengo herederos... mis hermanos se ahogan en dinero y mis sobrinos son unos chiquillos pesados... no querrás que esa bruja en España se gaste mi fortuna con sus amantes, ¿verdad?

Una vez más, Ada no supo si hablaba en serio o en broma, y ante su insistencia, llenó los papeles con todos sus datos, los firmó y los olvidó.

Lo del coma diabético o el estrellarse en la carretera sí la preocupaba. Le escribe a Oliverio: «Según mi experiencia, a los alcohólicos se los quiere sin reserva. Será la culpa que despiertan en una la que hace perdonarles lo que a otros no haría, o ese orillar siempre en el fracaso, el no situarse en la competencia, la luz humilde del vencido en los ojos, todo ello parece un mandato de la compasión y la empatía para abrir los brazos. Hay algo de derrota en el alcohólico que hace que las mujeres se sientan magnánimas y protectoras y los quieran.»

A Jaime, ella lo protegía y lo quería. Jamás se enamoró de él.

Tampoco de Juan Carlos, el diplomático de Bruselas, con quien nunca se casó. (Lo inventé, al hablar de *mi marido* no hacía más que burlarme de mí misma.) Pobre Juan Carlos, a Ada la embarga un cierto arrepentimiento. Se han encontrado en París, han cenado juntos y han hecho las paces. Él también cargaba un par de culpas. Al fin y al cabo, ambos se habían usado, y al ponerlo en palabras, apaciguaron toda hostilidad.

Ada pensó ingenuamente que un diplomático podía resultar como un símbolo de la libertad: ella, que buscaba su antorcha ante todo. Vivir en diferentes países, no atarse a nada, beber de las culturas ajenas y empaparse de ellas le sugirió humanidad. Pensó que a través de la vida y los viajes habría acumulado tal cantidad de imágenes que, aunque se superpusieran unas con otras, mezclándose, incluso confundiéndose, dejarían huellas en sus ojos como para discernir en un instante la belleza real de la pasajera. Pero se equivocó radicalmente. Nadie más formal que Juan Carlos, nadie más apegado a cuanta convención existiera y a las jerarquías que emanaban de su oficio (los de la cancillería son como los milicos —pensó Ada—, la línea de mando lo determina todo). Terminar en Bruselas no había sido su intención, pero el período asignado a Juan Carlos en Barcelona terminaba, y no supo de su destinación hasta el último minuto, cuando ya había prometido partir con él.

Pórtate bien, Ada, piensa que cuando abres la boca hablas por mí. Por favor, vístete con faldas, no sería adecuado usar pantalones para esta ocasión. Sé amable con la mujer del embajador, ella resulta clave para poder relacionarse con él, qué te importa que sea estúpida. No comas tan rápido, es feo ser la primera en terminar. ¿No tienes joyas, ni siquiera una falsa, cómo vas a ir casi desnuda? Cómprate unas perlas de Majorica, pasan por finas. No eres suficientemente alta para usar taco bajo, te regalaré unos tacones, te verás más espigada. No me visites muy seguido en la oficina, está mal visto. Debes encontrar temas comunes con las esposas de los diplomáticos, si hablan de borlas y organzas, súmate a las borlas y organzas, si hablan de beneficencia, súmate a la beneficencia, no llames la atención por nada del mundo. Por favor, no prendas más de un cigarrillo después de las comidas, ¿no ves que ya nadie fuma? Sí, anota las recetas que te sugieran, diles que comprarás ese tipo de mantel para la mesa, que ya encargaste las nuevas cortinas, no les reconocerás tu gusto por las persianas a secas, hazme el favor. No me dejes mal, Ada, a fin de cuentas, me juzgarán también por ti.

El sexo siempre le gustó a Ada, lo sentía como un impulso saludable y a veces urgente, era intensa pero desapegada a la vez, y no se detenía demasiado en sus consecuencias (¡hasta para eso eres masculina!, comentaba Lola). Su juventud en Londres le había dejado sin duda un par de huellas indelebles. Para relaciones sexuales, una licenciatura, para erotismo, una maestría, para el amor, un doctorado, solía decir Jaime. Lamentablemente para ella, Juan Carlos sólo había cursado la licenciatura. Durante los inicios, él se esforzó, y su actuación terminó por convencerla de que, al menos en ese aspecto, la empatía estaría asegurada. Sin embargo, llegando a Bruselas, usó como disculpa la dificultad de empezar a trabajar con un nuevo equipo en un nuevo país, que la adaptación, que el idioma, que el nuevo embajador, cualquier cosa para no estar disponible. Simultáneamente, ciertas fijaciones subterráneas salieron a la superficie (estarían escondidas allí desde siempre, se dijo Ada, no debe de haberlas inventado de la noche a la mañana): ciertos tonos al hablar, ciertas formas de movimiento, ciertos amigos, ciertas miradas. Cuando una noche coqueteó abiertamente en un cóctel con el encargado de negocios de Brasil, Ada lo enfrentó furiosa: Soy una fachada, dime que eso es lo que soy para ti. Juan Carlos lo negó rotundamente, eran imaginaciones de ella. Después de ese episodio, realizó un par de proezas en la cama que mantuvieron a Ada tranquila durante un tiempo. Hasta el día en que, al contrario de lo supuesto, él la enfrentó a ella: le preguntó por qué estaba a su lado, que le dijera la verdad, que era evidente que no lo amaba. Ada guardó silencio. Un mes más tarde partió a Tánger. Toda la historia en común duró un año y medio sin dejar rastro en ninguno, aparte de la aversión de Ada por la vida diplomática.

Si hubiese sido más honesta y determinada, se diría Ada más tarde, le habría respondido: porque Oliverio se casó, por segunda vez se casó y yo no lo resisto.

A fines del año 1994, instalada en Barcelona, Ada recibió el siguiente llamado telefónico:

—Te llamo para darte una noticia.

—¿Fuiste padre de nuevo?

—Sabes bien que Shirley y yo nos hemos separado.

—Me has dado a entender vagamente que estabas aburrido, lo que no impide reproducirse.

—Ada, me voy a casar.

—No, no te lo creo...

Un cansancio milenario golpeó los hombros de Ada.

—¿No me vas a preguntar con quién?

—¿Es que no puedes estar un día sin una mujer? Apenas te has separado de la gringa...

—Ada, sé más generosa, por favor.

—Me da lo mismo con quien lo hagas, Oliverio... no me estás pidiendo permiso, así es que, anda, cásate y no me lo cuentes, ¿ya?

—Me voy a casar con Lola.

Ése fue el fin.

Cuando muchas horas más tarde pudo articular un pensamiento, se dijo: Lola ha vuelto a quemar mi manuscrito, ¿por qué habría de sorprenderme?

La primera vez que Oliverio contrajo matrimonio, ella recibió la noticia en Londres. Entonces el teléfono era cosa extraordinaria, primaba la comunicación epistolar, y fue por una carta que se enteró.

Era un día jueves, un imborrable e inocuo día jueves.

La jornada de Ada había sido agitado y caminaba desde la boca del metro hacia su pieza en el barrio de Hamstead, la que formaba parte de la casa del músico chileno amigo de tía Luz. Cada vez que realizaba ese recorrido pensaba en lo inaudito de vivir ahí, con los pocos medios con los que contaba. Era un barrio elegante (¿seguirá siéndolo hoy?, se pregunta Ada), sus casas ordenaditas como en las ilustraciones, bien pintadas, limpias y acogedoras, sus jardines bien cuidados y sus plazas nítidas e invitadoras. Ada adoraba la calle en que vivía y todo lo que la rodeaba. Eran los setenta y nadie parecía ignorarlo. Todavía se compraba la ropa que dictaba Mary Quant —que a ella parecía sentarle especialmente bien, con su falta de curvas—, la música de los Beatles y los Rolling Stones sonaba en cada emisora de radio, en cada parlante, en cada fiesta, dueños de la música mundial los ingleses. El LSD y la marihuana aún eran pan de todos los días, cada vez que Ada visitaba a sus amigos se le presentaba la oportunidad de aceptarla o rechazarla (qué fiestas aquellas, volados hasta los techos, en las que terminábamos todos con todos arriba de la misma cama —le contaría más tarde a Jaime—, aunque llegué un poco tarde al *swinging London,* fue una etapa vital en mi formación: luego de la histórica constricción chilena, ¿te imaginas lo que significó mi encuentro con esa tierra de la libertad?). Mientras caminaba hacia su casa aquel día jueves recitaba en voz baja las estrofas que recordaba de *Ricardo III,* dispuesta a compartir con el mundo entero el goce que había experimentado durante las últimas horas en la sala del teatro. Ada adoraba el teatro, y las entradas a bajo precio para estudiantes fueron su delicia durante esos años (aunque reconoce que su género favorito fue siempre la novela, la miraba como un teatro más puro, sin problemas de producción ni de actores que pusieran a los personajes en peligro). No se perdió a Lawrence Olivier con el mejor *Hamlet* que nunca se ha protagonizado, a sir John Gielgud o a Peter O'Toole (a quien adoraba luego de su *Lawrence de Arabia*). Cuando comer o asistir al teatro se presentaban como alternativas, siempre optaba por lo último, convencida de que aquélla era su real alimentación. (Qué floja me he puesto, ¿cuándo pisé por última vez una sala de teatro? —se pregunta hoy—, bueno, no vivo en Londres, eran otros tiempos, a esta edad me gustan las ciudades sin estímulos.)

Si Nieves estuviese con ella, la reprendería, ya, Ada, no te vayas por las ramas, íbamos en aquel día jueves cuando caminabas de vuelta a casa luego de ver *Ricardo III*, ¿entonces? Perdón, es que cada vez que pienso en Londres, divago; esa mañana, a la salida de clases, había visitado la tienda de maquillajes, ¿te acuerdas de la marca Biba, con sus envases negros como la noche?, me gustaban tanto sus colores para los labios, entré a la tienda y a ojos cerrados pedí: *purple*. Qué fascinación andar por la vida con los labios morados, groseramente morados como ese día. Entonces llegué a la casa e inspeccioné la bandeja de la correspondencia, como lo hacía todas las tardes. La letra de Oliverio, caligrafía que podría reconocer entre mil imitaciones, escribía mi nombre en un sobre aéreo celeste. La guardé hasta que me hube acostado, para leerla con la paz que merecía.

«Contraeré matrimonio con ella», termina, luego de contarle cómo era Shirley, cómo la había conocido, quién era, etc. «No tengo dudas de que la vas a querer.» Sí, huevón, me tinca que la voy a querer. Rompió el papel en mil pedazos, se levantó de la cama y se vistió, hizo un par de llamadas telefónicas y volvió a salir a la calle, que ya no le parecía ni tan bonita ni tan acogedora ni tan elegante, y volvió a subirse al *tube*. Se juntó con sus amigos en un pub del Soho, y luego de exigir a cada uno su opinión acerca de sus nuevos labios Biba, brindó por la patria de Jane Austen bebiendo un vaso de whisky de un solo trago y obligó a su restringido público a que, uno a uno, nombraran la novela de su autoría que más les había gustado. Sin perder tiempo rellenó el vaso y con el nuevo whisky en la mano propuso un brindis por la patria de Robert Louis Stevenson, alguien se opuso, ¿no nació en Escocia? Mientras uno de sus amigos discutía con su vecino si *La isla del tesoro* o *El extraño caso del doctor Jekyll y míster Hyde*, ella se apoderó de la ginebra que él bebía y levantando el vaso en el aire brindó por Dickens. Cuando quiso homenajear a George Eliot y a sus amadas Brönte, el dinero no le alcanzaba más que para cerveza, y brindó apasionadamente con ella. No recuerda bien cómo llegó hasta su cama, alguno de sus amigos la habría depositado allí, sólo recuerda cuánto vomitó esa noche y la dificultad que experimentó al día siguiente para resistir las consecuencias de la borrachera. Ya repuesta, se encerró tres días en su habitación, cerró bien la puerta y lloró, lloró y lloró.

Un par de semanas más tarde recibió una carta de Luz, loca ella, nada mejor para darle ánimos a su prima que tomar la voz de su famosa antecesora sor María Trinidad, la monja pecadora, y firmar con su nombre. Lo único que Ada pudo responder, luego de su lectura, fue: No, Luz, ya es muy tarde.

Querida Ada:
Óyeme bien: en la vida de todas existen ciertas cosas a las que debemos renunciar, por alucinadas o perturbadas, pero sólo a algunas, y es importante distinguirlas.
Yo nací en una hermosa mansión en la ciudad de Lima, en una cuna que si no fue de oro bien pudo haber sido de plata. Enorme y señorial aquella casa que nos cobijó, llena de patios secretos y habitaciones escondidas que me enseñaron en sus rinco-

nes los desvaríos de la vida. Sus amos y señores eran mis abuelos, por lo que crecí entre primos como si fueran mis hermanos. Me auguraban un brillante futuro —bueno, brillante considerando que nací mujer—, y ya a los ocho o nueve años los arreglos matrimoniales estaban hechos para mí. Trenzaban la fortuna familiar empaquetada con mi belleza personal, ¿qué más podían pedir los futuros dueños de mi existencia? Ya cuando cumplí once, miraba desde lejos, en el paseo dominical o en la iglesia, al hombre que un día sería mi marido. Mi pensamiento no jugueteaba ni especulaba en torno a su persona, nada florido cruzaba mi imaginación: el destino junto a él estaba escrito, totalmente fuera de mis manos, y eso bastaba.

Si entonces las mujeres teníamos pocas formas de manipular nuestras cotidianidades, al menos contábamos con un bendito don en el que éramos expertas: la simulación. En mi caso resultaba vital, pues me había sucedido algo que te puede sonar conocido: me había enamorado tempranamente de mi primo hermano. (Tu hermano, diría más tarde mi padre, refiriéndose a nuestra crianza en común.) Sabía bien, sí, lo sabía: aquella pasión irrepetible, aquel delicioso desatino me acompañaría siempre, por estéril que fuese, y me entregaría dócilmente al matrimonio con el elegido por mi familia, como correspondía hacerlo.

¿Amar a mi futuro esposo? Qué esperanzas, no se trataba de eso, ni pretendía esforzarme. Prohibiciones aparte, mi primo era y sería mi eterno alborozo.

Quizás fui un poco más aventada que las mujeres de mi entorno: a veces hablaba y daba opiniones cuando no me las pedían, exigí a mi padre la enseñanza de la lectura y la escritura, dejaba mi mente en blanco durante las largas sesiones a la hora de la oración, y mis bordados se transformaban, de espaldas a mi cuidadora, en fogosas cartas de amor. Para mi primo, por cierto. Esto te lo explico para que entiendas por qué caí enajenada tan tempranamente en sus brazos, por qué llegué a colmarme enteramente por el delirio.

Estaba por fijarse la fecha de la ceremonia matrimonial cuando mi embarazo fue descubierto. El resto ya lo sabes, el convento en Arequipa, mi prima venida a menos de quien me aproveché, el niño naciendo en un florido mes de setiembre y yo conservándolo junto a mí, protegido por mis hermosas habitaciones en Santa Catalina.

El incesto, Ada, se paga caro. No fue mi culpa que el calor entrara a mis venas sólo con mi misma sangre. Pero el mío fue un incesto de veras. No lo olvides. Fue uno real, ni inventado ni dramatizado.

Si me has escuchado bien, quizás estás a tiempo.

Te saluda con amor y complicidad,

HERMANA SOR MARÍA TRINIDAD

P. D. Dejo a tu imaginación la cantidad de encuentros lujuriosos que emprendimos mi primo y yo en la ciudad de Arequipa, dentro de los muros del propio convento.

Años después, cuando la misma noticia le llegó a Barcelona y la estudiante alegre que disfrutaba del Londres de los años setenta había quedado irremediablemente atrás, no se engañaba: ninguna borrachera la curaría del espanto. Pero quizás dar un golpe de escena anunciando su propio matrimonio lo aliviaría todo. Pasó horas y horas Ada en disquisiciones sobre la soltería. ¿No sería el momento —tarde, sin duda, pero qué importaba— de acabar con ella? La vida, a su pesar, no hacía más que demostrarle lo difícil que era para una mujer soltera adquirir respeto social. Veía cómo una gran parte de ese respeto lo prestaban los maridos, condicionando la cantidad que pudieses adquirir al marido que tuvieras. No le cabían dudas de que una determinada honorabilidad le sería denegada a ella en su soltería, cualquier mirada debería provenir de su propia fuerza, no de alguna que le prestasen.

Conoció a Juan Carlos en medio de aquellos diálogos interiores, en una fiesta en el consulado de Chile —la dictadura ya había terminado, ahora Ada asistía a eventos como aquél cuando la nostalgia podía más que ella—. El diplomático era un cuarentón bien parecido, cuyos olores y trajes bien cortados hicieron recordar a Ada otras voces, otros ámbitos. La conquistó su risa fácil y su interés aparente por la literatura, su perfecto dominio del inglés y el francés y su amor por la pintura prerrafaelita. Por no conocer a Ada con anterioridad, él no entendió que la dureza de acero en sus ojos era recién adquirida, y la calificó de excéntrica. El resto fue fácil.

En su relación permanente con la naturaleza, tía Casilda calificaba a sus sobrinas como a árboles: Luz era el álamo guardián, Nieves el alerce sólido, Ada el roble robusto, Lola el sauce llorón. El sauce cimbra, el roble resiste, Lola, ¿cuál cae primero? Su obsesión a partir de ese instante nefasto de la llamada telefónica pasó a ser su prima, con la que se negaba a hablar. Su imaginación volvió una, dos y varias veces a la monja desfachatada allá en Arequipa, y Ada concluyó que toda mujer más o menos poderosa —y Lola lo era— parecía contar en la vida con una prima venida a menos a quien ponerle una mano encima, cargarle sus cuitas o hacerla responsable de sus malas acciones. Atravesaban sus noches imágenes de besos mojados por chicles de rosa saturado. Un enorme cansancio la embargó. En tiempos normales, Ada detectaba sus grados de cansancio a través de la cantidad de compasión que sentía hacia sus semejantes, la dosis exacta de compasión que el mundo le inspirara hablaba de cuán agotada se encontraba, como si el cansancio arrasara con capas y capas de sujeción, y al dejarla expuesta, la penetrara una lástima profunda por todo lo que ocurría a su alrededor (no era demasiado diferente de la mirada del tío Antonio, esa mirada de infinita piedad hacia sus semejantes que pasaban unos minutos por la tierra para seguir a un más allá ineludible y oscuro). A pesar de sentir todos los días una avasalladora misericordia por todo ser que se le cruzaba, desde el panadero hasta el dueño de la editorial, hacía esfuerzos por imaginar a Lola en toda posible situación que llamara a su caridad y no la encontraba. Apeló al pasado, al aserradero, al Pueblo, a la hierba nueva de los potreros, a los pequeños José Joaquín y María de la Luz —que le parecían chiquillos graciosos, mucho más graciosos que los de Nieves—, apeló al fin a sí misma, a quien fue ella en la infancia y en la adolescencia. Todo fue inútil.

Buscó los ojos adoloridos de Lola cuando se escaparon sus gatitos.

Buscó los ojos inocentes y desconcertados de Lola cuando se burlaban de ella al cantar la canción *I'm sorry*.

Buscó los ojos apenados de Lola mirando su abriguito blanco roto.

Buscó los ojos ávidos de consideración de Lola cuando la acusaba de ser una rubia tonta.

Buscó los ojos impotentes de Lola cuando la excluía de toda relación con Oliverio. ¡Con Oliverio!

Ninguno de esos ojos la conmovió.

¿Era la supuesta *feminidad* de Lola la que había vencido?

Ada se preguntó si todavía habría ansiedad latente, allá en el mundo de las mujeres.

Sintió que era tarde para hacerse ciertas preguntas y las rehuyó por considerarlas absurdas y pasadas de moda, preguntas como qué crestas significaba ser mujer, como si ya no se lo hubiese planteado a la edad que correspondía hacerlo. Al menos, pensó, yo he sido libre para ser lo que he querido, si es que la *libertad* existe. (Con tanta estrategia de control hacia las mujeres como ha habido en la historia, una mujer retadora, ¿cómo se les escapó?, le preguntaría Jaime más tarde.) Me niego a someterme a las virtudes femeninas, dijo Ada inflexible. Observaba el calendario, se avecinaba el próximo milenio con su velocidad aterradora, y ella no se hacía demasiadas ilusiones sobre la condición futura de sus congéneres, ¡cuidado con la necedad del optimismo! A veces se preguntaba si la locura no sería, al fin y al cabo, un refugio voluntario contra lo que no podemos resistir, la loca del ático. Las mujeres pierden el sentido de la realidad más aún mientras en su fuero interno constatan que las leyes de *lo real* las establecieron los hombres. Que las establecen todavía. Y comprendía que ella había hecho una renuncia a la convención de la dependencia sin certeza de haber alcanzado una nueva identidad. Ada sabía que era la literatura la que la ayudaba a traspasar los límites a los que se reducía su propia vida. Quizás por eso las mujeres se han convertido en estas inmensas lectoras que son hoy día.

Por días y días leía *Las palmeras salvajes*. Junto a los protagonistas de la novela, miraba al infinito, con su honestidad en una mano y una condena en la otra.

—¿Por qué cargaste todos los dados contra Lola y nunca culpaste a Oliverio? —le preguntó Jaime algunos años después.

—No tuve alternativa. Culpar a Oliverio significaba quedarme totalmente vacía.

—¿Y cómo lo resolviste?

—Al comprometerme con Juan Carlos caí en cuenta de lo contradictorio que resultaba mi próxima acción y mi enojo con Lola. Le escribí una carta —así evitaba oírle la voz— y le conté que también yo me casaba, le deseé felicidad a ella y a mí misma y cerré capítulo.

—¿Alguien te creyó?

—Sí, todos. Necesitaban desesperadamente hacerlo.

—¿Por eso se inquietó tanto Oliverio cuando te fuiste a Tánger?

—Se inquietaría igual si me viese en peligro hoy día. Es raro, cada miembro de la familia, repartido aún en distintos países, esté donde esté, con la casa del Pueblo vacía, acude a él. Todos nos reportamos al hogar, ¿verdad? Si no lo tienes, lo inventas, con tal de tener donde reportarse. Oliverio es ese lugar.

—Y hoy, ¿estarías dispuesta a perseguir a las arañas en el dormitorio de Lola?

—Sí. Y las mataría, créeme.

Desde el pueblo rojo, Ada recuerda a Lola haciendo los álbumes de fotografías en la adolescencia: la coherencia mental de Lola puesta al desnudo, sin que ella se sospechara analizada ni observada. Ni una sola página era dejada al azar. Los colores de las fotos, el tinte de la impresión (porque dependiendo de la calidad de la película o de cómo estaba impresa, cada rollo fotográfico tenía su propia sombra que lo teñía, fuera ésta amarillenta, rosada o de colores tierras, pero siempre había treinta y cinco fotografías con un mismo tono, a pesar de sus colores específicos), el tiempo y el espacio, todo estaba calculado y dividido de manera que cada página era perfecta tanto en su materialidad como en su sentido de memoria. Nada, nada en aquellos álbumes era dejado al azar. Lola no los compraba, los hacía ella misma con sus manos porque no le gustaban los que vendían en las tiendas y conseguía papeles de colores, uniéndolos luego de cortarlos, al principio con simples hilos, más tarde engargolándolos. A Ada le impresionaba la perfección de un objeto tan humilde y doméstico como un álbum con fotos de familia.

A pesar de sí misma, sospecha a veces por qué Oliverio se enamoró de ella. Las versiones que él le dio más tarde difieren, pero no importa, Ada cree en la suma.

Paseando por Park Avenue, entran a una elegante tienda de pieles. Lola se prueba un irresistible abrigo de visón, se pasea por la tienda con los ojos fascinados de las dependientas sobre ella, se acerca a Oliverio y le dice, tocando el abrigo y gozando abiertamente su calor y suavidad: Esto es lo más cerca que estaré del cielo. Oliverio le hace un pequeño cariño en la mejilla y ella se siente obligada a agregar: La frase no es mía, es de una mujer que se prueba un visón en una película de Elizabeth Taylor.

Oliverio ha sobornado y hecho de un cuánto hay para conseguir entradas en Broadway para ver *Cats,* y logra invitar a Lola. En el intermedio, ella, muy seria, con candor y absoluta falta de culpa, lo mira y le dice: Ya, basta de gatos, ¿vámonos?

Lola nunca entendió las ecografías, nunca vio lo que los otros veían en ellas, nunca distinguió la figura de un feto, manchas negras, grises y blancas de distintos matices, terriblemente confusas, nada más. Debió reconocer que eran sus hijos los que estaban en la pantalla de esta máquina tan rara pero, insiste, nunca logró *verlos.* Por un arraigado sentido de la etiqueta, del protocolo o del decoro, se sumaba a la excitación de los demás, médico incluido, para no obstruir la emoción que, incomprensiblemente para ella, producía en todos.

Llama a su hijo por teléfono a una fiesta, se le ha declarado una pataleta porque no logra echar a andar el DVD y se ha instalado en su cama con película, copa de vino y quesos a gozar de la noche, rodeada de almohadones, para ver *Sentido y sensibilidad* en la adaptación inglesa para televisión que Ada le envió. José Joaquín, en medio de la música y haciendo a un lado a la muchacha con la que baila, le va dando instrucciones con toda paciencia, una a una, hasta que logra dejar la película de su madre andando, mientras sus amigos se ríen de él.

—Los hombres a su alrededor la cuidan, la miman, la protegen, ella siempre se las arregla para hacerlos sentir que los necesita, lo cual es mentira. Ella no necesita de los hombres, les hace creer que sí, que es muy diferente —dice Ada.

—Quizás ya es tiempo de que las mujeres se enteren de que no nos enamoramos de ellas por las razones que ellas creen —opina Jaime y agrega, sin mala intención—: Créeme, Ada, es más fácil enamorarse de Lola que de ti.

—Desde el lugar en que te encuentres, Luz, cualquiera sea, dame luces como lo haces siempre. ¿Por qué Lola y no yo?

—¿Qué quieres saber exactamente? ¿Por qué Oliverio no se casó contigo? Nadie se casa con los mejores amigos de la infancia, Ada. Tú eres para él su reserva moral, no su deseo. Pero quizás deberías concentrarte en su persona, en la situación en que se encontraba cuando Lola aterrizó en ese avión desde Caracas.

—Se había aburrido de su matrimonio con Shirley...

—Más rotundo que eso: lo había terminado. Cargaba con un peso enorme, el de reconocerse como un impostor de Wall Street. Un día despertó sintiendo que todo su cuerpo se estiraba hacia el sur y se dijo: no soy un WASP, sino un latino dañado, un afuerino con cicatrices en las manos y en el corazón, y éste no es mi pueblo.

—Lo mismo que siento yo hoy...

—Tú lo sientes porque volaron las Torres y el mundo

se puso inseguro; él lo sintió porque mientras más ancha se hace la tierra, mientras más difusas las líneas de las fronteras, más se profundiza el deseo de palpar la magia tribal. De volver al paraíso, Ada, aunque sepamos que está perdido.

—Pero, Luz, eso podría haberlo sentido conmigo...

—Tú no estuviste ahí. Tú nunca tomaste un avión decidida a pelear por él, a arrebatárselo al imperio y a cualquier mujer que lo cercara. Eso lo hizo Lola, a quien él deseó desde la más temprana juventud, la caprichosa Lola, que con sus pistolas al cinto se bate a duelo por él. Sólo ella le resuelve su calidad de héroe vacante con su fuerza avasalladora. Lo envuelve y lo arropa, y se presenta a la vez con todo su candor en la mano: aquí estoy, desnuda, no guardo una sola carta bajo la manga.

—¿Y no las guardaba?

—No. Pienso que eso desarmó a Oliverio.

—¿Y cómo crees tú que lo convenció de volver a Chile?

—La democracia, Ada... ¿cuántos chilenos no quisieron volver cuando acabó la dictadura?

—¿Dices que él la deseaba desde siempre? Eso es nuevo para mí...

—Sí, desde siempre. De otro modo que a ti: tú eras su par, él se jugaba por ti como lo hacía por sí mismo. Creo que era difusa la barrera entre su persona y la tuya... extraño caso, el de ustedes... La supuesta virilidad que ejerció al pegarle a Eusebio esa famosa noche en la casa del practicante le inyectó una adrenalina que sólo podía resolverse con el sexo. Pero éstas son intelectualizaciones... digámoslo del modo más corto: tú fuiste su gran amor de juventud que, al madurar, se transformó en afecto, ese afecto enorme que siente por ti hoy día. Lola, en cambio, era deseo puro, sin ninguna consideración.

—O sea, ¿la eterna provocación de Lola no fue en vano?

—Ni te lo sueñes. Es probable que para Oliverio ese sentimiento fuese algo escondido y feo que jamás pensó en realizar. Hasta que se encontraron en Nueva York.

—No basta con eso, Luz... existen miles de mujeres espléndidas, Lola no es la más hermosa, ni la más sexy, ni la más provocativa...

—¿Con sus mismos códigos, sus mismas raíces, su entonación suave y cantadita al hablar, su inevitable mirada insular, su rara tristeza chilena? Una mujer perteneciente a la tribu, Ada, un detonante de aquella extraña sensación que inunda cada día a más habitantes de este mundo globalizado: la vuelta al pueblo y su imposibilidad. Te lo diré de una manera final: Oliverio persiguió en Lola el único lugar del mundo que le permitiría ser con sólo estar ahí.

Han tumbado las Torres Gemelas. Es setiembre del año 2001 y a Ada le resulta difícil retomar el trabajo laborioso al que ha dedicado los últimos doce meses. Nueva York llega a sus retinas con las imágenes confundidas, los musulmanes y Lola complotando juntos, Lola atentando contra ella desde esa Nueva York de Oliverio, Lola ultimando a su prima desde las Torres. Ada sucumbiendo.

Mientras observa a unas mujeres con aspecto bíblico en las pantallas de la CNN, desea volver atrás, ella necesita atrapar otro 11 de setiembre con sus manos, no el actual, ni el de entonces, Chile 1973, tampoco el de Lola y Oliverio en 1994, sino el 11 de setiembre del año 2000, hace exactamente un año. Ese 11 de setiembre es el que hoy necesita.

Rewind.

Ada y Jaime sienten, vigorosos y optimistas, cómo ya

partió hace nueve meses el siglo XX, cambalache, problemático y febril, y el sur de Francia, engalanado por el nuevo milenio, parece querer curarlo todo o así lo cree Jaime, en un rapto de entusiasmo infantil.

Arremete contra el aspecto que más le preocupa en Ada estos días:

—¿Por qué te contentas con las labores subalternas de la literatura?

—Jaime, no empieces... estás igual que Oliverio, cuando éramos jóvenes.

—Basta ya. ¿No es hora de que escribas una novela y dejes de huevear con lecturas, reseñas y ensayos?

Sobre la mesa del escritorio de Ada —Jaime la ha interrumpido para ofrecerle un aperitivo, ha traído a casa *foie gras* y un vino tinto estupendo— yace la novela de Louisa May Alcott: *Mujercitas*. Jaime la toma.

—Los hombres nunca la leyeron —se apresura Ada a explicar—, por eso quedó consignada como de segunda categoría.

—Yo sí la leí. Hasta Simone de Beauvoir la cita en sus memorias, dice que fue el libro donde tuvo el primer vislumbre de su propio futuro... hasta declara haber escrito dos o tres cuentos imitando a Jo, con quien se identificaba. —Jaime canta bajito una aria de Puccini mientras da vueltas las páginas del libro—. ¿Me oíste lo de escribir una novela? Existen los disquetes, ya no te podrán quemar el manuscrito...

—Tengo un bloqueo —dice con el rostro repentinamente severo, asombrada ella misma de que aquellas palabras escapen de sus labios.

—¿Bloqueo? ¿De qué tipo? —también Jaime se muestra un poco sorprendido.

—Moral.

La mira inquisitivo.

—

—¿Hay algo que debería saber y no lo sé?

—Algún día te hablaré de ello, pero antes debo ir a Chile y hablar con mis primas. —Como si el peso de su propio sentir la volviera temerosa, cambia la expresión del rostro y aliviana el tono de su voz—. Sabes, además, que la ficción me asusta... pero si me decidiera, ¿sobre qué podría tratar? No tengo tema.

—¿Que no tienes tema? Escribe sobre las cosas que conoces, nadie te pide un *remake* de *La isla del tesoro*.

—¿Sabes sobre qué me gustaría escribir? Sobre la pérdida del mundo rural, ¿estás enterado de cómo ha cambiado ese fenómeno a Chile?

—¡Dios mío, qué aburrido!

—No, estoy pensando en los ingleses, en E. M. Forster, en Tolkien, en el horror que les produjo la destrucción de los campos... *Howard's End* es un modelo...

La risa de Jaime la interrumpe.

—¡Ada, Ada! Qué idea meningítica. Estamos en el siglo XXI, ¿de qué hablas?, ¿sabes que llegó el Sida y que cayó el Muro de Berlín?

Ada no le hace caso y apaga el computador para salir al balcón del tercer piso del antiguo edificio a tomar los rayos de sol del mediodía y comer el *foie gras*. Nota que Jaime se ha quedado pensativo. Ya en el primer sorbo del vino tinto, parece despejarse y le clava una mirada cargada de intención.

—Tengo una idea para ti y tu futura novela, que por cierto me dedicarás: haz un *remake* de *Mujercitas*.

—¿Un *remake* de *Mujercitas*? —pregunta Ada, incrédula.

—Exactamente eso. Y te puedes basar en ustedes cuatro, las primas. En una versión libre, ¿qué importa que no sean hermanas? Después de todo, Ada, los mandatos que cada una de ustedes recibió al nacer en la década del cincuenta y sesenta en Santiago de Chile no son muy diferentes de los que reciben las hermanas March a mediados del siglo XIX en la ciudad de Concord. Lo importante es que ellas siguieron los mandatos al pie de la letra, y ustedes, ¿qué hicieron ustedes con ellos?

Ada lo mira absorta, escuchando cada palabra que sale de sus labios. Él continúa, como fascinado por su propia idea.

—¡Por fin lograrías ser, tú en carne y hueso, una heroína decimonónica! Es tu gran oportunidad. Oliverio puede ser Laurie, un vecino de toda la vida y un primo hermano son como la misma cosa. Pero a mí, por favor, ¡te prohíbo que vayas a ponerme en el papel de Mr. Bhaer! El marido de Jo, ¿te acuerdas? ¿No es él quien le enseña a Jo qué escribir en una novela?

Ada no dice una palabra, continúa escuchando.

—No respondas nada. Dentro de una semana te preguntaré tu parecer.

Contento del silencio de Ada, considerando positivo que no hubiese saltado con una inmediata negativa, pasó a hablar de otras cosas.

Pero a la semana siguiente Jaime no alcanzó a hacerle las preguntas prometidas.

Era la mañana de un día viernes y Jaime pasó por el escritorio donde ella trabajaba.

—¿Recuerdas que voy a pasar el fin de semana en Cassis o lo habías olvidado?

—Lo había olvidado.

—¿Estás segura de que no quieres acompañarme?

—No, Jaime, ya sabes, detesto navegar. ¿Cuándo vuelves, para esperarte?

—El lunes por la mañana. Y espérame con un buen whisky, que debemos hablar... ya sabes... *Mujercitas*.

Ada rió, le dio un beso rápido y le deseó suerte en el

mar. Trabajó mucho ese fin de semana, estaba atrasada con un par de reseñas y se concentró en ellas para enviarlas el lunes a primera hora. El sábado cenó en casa de su amigo Jesús y el domingo leyó el diario en cama, aprovechando que Jaime no estaba, pues éste siempre le ganaba recogiéndolo él primero. A las seis de la tarde consideró terminado su trabajo y se instaló en el dormitorio de Jaime, su televisor era tanto mejor que el de ella, a ver *Teorema* en DVD. El filme de Pasolini la remitió a Oliverio y se juzgó injusta por adjudicarle a su primo el papel de ángel malo, el que seduce a toda una familia y los destruye uno a uno. Cuando encendió el último cigarrillo del día pensó que le habría gustado ir a Cassis después de todo, que un poco de aire libre y de mar le habría sentado bien, que la casa se notaba más sola que de costumbre, que la película de Pasolini la había inquietado y que Jaime era un experto en arrancar de cuajo sus preocupaciones y arrojarlas a la basura. Al día siguiente abrió los ojos al sol de la mañana y se dijo: Hoy es lunes. —Luego agregó, seria—: Hoy es 11 de setiembre. No sintió necesario acotar que era el primer 11 del nuevo siglo. Era otro 11 más, el número veintisiete, otro aniversario, otro recordatorio, para que no me olvides, para que no me olvides. Luego de completar su trabajo y de enviarlo a Barcelona y de contestar su correspondencia, decidió cocinar algo rico para cuando Jaime volviera. Se dirigió a la cocina y abrió el libro de recetas, dudando entre una y otra. Es todo bastante complicado, se quejó, ¿y si sólo preparo crêpes con dulce de castaña? Es un poco básico, pero a Jaime le encantan... Empezaba a batir los huevos cuando tocaron a la puerta. Le pareció raro, Jaime andaba con sus llaves, nunca las abandonaba para no molestarla a ella. Con el delantal de la cocina puesto, salió a abrir. Una luz color limón la obnubiló, hiriéndola. El policía vestido de azul, bajo y castaño, la enfrentaba. Por instinto, Ada se asustó, siempre le sucedía ante el contacto con un policía.

—¿Vive aquí monsieur Jaime Ortúzar?

—Sí, ésta es su casa. ¿De qué se trata?

—¿Es usted su esposa?

—No, soy su... soy su amiga.

—El señor ha tenido un accidente en la carretera. Quizás quiera usted acompañarme...

—¡Por favor! ¿Qué le pasó?

—Si me acompaña...

—¿Está en el hospital... o no fue grave?

—Fue muy grave, señora, ni siquiera hubo posibilidad de llevarlo al hospital.

Era el año 2000, el lunes 11 de setiembre.

Compañero del alma, compañero.

6. MEG, JO Y AMY, O LAS DESHEREDADAS

Sur de Chile, setiembre de 2002

"And yet your life is very different from the one you pictured so long ago. Do you remember our castles in the air?"

Amy, último capítulo, *Little Women**

También yo fui una desheredada y desde algún lugar, cualquier lugar ignoto, miro a mis tres primas y observo; si la gente del Pueblo enlazara un pensamiento a este viaje, dirían que el funeral de la vieja Pancha no es más que la suma de pequeñas muertes, como si al echar tierra sobre sus huesos carcomidos lo hicieran también sobre sus propias cicatrices. Dirían a la vez en el Pueblo que el error de las primas Martínez fue confundir el duelo por la vieja Pancha con el propio, postergado el luto tantos años.

Al principio pareció tan sólo una mera ilusión, luego semejó una voluntad, avanzó y avanzó hasta que al fin se tornó una urgencia. Por eso vuela hacia Chile. Fue tan simple. Allá lejos, escondida en su pueblo rojo de mil habitantes entre cipreses y más cipreses, lavanda y más lavanda, entre las viñas iluminadas y junto a los bosques en sombra, Ada, mi querida Ada, mi preferida, preparándose

* Y sin embargo tu vida es muy diferente de como te la habíamos imaginado. ¿Recuerdas nuestros castillos en el aire? (Amy, último capítulo de *Mujercitas*.)

para nuevos aniversarios, abrió su correo electrónico una mañana antes de empezar su trabajo, como lo hacía rutinariamente, y encontró un mail de Lola dirigido a Nieves y a ella: «Me cuenta Cristal que a la vieja Pancha le ha llegado su hora, la han sacado del Pueblo y la llevaron al hospital.» Ada respiró anchamente como si aspirara el frescor de las hojas de los álamos y pensó en Chile. Miró hacia su mesa de trabajo y sintió el golpe de la añoranza, aquella que nosotras conocemos bien, y una forma nítida pero extraña se interpuso entre ella y el sol de la mañana. Recordó palabras de Jaime: ¿Chile? —había dicho—, ¡ese pasillo!, ese angosto pasillo, tan angosto que sus habitantes viven en el terror de que se los trague el agua o los absorban los cerros si se corren un poquito para dejar espacio a un semejante: Chile es un problema de angostura.

Sin embargo, a oídos de Ada, su hablar se teñía a veces del baldío del destierro.

Mi prima, la segunda de nosotras, ha prometido poner el punto final antes del 11 de setiembre y, descansando sobre el tapiz de su férrea disciplina, es probable que lo logre. Su pensamiento ha vuelto otra vez a Chile y al Pueblo. Hace un año que piensa en ello, desde que bombardearon las Torres Gemelas se ha transformado en un pensamiento casi lineal, como si la existencia se cruzara de barrotes y el sur se interpusiera entre ella y su trabajo, entre ella y su cotidianidad. Como se interpuso también en la mía, allá lejos en Kampala. Ese sur con rostro de urgencia la mira contorsionando la expresión, mordiéndola, chupándole la sangre. Pero su tarea no ha sido aquélla, la de volver los ojos hacia el sur, la de dejarse arrastrar por su palpitante llamada. Hoy su tarea es otra, la que siempre esperé de ella, por fin, Ada. Hoy lo inapelable es la escritura, desde hace dos años es la escritura atrevida, loca, delirante, febril y obsesiva de un manuscrito, el que empezó para honrar a su amigo muerto. Un homenaje, una promesa silenciosa para aquel que corrió una mañana de setiembre, el primero del nuevo siglo, por la carretera de Cassis, frente al Mediterráneo, y enfiló, borracho descontrolado y prescindible hacia el abismo.

Al día siguiente recibió otro mail de Lola: «La vieja Pancha agoniza en el hospital, su muerte es inminente, Cristal ha partido al sur.» Ada reservó de inmediato un pasaje para Santiago de Chile. Cuando empezó a oscurecer, resolvió que no dormiría. Cubriéndose las piernas con el chal escocés que usaba Jaime en los días fríos, trabajó la noche entera, ardua fue la noche. Entre muchas tazas de café y no quiere saber cuántos cigarrillos, a la mañana siguiente finalizó su trabajo. No desea corregir una palabra más, está convencida, por su largo trabajo editorial, que es riesgoso reescribir eternamente; yo creo —junto a ella— que es lo que ha estado haciendo, temerosa de acabar el trabajo y enfrentar el vacío. Cuando recibió la noticia concluyente, *la vieja Pancha ha muerto,* ya estaba lista, como si la mano de aquella mujer antigua, en un último gesto de ayuda, hubiese puesto por ella el punto final que esquivaba. Llamó a nuestra prima por teléfono, nada de mails esta vez, y la invitó a que asistiesen al funeral.

—Es un poco loco. ¡Pensándolo bien, es bastante loco, Ada! Tendré que cancelar varias cosas...

—Dale, Lola, haz un esfuerzo... vale la pena...

—Bueno, vamos... vamos las tres. ¿Crees que alcanzas a llegar? —le preguntó Lola.

—Vuelo esta tarde. Espérenme en el aeropuerto de madrugada y sigamos directas al sur.

Le dio tiempo a Ada para enviar su trabajo a Barcelona, hacer un mínimo equipaje, cerrar la casa, encargarla a sus amigos y volar a París. Qué maravillosas pueden resultar las veinticuatro horas de un día cuando se utilizan.

247

¿Cómo será estar muriéndose en el Pueblo? —se pregunta Ada antes de aterrizar, pensando en la vieja Pancha—, ¿cómo será morir definitivamente en el Pueblo? De todas las imágenes que proyectaba de sí misma al futuro, la que más le gustaba y donde más se quería era aquella de una mujer alta, huesuda y un poco rígida, vestida de negro, con el cabello corto y encanecido, caminando por un sendero de tierra entre un muro de álamos acompañada por muchos perros, algunos grandes, un par más pequeños, su pastor alemán a la derecha dirigiendo este desordenado batallón, quizás con un bastón de madera recia en la mano que sólo sirviera para hacer dibujos entre el polvo y avanzar por los álamos hacia esos colores delirantes del atardecer en el campo, zambullirse hacia la tarde que la esperaría puntualmente con sus rosados y naranjas envueltos en mantos violetas como en un paquete de regalo, avanzar y avanzar hacia la tarde hasta que su cuerpo no fuese más que una sola sombra. La vieja Pancha ha logrado lo que está vetado para ella: morir en el Pueblo. Nos la imaginamos, Ada y yo, en la cama de un hospital, cubierta por una tela blanca, tapadas sus mil y una arrugas, escondidos sus ojos que ya no veían, me estoy quedando ciega, le había dicho a Cristal, y no veía nada hacía ya muchos años, y la recordamos con un paño blanco de cocina en la mano, siempre tenía un paño en la mano con el que se secaba y espantaba a los pollos que se subían al molinillo del trigo tostado y a los chanchos cuando osaban salirse del corral, el mismo paño que se convertía en canasto cuando llegaban los patos mojados y cojeando a buscar su alimento y de él aparecía el maíz para repartirles.

De súbito, el paño en las manos de la vieja Pancha se transforma en un fetiche, en el símbolo de todo lo perdido. Como Oliverio, como yo, Ada sabe que la inocencia y la belleza de la tribu son irrecuperables. Lo sabe con certeza: el mundo nunca más será un lugar acotado. La vieja Pancha lleva en su muerte lo último que quedaba de él.

—Ya, Nieves, abre el canasto del picnic, me muero de hambre —dice Lola desde el volante, enfilando por la ruta Cinco Sur, siempre hacia el sur, como si el norte nos resultara tan extraño como un país extranjero.

—¿Ya, tan luego? —pregunta Nieves.

—Olvídate de los horarios regulares. ¡Mira la hora a la que nos hemos levantado!

(A pesar de la madrugada, Lola se pegó al cuerpo de su marido al despertar, ¿estás seguro de que no quieres venir?, no, sería un desatino, éste es un cuento de ustedes tres, ¿te pone nervioso ver a Ada?, no seas tonta, Lola, ya, dame un beso.)

—Después de los huevos duros, les daré una noticia importante —dice Ada.

Nieves y Lola saltan desde sus respectivos asientos.

—¿De qué se trata? —preguntan casi al unísono.

—Una sorpresa.

—¡Te vas a casar! —exclama Nieves, fascinada.

Ada se larga a reír y empieza a descascarar el huevo que Nieves le ha sacado del canasto. ¿Quién tiene la sal? Un pensamiento recurrente visita a nuestra prima mayor, sentada a solas en el asiento de atrás: la sospecha de que Ada le pone ideología a sus carencias y que su falta de marido y de hijos no es más que eso, una carencia, y no una opción, como se lo ha oído alguna vez. Comprende que para Ada sea enojoso que Lola y ella, desde la posición de mujeres casadas, la analicen y le digan lo que debe o no hacer. Siempre las casadas creen saberlo todo... Ya se han relajado los músculos de su estómago, ya ha dejado Santiago, las carpetas con sus crímenes están bien guardadas, ya volverá a pensar esta noche, cuando quede a solas consigo misma, en el móvil más probable del asesino de Rapa Nui para matar a su esposa. Están las tres reunidas y como en los antiguos tiempos van camino al Pueblo y nada puede salir mal. Éramos cuatro, cuatro las primas, cuatro las complicidades, cuatro las imaginaciones. Van ellas tres sin mí.

Atraviesan la zona frutícola del país y Ada se admira de la belleza de los campos y sus nuevas carreteras.

—Este país es otro, es definitivamente otro —murmura.

—¿Qué habría pensado Luz de haberlos visto hoy? Los campos, quiero decir.

—Imagina que los está mirando, sentada aquí en el auto —responde Ada.

—¿Tú logras pensar en ella como en un ser vivo? —le pregunta Nieves.

—Sí, y me resulta una enorme compañía. Para mí, funciona como una especie de autoridad moral...

—¿Autoridad moral? —pregunta Lola mientras trata de esquivar el cadáver de un perro negro botado en el camino.

—Es que, después de todo, es la única de nosotras que llegó a las últimas consecuencias. Debe de ser por eso que acudo a ella.

—Lola y yo estamos siempre recordándola.

—Yo no tengo con quién...

Ya cerrado el canasto del picnic y habiendo Lola comido dos huevos duros y un sándwich —y eso que estoy a dieta, ¿no ven cómo tomo agua sin parar?—, le piden a Ada que les cuente las novedades.

—He escrito una novela.

—¿Una novela? ¿Después de todos estos años? ¡No puedo creerlo! —exclama Lola.

—Cuidado, Lola, no te emociones, que vas manejando.

—Por favor, cuenta más, sigue.

—Ya la entregué a mis editores, han estado esperándola desde hace un tiempo. Saldrá publicada a fines de año.

—¿Con una buena editorial?

—Sí, una de las mejores.

—¿Cómo te decidiste? Creí que tu terror a la ficción sería eterno.

—La verdad es que Jaime influyó. Más bien, su muerte. Él creía fehacientemente que yo debía hacerlo.

Yo también, siempre lo creí, aposté desde temprano a su talento. Lola me arrebata la palabra al decir:

—Oliverio también.

—Es raro... —continúa Ada como si no hubiese oído—, el día que murió era el asignado por nosotros para que yo tomara decisiones, lo esperaba con crêpes de castañas, íbamos a hablar de eso.

—Y al morir, sentiste que ése era su legado o algo por el estilo...

—Sí, algo por el estilo.

—Quizás el vacío que te produjo su ausencia te obligó a buscar una razón más contundente para ese vacío.

—Es probable. A la semana de su muerte empecé, fue mi única forma de vivir el duelo. Me encerré a escribir la novela que él me sugirió, dos años encerrada en el pueblo rojo, escribiendo noche y día, como una poseída, casi en estado de trance.

—¿Y qué le pasó a tu miedo acumulado durante tantos años?

—Se desbloqueó.

—¿Así como así? ¿Por qué?

Ya, Ada, aprovecha la oportunidad que Lola y Nieves te brindan, míralas a ambas, mira el afecto y el interés con que te escuchan, ¿no sería éste un momento adecuado?

Diles una simple frase, diles que por fin enfrentaste la culpa, que deseas saldar tus cuentas pendientes, saldarlas en la medida de lo posible.

—De repente, la escritura estaba ahí, a mi alcance, se esfumaron los miedos, y escribí y escribí compulsivamente. —El dejo de tensión que refleja la expresión de Ada pasa inadvertido por nuestras primas.

—¿Cuánto te demoraste en escribirla?

—La verdad es que necesitaba despertar el día del segundo aniversario de su muerte —un 11 de setiembre— con el manuscrito terminado. En el primer aniversario bombardearon las Torres y eso me distrajo muchísimo, me costaba concentrarme, sólo quería ver la tele. Pero más adelante continué. Casi sin darme cuenta llegó setiembre. Hace tres noches puse el punto final.

—Quizás lo puso la vieja Pancha por ti —sugirió Nieves.

—Seguro que Luz habría dicho lo mismo. Bueno, ya la envié a Barcelona. Salí de la novela al mundo, desperté del trance, y el mundo ya era otro: es éste, aquí.

—¿Has estado dos años escribiendo una novela y no nos contaste? —Lola no oculta su sorpresa.

—Quería conversarlo con ustedes ahora, quiero decir, en persona...

—¡Qué capacidad para mantener secretos! —dice Nieves, un poco molesta.

—Apuesto a que te lo enseñó la tía Casilda —dice Lola, jovial.

Al volante, concentrada en la carretera, está decidida a no dejarse llevar por ninguna emoción negativa frente a Ada. No ha sido fácil normalizar la relación entre ambas desde su matrimonio con mi hermano: ella está en paz con su prima. ¡Cómo no va a estarlo, si ganó!

—Y para escribir, ¿dejaste de hacer todos esos trabajos para tu editorial, los de siempre? —pregunta Nieves.

—Sí... ya sabes, ahora puedo, desde el punto de vista económico.

—¡Es inaudito! —exclama Lola—, ¡que te dejen una herencia!

—Inaudito, de acuerdo. Nunca se nos ocurrió que algún día yo tendría plata, la rica iba a ser Lola, no yo.

—La diferencia es que yo no heredé. —Cuidado, Lola, que no se te suelte la lengua.

—De acuerdo, lo mío no es fruto de mi trabajo. Es un regalo, un verdadero y enorme regalo. ¿No les contó Oliverio?

—Oliverio habla poco de su trabajo conmigo, ¿cómo fue?

—La familia conversó con él, por esta cuenta común que teníamos Jaime y yo. Oliverio les explicó que la herencia de Jaime quedaba en la familia, la herencia propiamente tal, las propiedades, las acciones en las empresas, etc. Pero que los ahorros de Jaime, el dinero que él generó por su cuenta y riesgo, eran míos y no había ley que pudiera contradecir eso. Bueno, tienen tanta plata que tampoco les importó demasiado.

—¿Y qué te pasó a ti, Ada, cuando te viste dueña de todos esos millones?

—Mira, Nieves: miré el primer estado de cuenta que llegó después de su muerte y empecé a marearme con todos esos ceros, nunca había visto una cifra de tantos números. Llamé a Oliverio y le pregunté qué hacer; él fue enfático, que Jaime había hablado varias veces el asunto con él, ese dinero es tuyo, me insistió, era la voluntad de Jaime.

—¿Y cuánto te dejó?

—Nieves, esas preguntas no se hacen, si me lo preguntaras a mí, no te lo diría nunca —dice Lola, cambiando de inmediato su expresión de mujer en vacaciones por la de una profesional rigurosa detrás de un escritorio.

—Bueno, es que como yo jamás he tenido plata... y

Ada ha sido siempre como yo... —El síndrome de la prima pobretona que llevamos todas adentro, todas menos Lola, emerge en Nieves, el de Verónica de las Mercedes, la seglar que ingresó con su prima rica y bella al convento de Santa Catalina en Arequipa para tapar sus pecados.

Lola la interrumpe:

—Bravo por ti, Ada. El dinero es sexy. Pero volvamos a la novela: ¿significa esto que te vas a volver famosa?

—No es tan fácil...

—Imaginemos que te va bien...

—Bueno, publicaré en España. Si alguien me lee, es probable que cruce el Atlántico y la novela se publique en América Latina.

—¡Ay, qué emoción tener una prima escritora! —exclama Nieves.

—A propósito, ¿de qué se trata? —pregunta Lola.

—De nosotras.

—¿Qué? —el grito de Lola rebota contra las paredes del auto.

—Sí, de nosotras —repite Ada con aparente tranquilidad, digo aparente porque, en su fuero interno, no se encuentra serena.

Ya, Ada —le soplo al oído—, no dejes pasar esta oportunidad, cuéntales el parto que te ha significado escribir sobre el pasado y sobre el Pueblo, cuéntales todo lo que has debido enfrentar. Háblales de tus anhelos de redención. ¿Que este escenario no te resulta confortable, que prefieres no hacerlo mientras van en el auto?

—No frenes, Lola, no seas exagerada —como siempre, Nieves trata de calmar a nuestra prima menor—. Veamos, Ada, ¿qué significa *de nosotras*?

—Voy a detener el auto —dice Lola.

—Lola, insisto en tu exageración —el tono de Nieves es firme.

—Ada, ¿qué has hecho? —pregunta Lola, estacionando el jeep en la berma.

—En realidad, el protagonista central es el Pueblo —explica Ada—, nosotras somos secundarias.

—Pero no tienes ningún derecho a ventilar las intimidades de la familia.

—Me he ventilado a mí misma. Y, créeme, no ha sido tarea fácil.

—Pero, por favor... ¿sabes lo que has hecho?

—Sí... he cargado los dados contra mí, Lola, no contra ustedes.

—Es una venganza, ¿verdad? —Los ojos de Lola brillan, furiosos.

—Ya, mujeres, no se pongan así, ¡por favor! Lo que es a mí, me parece un honor aparecer en una novela.

—A ti nadie te conoce, Nieves, pero a mí... Tanto tiempo viviendo en el extranjero, ¿no te habrá convertido en una miserable, verdad?

—No, al contrario... me ha limpiado.

—¿Lo sabe Oliverio?

—No, esta vez Oliverio no sabe nada, puedes contárselo tú.

Nieves logra que Lola haga partir el motor y el silencio se instala en el jeep como una lápida. Ada no ha sido suficientemente explícita, aunque ha tratado de hacer entrar en razón a Lola. Mi querida Nieves, ella no parece ser problema y piensa que ha pasado la vida atestiguando peleas entre sus dos primas y que éstas suelen disiparse pronto. El día en que estas dos se maten —piensa divertida—, pediré el caso para mí, con ellas haré mi inauguración de superdetective. Oigo la reflexión de mi prima mayor y también yo me divierto. ¡Quién lo habría dicho entonces! La bella y doméstica Nieves con fantasías negras y policíacas; al menos fue original y no centró su imaginación en lo consabido: el amor. Sin embargo, cabría preguntarle a qué o a quién se siente infiel para mantenerlo como un secreto tan preciado.

Dejan atrás las ricas zonas agrícolas y a medida que avanzan el campo se va haciendo más pobre. Así, emprenden camino, sólido y definitivo, ya sin pérdida, al Pueblo. Desde las piedras hasta las sombras de los árboles les son conocidas.

La tierra bienaventurada.

La carretera panamericana actual es fantástica, reflexionan, antes era un camino pavimentado de una sola vía. Sin embargo, a pocos metros del asfalto, los sauces son los mismos, la misma privación del paisaje, el mismo calor amarillando el mismo pasto. La antigua y modesta bomba de bencina que proveía a todo vehículo de la zona se ha convertido en una YPF con todo tipo de *self service*, pero la línea del tren y la barraca café que la precedía están en pie.

Atraviesan el primer puente del río Itata y al divisar sus aguas comprenden que han vuelto a casa. Hemos vuelto todas a casa. Una vez enfilando hacia la cordillera, reconocen el puentecito de madera bajo el camino de tierra, uno que sólo percibíamos por el ruido sordo que hacía cuando lo cruzábamos y sonaba el vacío, sólido, debajo.

—Es como si la modernidad, la economía de libre mercado, el nuevo milenio y todo lo que nos ha envuelto estos últimos veinte años no hubieran existido jamás —comenta Lola.

Pero debe tragarse el comentario, pues el paisaje es el mismo sólo al borde del camino. Miran más allá de las cercas que dan a la carretera, pinos, miles de pequeños jóvenes pinos: no queda vacía una sola de las lomas donde corríamos en la infancia.

—Cada uno de nuestros rincones está plantado —dice Ada, acongojada.

—Eso es el progreso, querida —contesta Lola.

—Entonces odio el progreso.

—Recuerda que el aserradero ya no existe, ahora es una moderna empresa maderera.

—¿Todo gracias a la democracia? —pregunta Ada.

—Por favor, ¡no entremos en la política! —dice Nieves poniendo cara de aburrida.

—La política está un poco confusa... —opina Lola.

—Sí, bastante confusa —concuerda Ada—. Antes, para asegurarme de estar en la línea correcta, me guiaba por las opiniones de Fidel. Hoy sigo a Bono de U2.

—¡Buen símbolo del cambio!

Los ojos de Ada se detienen en una loica. Está instalada entre un poste de tronco viejo y el siguiente cuando detecta su pecho rojo. Mira los cables de la electricidad, los que transportaban los mensajes en morse de los telegramas que llegaban a todas las estaciones de correo. Eran terriblemente importantes esos cables. Atildados, a nuestros ojos, ya que todo lo relevante que sucediera vendría a través de ellos para aterrizar en aquellos papeles baratos y amarillentos que nos entregaban doblados, con un sello rojo pegado sobre las líneas. A veces los escribía la propia jefa de correos con una letra redonda, muy redonda, a lápiz bic azul, y nos parecía mágico. Una vez Oliverio envió a Ada desde Santiago un telegrama en inglés, y a ella le pareció milagroso que la gordita sentada detrás del mostrador del correo hubiese interpretado las palabras entrecortadas que le dictaba la pequeña máquina detrás de la ventanilla, aunque fuesen en un idioma desconocido para ella. El sonido del telégrafo, no sabía Ada, ni yo tampoco, hasta qué punto lo teníamos internalizado, ¿cuántos años habrán pasado desde la última vez que lo escuchamos?

—¡Miren, ahí está el maitén! ¡Es el mismo maitén! —grita Nieves, emocionada, apuntando al árbol añoso que atestiguó sus múltiples correrías.

Entran al Pueblo por el camino de toda la vida.

—¡El almacén de don Telo! Dios mío, ¡ahora es un *mini market*!

—La casa de la Ticha está igual, consuélate.

—¡Todavía existe el camino hacia la balsa!

—Esa fábrica, ahí, a la izquierda... esa fábrica no existía...

—¡Qué asco el humo de su chimenea!

—Esa fábrica le da trabajo a la gente del Pueblo. Les insisto, eso es el progreso.

La casa de Laurentina, la mayor de las hijas de la vieja Pancha, se encuentra en la calle principal, y acercan el auto hacia ella. El corazón les palpita muy fuerte mientras buscan donde dejar el jeep. Hay mucha gente en la puerta, caras conocidas entre los autos estacionados.

—¡Pero si nunca hubo autos en el Pueblo!

—Cállate, si ha pasado un siglo desde entonces...

—Veintinueve años, para ser exactas.

Lola pone un pie bien calzado en la tierra, la tierra del Pueblo, árida, dura, pobre. Todos se vuelven a mirarla. Camina seria y consciente de que aún la ven como a una autoridad, y mientras avanza, los niños y los jóvenes que rodean la casa se detienen. Parece que quisieran tocarla. Un revuelo enorme causa la presencia de Lola, algo emana de ella que sorprende a mis dos primas, que la miran desde el interior del jeep, como si la vieja Casilda se hubiese reencarnado en esta mujer hermosa y altiva y en ese momento fuese la dueña indiscutida del aserradero y las tierras aledañas. Por alguna razón incomprensible, Ada y Nieves se quedan en el auto. Algunos niños corren casa adentro, y de inmediato sale Laurentina, bajita como siempre, ni más vieja, a recibirla. Está muy bien vestida, enteramente de negro, y sus ojos parecen brillar por un círculo más iluminado en las pupilas. Estira sus brazos y Lola, casi dos cabezas más alta, se sumerge en ellos.

—Como si el duelo fuera suyo —comenta Ada dentro del auto.

Laurentina estalla en llanto mientras la abraza. Lola llora también, quizás por cuántas cosas. Entonces aparece Cristal, acompañada por sus otras hermanas, todas vestidas de un luto riguroso.

—Nunca me imaginé que vendrían —exclama Laurentina—, Cristal me lo anunció pero ni la creí, esto sí que no me lo soñé. ¡Cómo va a estar de contenta mi mamá!

Había una alegría profunda en su voz. Tomó a Lola del brazo, como si olvidara por completo que no venía sola, como si Lola le bastara, y la llevó adentro de la casa. Lola entró con ella a la sala grande con piso de madera y vio de inmediato el cajón rodeado por luces artificiales y coronas de flores. Contra las paredes, sillas y más sillas, en ese momento vacías todas, desocupadas por la llegada de Lola. Observo cómo algunos ojos dolientes se incrustan en el rostro de mi prima, detecto emoción y un poco de miedo en ellos. Comprendo de inmediato que desean acercarse y no osan hacerlo.

—¿No será inadecuado mi suéter rojo? —pregunta Nieves dentro del auto, como si recién tomase conciencia de sí misma.

A las rubias les queda bien el rojo, querida mía, pero ¿olvidaste que venías a un funeral?

—Claro que sí. ¿No tienes algo a mano para cambiarte?

Nieves alarga el cuerpo para alcanzar su maletín, que está en la cajuela del jeep.

—No me puedo desvestir aquí, todo el mundo nos mira...

—Cámbiate dentro, entonces. Vamos, bajémonos, no

dejemos a Lola sola. Aunque parece que a ellos les basta, ¿o no?

En ese preciso instante, una mujer de tez clara, con muchas arrugas y algunos dientes de menos, camina hacia el jeep para buscarlas.

—Mira, Nieves, es la hermana menor de Cristal, ¿te acuerdas? La Checha... pero si era jovencita, una niña, la última vez que la vimos.

—¿La Checha? Se vistió siempre de blanco, con una cinta celeste en la cintura, le hacía mandas a la Virgen de Fátima.

—Creo que era a la de Lourdes...

—Nunca abría la boca, era casi una muda...

—Pero cómo va a estar tan vieja, era mucho menor que yo.

—¿Y qué quieres? Imagínate lo dura que será su vida...

Se bajan del auto. Checha se acerca a ellas. El sol, seguro de su propia perfección, la ilumina. Radiante se ve en el rigor de su luto y en el cuidado minucioso de su vestimenta. Ada y Nieves la saludan con afecto, una testigo más de aquel tiempo irreversible, aquel en que todas vivíamos en estado de gracia. A su lado se sienten mal vestidas y un poco desfachatadas. Checha es pequeña, cuadrada y un poco gruesa, pero aun así, graciosa. Ada se apresura a cerrar los dos botones abiertos de su blusa camisera, como si el camafeo que cierra la de Checha le recordara que la diferencia inapelable entre la mujer de la ciudad y la de pueblo es su profundo recato, su cuerpo será siempre un tesoro privado. Checha toma el brazo de cada una y así entran a la casa. Se palpa una enorme ansiedad en la mirada de la gente que las rodea, como si les asustase su propia emoción. Ellas besan y abrazan y prueban a reconocerlos a todos.

Lola está sola, pegada al ataúd, y mira hacia adentro plácidamente. La ventana abierta muestra un aromo rezagado todavía en flor. Nieves y Ada son llevadas a saludar a la vieja Pancha.

—Quédense un rato con ella —sugiere Laurentina—, ya debe de estar aburrida de nosotros.

Mis tres primas permanecen solas en el cuarto.

Se acercan y miran el cadáver de la vieja Pancha en su caja de pino, su cuna, su casa, su habitación final. La han vestido con una blusa blanca de viscosa un poco brillante y le han amarrado al cuello una pañoleta negra con flores rosadas.

—¡Qué lindo personaje luce dentro del ataúd! Sin más arrugas que antes... —comenta Nieves.

—Está tan elegante, nunca la veíamos así —dice Ada en voz baja.

—Sólo los días de fiesta, cuando tía Casilda hacía el asado al palo para los trabajadores del aserradero.

—Cuando llegaba arreglada y apenas la reconocíamos, y cantaba, ¿se acuerdan?, cantaba sin melodía alguna.

Las solapas de una chaqueta negra enmarcan la blusa brillante. Su cara está tan arrugada que se pueden contar los surcos profundos alrededor de esos ojos chicos que ahora yacen cerrados, así como en torno a la boca, en cada hendidura puede distinguirse, una a una, como contándolas, cada pesar y alegría de esa larga, larga vida.

—Está igual —decide Nieves—, está exactamente igual, no sólo como la dejamos el último verano, está igual que cuando nacimos...

—Está enojada —dice Lola, desde el lado opuesto del ataúd.

—Es cierto —responde Ada—, el mismo rictus serio y autoritario. Nunca la vimos sonreír.

—Alguna vez me di cuenta de que no tenía todos los dientes —dice Nieves—, por eso no sonreía. Recuerdo haberle divisado unos colmillos grandes y solitarios mientras comía. Por eso se tapaba a veces la boca cuando reía, pero nunca una sonrisa.

—*Eso* era, para nosotras, estar enojada, nosotras, que sólo sabíamos encantar a nuestro alrededor —dice Lola.

—Teníamos razones de sobra para lograrlo. La vieja Pancha, no. Se ha ido fastidiada y severa, como durante toda su vida —acota Ada.

—Así sigue, en su ataúd —insiste Lola.

—Sí —vuelve a responder Ada—. Es que nunca podía estar feliz...

—¿Cómo iba a estarlo, teniendo que organizar todo, la chacra, la casa, los animales? —dice Nieves, comprensiva.

—Y con esa tracalada de hijos... no había pantalón en la región que no se acercara a sus chiquillas.

—¿Te acuerdas cómo reclamaba contra los niños, contra las moscas, contra la lentitud de Cristal, contra nosotras y nuestro desorden, contra todo?

—Trabajaba tanto... si tía Casilda no daba un paso sin ella. Y su marido la habrá exigido también. Y todo con un sueldo miserable... como en todos estos campos, sobrevivían porque la tierra les daba comida.

—¿Cuándo murió él?

—Norberto murió dos años después de tía Casilda —informa Lola; dado que Cristal trabaja en su casa, es la que siempre tiene más información sobre el Pueblo y sus habitantes—. Dicen que ella supo predecir su propia muerte. Reunió entonces a sus nietas en su dormitorio y sacó una caja de zapatos de abajo de su cama, la abrió y extrajo de ella muchos billetes enrollados que había ido juntando a través de los años. Se los repartió. Las chiquillas dicen que era mucha plata. Hecho esto, se fue caminando por sus propios pies al cementerio y se sentó sobre la tumba de Norberto y se puso a gritar. Todo el Pueblo la oyó. Norberto, Norberto, no puedo más —gritaba—, llévame ya a juntarme contigo. Su familia nunca la había visto así. La fueron a buscar al cementerio, la arrancaron de la tumba de su marido y la llevaron a su casa. Ella se acostó y no habló más hasta que la trasladaron al hospital de la ciudad.

—Sí —dice Nieves—, está enojada, sin embargo, contenta. Norberto ya la ha recibido. Me da gusto pensar que pueden estar juntos en alguna parte.

Ada y Lola la miran con desconfianza.

—Está en paz, no cabe duda —dice Lola—, la vieja Pancha está en paz.

Laurentina vuelve a la sala y con ella los demás deudos y acompañantes, un gesto sutil para decirles que ya han escoltado al cadáver lo suficiente. En un instante, el espacio se repleta y las sillas vuelven a ser ocupadas. Fuera, en el patio con piso de tierra, espera la mesa cubierta con un mantel plástico donde se come y se bebe. Les ofrecen algo de tomar. No, no se preocupen, responde Lola, tenemos agua en el auto. Me sorprende la respuesta de mi prima, una cosa es estar a dieta y otra creerse en Nueva York, donde andan todas con sus botellas de agua envasada. Nieves piensa lo mismo y la mira reprendiéndola.

—Sírvase una agüita —insiste la Checha.

Eso significa, en el Pueblo, un refresco o cualquier bebida azucarada y colorida. Lola acepta un vaso plástico con un líquido rosado y no lo toca, las otras sí lo beben. Entonces deciden salir a caminar.

—Volvemos muy luego —anuncia Lola.

—¿Van al parque? —pregunta Laurentina, recelosa.

—Echaremos una mirada.

—¿Ya lo saben? —baja la voz mientras se dirige sólo a Lola.

Lola responde algo ininteligible y saca a sus dos primas al aire libre.

—¿Si sabemos qué? —pregunta Ada en el momento que quedan solas.

—Nada.

—No huevees, Lola, responde.

—Se trata de los nuevos dueños del aserradero.

—¿Quién lo compró?

—Eusebio Astudillo.

—No. No, Lola. Dime que no es cierto. ¡Por favor! —Ada queda inmóvil en medio del sendero, paralizado el gesto de caminar, como si su cuerpo no la obedeciera.

—Es verdad.

No cabe duda, mi prima ha recibido el golpe como mortal. Siente que la tierra se abre bajo sus pies y que el abismo al que caerá será infinito. Guarda un silencio absoluto, Nieves y Lola no lo interrumpen, sólo caminan, siguen caminando. Las acompañan cuchilladas de luz. Al cabo de un rato que pareció tan largo, Ada pregunta, con la voz delgada:

—¿Ustedes lo sabían?

—Sí, lo sabíamos —responde Lola.

—¿Y por qué no me lo dijeron?

—Para evitarte un disgusto —responde Nieves.

—¿Oliverio lo sabía cuando hace un año quise comprarlo?

—Sí. Antes que tú, quise comprarlo yo, y entonces nos enteramos. Cristal me lo contó en cuanto el muy imbécil se instaló en el Pueblo.

Ada mira primero a Lola, luego a Nieves.

—Ganaron ellos, ¿verdad?

—Sí —la afirmación ha sido hecha por ambas casi al unísono, luego Lola completa la frase—: Ellos ganaron.

Nieves alarga los brazos para tomar los hombros de Ada, pero ésta escapa de ellos y se adelanta por el camino.

—No intervengas, que lo digiera sola —recomienda Lola.

Toman la huella de tierra que parte de la esquina de la casa de Laurentina.

—¿Tienes a mano tu botella de agua? —le pregunta Nieves a Lola.

—No, la dejé en el auto. ¿Para qué la quieres?

—Es el atardecer...

—¿Y...?

—Ya sabes, no tolero el atardecer...

—¿Y qué haces?

—Todos los días me tomo un Tricalma a esta hora. No me mires así, créeme... El día me parece fantástico, también la noche, es la transición de una a otra que me resulta irresistible, me descompone por completo... En verano esa hora se hace más larga que en invierno, y yo sufro tanto... sin el Tricalma, puedo suicidarme.

—¡Qué exagerada, Nieves!

—Sí, pero así y todo, soy bastante normal... es más, considero que todas nosotras somos muy normales. ¿Has pensado que ya pasamos la famosa barrera de los cuarenta y ninguna se ha echado a la cama como los tíos?

—¿Temiste alguna vez que los genes nos traicionaran?

—Claro que lo temí. Especialmente con Ada viviendo tan lejos, ¿qué tal si se acostaba para siempre y no nos enterábamos?

El aire está muy limpio, las nubes se mueven y parecen refrescar. Por primera vez surgen los olores. Y los ruidos. El tacto, dice Nieves, tocando la corteza de un sauce como lo hacía de niña.

—Ven, Lola, huélelo, huele el tronco.

A la izquierda, en medio del pasto silvestre, ven una galega. El paisaje en ese sector parece intacto, como si nadie lo hubiese pisado desde nuestra niñez.

—Calcado a como era entonces —dice Lola.

Ada vuelve hacia donde están sus primas, camina con enorme lentitud, como si entrara en un campo más denso.

—Escuchen —les dice.

—No oigo nada.

—Escuchen este silencio... nunca más volví a oír un silencio así... en ningún lugar del mundo.

—Sí, el tamaño de este silencio fue siempre único, es el de nuestra infancia.

—Lo único que lo interrumpía era el paso del tren.

—Y el piar de un pájaro o un colihuachín revoloteando...

—El silbido del tren era un sonido promisorio, misterioso. A Luz le gustaba tanto.

—En cambio, Lola temía que el tren se saliera del riel y se fuera de bruces contra la casa, me acuerdo que Luz le tomaba la mano de noche cuando se asustaba, cada vez que sonaba el pito del nocturno.

—Un silencio ya nunca más oído...

Se topan con un arbusto, es suave y de él nacen flores de varas color lila, en el Pueblo los llamaban galegas, nombre que nunca hemos vuelto a oír, ¿lo inventaríamos nosotras? Crecían en lugares húmedos, de preferencia en los pantanos, entre las totoras, los grillos y los matapiojos. Un día descubrimos que achatando con fuerza las galegas podíamos moldearlas y, sin arrancarlas, armar espacios voluptuosos con ellas. Así empezó uno de nuestros juegos predilectos: los arquitectos, lo llamábamos. Amarrábamos con totoras un conjunto de ellas para marcar las puertas de estas cuevas frescas y verdes, y cada una construía su propia casa pasajera y convidaba a las otras a tomar el té. Las casas de Nieves fueron siempre las mejores, las más espectaculares, con terrazas, piezas de niños, amplias estancias. Ada descubrió que también servían como tumbonas; llegaba galopando en su caballo y desde la velocidad del rayo se arrojaba arriba de ellas, y el golpe se mitigaba, cayendo suavecito y el cuerpo desaparecía, marcando en los arbustos las más divertidas posturas. Pero al hacerlo arruinaba las casas construidas con tanto cuidado por nosotras. Lo que le gustaba a Ada era el desconcierto de los trabajadores del aserradero cuando veían un caballo correr solo, sin jinete, teniendo la certeza de que un segundo atrás ella lo montaba. Íbamos con el atardecer, allí se extinguía el calor, el frescor nos colmaba al tendernos en estas hamacas verdes que habíamos fabricado con nuestras propias manos. Ada miraba con atención, durante horas, a los insectos que allí vivían, los tomaba y luego de un cierto rato de observación, los mataba. Los llamaba sus amigos, aunque fuese su verdugo. Las hojas de las galegas no tenían buen olor cuando se restregaban contra el cuerpo, pero eran tan frescas y llamativas sus flores lilas y sus ramas que no podíamos dejar de tocarlas. Las manchas en la ropa nos acompañaban todo el verano. Y en alguna parte del trayecto, de vuelta hacia la casa grande, encontrábamos las matas de poleo. Nos deteníamos unos minutos para olerlas y volvíamos regocijadas de su fertilidad y lozanía. La tarde se aquietaba con la confianza de las sustancias vivas.

—Jaime solía decir que cuando yo hablaba del Pueblo lo hacía sonar tan bonito.

—Por lo menos Raúl alcanzó a conocerlo...

—La nostalgia es la conciencia del pasado, pero elevada a potencia poética.

—¿Quién dijo eso?

—Un arquitecto mexicano.

Se acercan mis tres primas a la curva que les mostrará las rejas del parque. Ya huelen el olor a pinos, el que nos ha acompañado desde siempre en el patio de atrás de nuestras mentes. Súbitamente, Ada pega un grito, Nieves y Lola, unos pasos tras ella, tratan de alcanzar lo que ella ve.

—¡Han cortado los álamos! —apenas le sale la voz a Ada luego de gritar.

—Dios mío... —musita Nieves, acongojada ante la visión.

—Pero cómo, ¡cómo han hecho una cosa así! —Lola se lleva ambas manos a la boca, cubriéndola.

Han asesinado a los centinelas.

Petrificadas, como tres estatuas de la más dura arcilla, Nieves, Ada y Lola contemplan con horror el espectáculo. Da la impresión de que la imagen las enmudece, como si sintieran que algo las cercena, que algo en sus cuerpos se separa de ellas, estirándose dolorosamente. Quizás lo que experimentan es aquella irresistible punzada, la del miedo de ser desalojadas de la realidad misma. Nieves explota en llanto.

—Esos árboles sabían más de mí misma que yo —murmura Ada al cabo de un rato.

—No quiero imaginar cómo estará la casa...

—Vámonos —dice Lola—, esto es insoportable, no quiero ver nada más.

—Sí, tienes razón, vámonos —concuerda Nieves entre lágrimas.

—No, yo quiero ver el parque, me asomaré por la reja.

—¿Para qué? —le pregunta Lola, llena de tristeza.

—Sólo para constatar.

Ada camina hacia el antiguo portón, sí, es el mismo, el que se abrió millones de veces para bienvenir a los miembros de nuestra familia. Introduce la cabeza por los fierros verdes y observa, mis primas no dan paso alguno y la miran desde lejos. Luego de un cierto rato, Ada les grita:

—No, no se asomen, ahórrense el panorama.

—¿Qué hay?

Ada se acerca a ellas, lívido su rostro.

—En lugar de los aromos hay unas construcciones de madera...

—¿Unas construcciones?

—Sí, unas mierdas modernas y vulgares, parece una población callampa. Han arrancado casi todos los árboles —la voz de Ada es frenética.

Se miran entre sí, no saben si están colmadas de desamparo o de desesperación.

—No hay nada peor que la vulgaridad —dice Ada, furiosa—, nada.

—Nadie quiere la vulgaridad —replica Nieves, pensando en consolarla—, pero hay cosas peores.

—¿Cuáles?

—La maldad, por ejemplo.

—Terminan por ser la misma cosa.

Desde el bolsillo de su chaqueta extrae un paquete de cigarrillos y el encendedor. Con manos temblorosas trata de prender uno. Lola la mira concentrada, con una expresión que conozco bien, como cuando algo en su cabeza comienza a engendrar y, al momento en que Ada aspira la primera bocanada y el humo ya se extiende por el aire, le arranca el encendedor de las manos.

—Tengo una idea —dice.

—¿Cuál?

—Prendámosle fuego.

Ada y Nieves la miran incrédulas.

—¿Estás loca? —le pregunta Nieves.

—No estoy loca. A fin de cuentas, nunca nos hemos vengado de verdad. ¿No ha llegado el momento?

—Es un delito —dice Nieves débilmente.

—¿Delito? ¿Y qué es violar, apresar ilegalmente y torturar? —responde Lola, enfadada.

—Un incendio sería como de las hermanas Brönte o como de Daphne du Maurier, muy literario... —opina Ada.

—Me cago en la literatura. Esto es lo que sería: un acto de limpieza final —dice Lola, categórica.

Mis primas no reparan en que algo extraño se cuela en los ojos de Nieves, algo que la empapa y aliviana el asombro y el leve escándalo que le ha producido esta última conversación. Lo que yo pretendo es descubrir delitos, no cometerlos —la oigo decirse a sí misma—, para eso no debo ser ni víctima ni victimaria. Luego le da un poco de risa imaginarse de detective en *el lugar del crimen*, nada menos que la casa del Pueblo, y también río yo. ¿En qué categoría de mi carpeta podría clasificar una acción como ésta?, se pregunta en secreto, como si yo no la oyese.

Si alguien de fuera observara, bien podría calificar tal escena como delirante. Yo misma, si no las conociese, tendría ante mis ojos algo incongruente: tres mujeres de mediana edad, todas con una presencia de indudable bienestar, bien vestidas, bien conservadas, bien peinadas, con pieles que saben poco de las inclemencias del campo, con un indesmentible aire de afuerinas, detenidas al fin de un camino, frente a un enorme portón de fierro cerrado, discutiendo sobre la posibilidad de cometer un acto criminal.

—Pensemos mañana en incendios —sugiere Ada—, estamos agotadas, vamos a descansar, aún nos queda el funeral.

Lola accede de mala gana.

—Sí, tienes razón, además, he manejado todo el día...

—Y yo he volado muchas horas...

Nieves no encuentra nada que agregar y dan la vuelta para enfilar hacia el Pueblo y buscar el jeep. Lola ha hecho reservas en un hotel a unos quince kilómetros de ahí, el más cercano al Pueblo.

—¿Cómo encontraste una pieza con tres camas, Lola? ¡Esto es fantástico! —Ada parece una niña, sentándose en cada cama para probar los colchones, como lo hicieron con Lola en el Ritz de Madrid.

—Pregunté, era la única que había... me pareció una bonita forma de honrar la infancia. —Lola desempaca su caja de cosméticos y de joyas, sus acompañantes donde vaya.

Exhaustas, se tienden sobre las camas, Lola y Nieves en cada extremo de la habitación, como custodiando a la extranjera que se encuentra en la cama del centro.

—¿Habrá servicio de habitaciones? —pregunta Lola—, estoy muerta de hambre.

—No creo que la zona se haya modernizado tanto...

—Queda picnic aún, los sándwiches de ave pimiento que le gustan a Ada —dice Nieves.

—Estupendo. Sólo nos falta la botella de vino y estamos listas.

—Yo bajaré a conseguir una —anuncia Lola.

Nieves abre el canasto y extiende sobre una servilleta los sándwiches que quedan. Toma uno en la mano, lo examina.

—Nunca, jamás, he preparado una comida sin tener en cuenta los gustos de otros.

—Creo que te mereces unas buenas vacaciones, Nieves, ¿no quieres venir conmigo un tiempo al sur de Francia? Créeme, comerías lo que se te antojara... sin pensar en Raúl ni en los niños ni en nadie.

—¿Y con qué disculpa los dejo?

—No necesitas disculpa, yo te hago la invitación y punto.

Nieves comienza a sopesar las palabras de Ada, pero ésta la interrumpe:

—Dime, ¿Oliverio quiere a Lola de verdad?

—Sí, de verdad. No sueñes con entrometerte, Ada, créeme que son felices.

—Es tanto más fácil *reconocer* que empezar a conocer desde el principio, ¿verdad?... ¿Por qué querría Lola quemar la casa?

—Porque odia a Eusebio Astudillo, de más está decirlo.

—No, Nieves, eso es muy obvio. Porque quiere borrar el pasado, limpiar a Oliverio de mí.

—En ese caso, la incendiaria deberías ser tú.

Ada detiene los ojos en el rostro de Nieves con renovada concentración.

—Bromas aparte, Ada, no seas egocéntrica —continúa—. De nosotras, es la que menos necesita del pasado. Lola es la menos decadente.

—¿Así lo ves?

—Sí. Y no olvides que es ella la que duerme todos los días con las cicatrices en la mano de Oliverio.

—De acuerdo, Nieves, pero con ese criterio no habría reconciliación posible... tendrían que morir los miles de torturados de este país para que pudiésemos pensar en la paz.

—Hasta que mueran todos, la paz será política, no emocional.

Lola entra triunfante con dos botellas de vino en una mano y tres copas a punto de caerse en la otra.

—No es una marca muy destacada, pero es vino.

—Podemos emborracharnos... qué alivio —dice rápida Nieves, sintiéndose un poco desleal de hablar de Lola a sus espaldas. Saca una bolsa plástica de dentro de su maletín y de ella un tejido. Una lana amarilla cuelga de los palillos de madera.

—¿Vas a tejer? —pregunta Ada, incrédula.

—Sí, porque necesito pensar. Ha sido un día extraño y tengo la mente repleta.

—¿Y qué tiene eso que ver con el tejido?

—Es que soy tan culposa que no me atrevo a detener mis quehaceres para pensar... encontré en los palillos la solución... parezco ocupada, de hecho, estoy haciendo algo, ¿verdad?, estoy tejiendo, no estoy ociosa... Es mi cobertura.

Mientras Lola sirve el vino, las hábiles manos de Nieves efectúan una verdadera danza de bailarines amarillos. ¿Qué tejerá? Aún no se insinúa la forma. La primera bufanda que entibió mi cuello en la infancia fue una de rombos azules y blancos; Nieves la tejió para mí.

—¿Se han fijado en las conversaciones de los hombres cuando están entre ellos? —pregunta Lola un poco distraída mientras pasea los ojos desde la copa de vino al tejido—. Son conversaciones aburridas. Una seguidilla de anécdotas, siempre anécdotas, así se ponen a salvo de cualquier involucramiento.

—Sí, como piezas aisladas que no se tocan...

—El otro día estaba yo en una reunión...

La voz de Lola actúa como música de fondo, Nieves no la escucha, pues parece que a su mente se ha adherido, entre punto y punto del tejido, un pensamiento obsesivo, lineal.

—Conozco a un niño con hidrocefalia. No se enferma porque no tiene seso, toda enfermedad pasa por la cabeza, ¿sabían?

Lola y Ada la miran un poco extrañadas.

—Y los enfermos de Alzheimer tardan mucho en morir porque no tienen emociones, al no tenerlas, no enferman.

—¿Por tanto?

—Es raro que, siendo la enfermedad dolorosa en sí

misma, salve del dolor. ¿Saben?, alguna de nosotras tenía que adoptar de forma definitiva el rol de la prima Verónica de las Mercedes —dice Nieves muy seria—, y creo que ya no cabe duda alguna: ésa seré yo.

Lola y Ada detienen lo que están haciendo y la miran, algo en el tono de la voz de Nieves las alerta. Como si me adivinara el pensamiento, Ada decide alivianar el aire:

—Cada una de nosotras somos ambas cosas, depende del momento. Eso es lo divertido, Nieves, tener la ductilidad para jugar a ser sor María Trinidad en algunas oportunidades y Verónica de las Mercedes en otras... para eso nos sirve ser primas.

—Es que mi sensación es que yo soy siempre Verónica de las Mercedes... a ver, díganmelo ustedes, ¿cuál fue la última oportunidad en que mi rol fue el de María Trinidad?

Lola y Ada la miran tratando de encontrar con celeridad la respuesta adecuada. No alcanzan.

—No me miren así, seamos realistas: soy la mayor y no he tenido nada de lo que han tenido ustedes.

—Has tenido amor —responde Lola, rápida—. ¿Sabes cuántas pueden decir lo mismo?

Nieves abandona los palillos, se levanta de la cama donde ha estado sentada, toma la botella de vino y rellena las copas, vertiendo lentamente en cada una el líquido que, más que a la uva, le recuerda a las ciruelas.

—Dime la verdad, Lola —Nieves la mira con una sinceridad conmovedora—, ¿basta el amor?

Los ojos de Lola se ven tentados a mentir, sin embargo, decide que no es capaz y tira el inútil consuelo en pos de la verdad, de la que ella cree la verdad:

—No, Nieves, no basta.

Silencio. Hasta que lo rompe Ada:

—El trabajo tampoco.

Nieves mira a cada una de sus primas. Camina por la

habitación como errante, se mira al espejo en el tocador, arregla un mechón de su pelo y vuelve a la cama. No se tiende, sólo se sienta. En su rostro, aún hermoso aunque ella se niegue a percibirlo, se ha instalado una nueva expresión, una rotunda, una inexpugnable, una que hasta ahora no ha mostrado.

—Hoy me he dado cuenta de una cosa feroz; se me empezó a insinuar en el camino mientras conversábamos, luego ante el ataúd de la vieja Pancha, pero se me hizo patente cuando Ada se puso a fumar frente al portón cerrado del parque...

—¿De qué te has dado cuenta? —A todas luces, Lola intenta apuntalarla, a ella, a nuestra prima mayor, a la que actuó siempre como puntal.

—De que no me ha pasado nada en la vida.

Otra vez el silencio.

—Y ya es tarde.

—Te prohíbo que digas eso —la interrumpe Ada con pasión—, nunca es tarde, ¿oyes? ¡Nunca! Mírame a mí, recién publicando mi primera novela, mira a Lola, ¿hace cuánto que encontró al amor de su vida? ¡Todo lo realmente importante nos está recién pasando!

—Lo que a ustedes les pasa es gracias a lo acumulado. Sabes bien que en un cierto punto de la vida el azar ya no juega papeles mayores.

—Entonces, Nieves, empieza a acumular.

Lola y Ada se preguntan con los ojos si será necesario continuar, comprenden que lo que Nieves ha dicho es lo más serio que ha dicho en su vida, y esto las inquieta y las conmueve.

—Mientras tú pensabas eso frente al portón de la casa grande, Nieves, yo pensaba algo distinto, pero muy sacrílego y psicoanalítico —le confiesa Ada, resuelta a virar la conversación—. Me lo dije con todas sus letras: no soy hija de mi madre. Soy hija de tía Casilda. Pobre madre mía, ¿qué pasó con sus genes?

—¿No serás tú quien sueña mis sueños? —pregunta Lola a Ada, tendida sobre la colcha celeste de una de las camas, los brazos levantados detrás de la cabeza y la expresión risueña; ante la mirada celosa que Ada le devuelve, Lola se apresura a agregar—: Todas, de una forma u otra, somos hijas de tía Casilda, ¡gracias a Dios! —un dejo de humor en su voz le dice a Ada que quizás la crisis entre ellas dos ya pasó, pero no basta, aquí estamos, ellas tres y yo, y ninguna olvidará que la lucha que Nieves sostiene consigo misma es cuerpo a cuerpo, al borde mismo del abismo.

Lola decide acostarse y saca de su bolso un hermoso pijama de seda azul oscuro. Se arranca la ropa con todo desparpajo y Ada la observa.

—Estás muy guapa, Lola, ¿irás a ser eternamente así? —le dice.

—No creas que es espontáneo, trabajo bastante para serlo.

Sigo el recorrido de la mirada de Ada sobre el cuerpo de Lola y me apeno, sé que piensa en los ojos de Oliverio, en las manos de Oliverio, en el sexo de Oliverio. Me resulta difícil, después de todo, soy su hermana, pero ¿cómo pasar por alto sus preguntas? Esos ojos, esas manos, ese sexo, ¿cuánto han gozado de aquel cuerpo?, ¿cuánta plenitud han obtenido? También Ada siente aberrante el vigor de esas imágenes y se obliga a sí misma, diciéndose: No debo prolongarlas, no debo.

—Espero que seas agradecida con la naturaleza —dice Nieves, mirando su propio cuerpo, más bajo y más relleno que el de Lola, para luego sacar un frasco de crema desde una pequeña bolsa negra.

—¡No me digas que te vas a encremar las manos! —exclama Ada—. Como si fuera ayer... todo de nuevo.

Las manos de Nieves. La verdad es que, sujetando la imagen de mis tres primas dentro de esa habitación, tendidas en sus camas angostas, pareciera que nada ha cambiado. Es típico de nosotras: pasar de lo cotidiano a lo trascendente y luego volver sin transición alguna. Entre lo importante, rozamos la frivolidad y lo insignificante, y no importa nada. No necesitamos volver a verbalizar lo dicho, como por ejemplo, hoy, no se ha vuelto a tocar el tema de las protagonistas de la novela de Ada, a pesar del enojo de Lola. Ahora Nieves se encrema las manos como si no hubiese declarado algo terrible hace un momento. Así nos hemos relacionado siempre. Me pregunto cómo lo harán el resto de las mujeres, cómo interactúan entre sí.

—¿Creen ustedes que el *mini market* venderá esas alpargatas azules que había en el almacén de don Telo? —pregunta Ada—. ¿Se acuerdan? Esas con los cordones interminables...

—No sería raro... el dueño es el hijo de don Telo —contesta Lola.

—Debo llevar un par a Francia, son únicas en el mundo esas alpargatas.

—Vamos mañana después del funeral y preguntamos, si no las venden ahí, deben de estar en algún otro lugar —sugiere Nieves.

—Vayan ustedes, lo que es yo, allí no entro —dice Lola con voz decidida.

—¿Por qué? —preguntan Nieves y Ada al mismo tiempo.

—Prometí hace treinta años no hacerlo, cumpliré mi promesa.

—¿Qué te pasó con el almacén, si íbamos siempre?

—¿Se acuerdan de la Rosita?

—Cómo no, la hija solterona de don Telo.

—¡Era tan fea! La mandíbula inferior le sobresalía... ¡hablaba de una forma tan rara! ¿Te acuerdas, Ada, cómo la imitábamos?

—Un día la Rosita me hizo pasar al patio de atrás del almacén, cruzando la barrera infranqueable del mostrador. Con su cara de loca desorbitada, me mostró a un cordero amarrado a un poste, al que estaban matando unos hombres que parecían unos bandidos. Le estaban haciendo un tajo grande y largo en el pescuezo y bajo él había unos baldes. Caían los chorros de sangre en los baldes y salpicaban el patio, además de las manos y estómagos de los hombres. Era todo una sola sangre. El cordero gritaba y gritaba. Me pareció imposible que a los corderitos blancos y lanudos que yo amaba los atravesaran con un cuchillo para que se desangraran y luego les cortaran la cabeza. Sólo ahí mueren. ¿Se imaginan esa agonía? Me quedé horrorizada y los tipos le gritaron a la Rosita que me sacara de ahí. Pero ella miraba con gustosa crueldad, sólo por temor a la represalia me pescó de un brazo y me hizo salir cuando ya se había asegurado de que yo había visto suficiente. Jamás olvidaré los gritos del cordero. Comprobé que siempre nos escondían los patios traseros para ocultar lo que de verdad ocurría. Ya de vuelta en el almacén, me dijo, como quien no quiere la cosa: Ese cordero es para tu tía, será tu almuerzo de mañana. Un monstruo, la Rosita. No volví nunca más al almacén.

—Pobre Lola, y había de tocarte a ti, que le tenías miedo a todo...

—Sólo a las cosas físicas —puntualiza Lola mientras termina de escobillarse el pelo.

Ya todas dentro de la cama, Ada vuelve a llenar las copas vaciando las últimas gotas del vino. El picnic se ha consumido en su totalidad y el hambre parece haberse saciado. Nieves ha sacado de su maletín el pijama de franela rayado que le regalaron sus primas al cumplir los cuarenta años, yo ya no estaba entre ellas para entonces, pero me habría unido alegre a tan ridículo obsequio. Oigo un incontenible ataque de risa mientras Nieves desfila por la habitación.

—Tomando vino en cama... ¿qué les recuerda? —pregunta Nieves, mirando a sus dos primas bajo las sábanas.

—¡Los tíos! —exclama Lola, riendo—. Aprovechemos para brindar por ellos.

—¡Por su capacidad de haber hecho lo que les dio la gana, los muy desfachatados! —agrega Ada, levantando su copa.

Mis tres primas beben. En el instante en que separan sus labios del borde de las copas, perciben algo invisible que ha impregnado el aire de aquel espacio. Como un fruto que gotea, aparece poco a poco la melancolía, dulce y humilde.

—Nunca más seremos protegidas como fuimos aquí, nunca más —dice Ada en un tono callado.

—No, nunca más —dice Nieves, despacito.

—Quizás no fue buena idea volver al Pueblo —sugiere Lola—, nos ha puesto irremediablemente nostálgicas.

—Todo tiempo futuro será peor.

¿Cuál de las tres dictó tal sentencia? No alcancé a distinguirlo, preocupada como estaba en detectar la pequeña solemnidad que surgió y las envolvió a pesar de sí mismas. Dentro de mí siento el aliento de cada una, sin embargo, ignoro cuál habló. Y comprendo que prefiero no saberlo. Aquellas pocas palabras, cinco pequeños sonidos intensificados en cada herida o cicatriz, sumieron a mis tres primas en un silencio rotundo. Fue mucho más tarde cuando Nieves le preguntó a Ada:

—¿Qué estás pensando?

—En su transpiración. Era ácida, olía a bronce... a bronce en herrumbre.

Nieves se incorpora en la cama.

—¿La transpiración de quién? —pregunta confundida, teme que Ada haya comenzado a delirar.

—De Eusebio Astudillo. No he olvidado su olor.

—Nunca nos has hablado de la violación, ¿quieres hacerlo ahora? —mi pobre Nieves hace la pregunta convencida de su sabiduría.

—No fue una violación.

—¿Perdón? —Lola, desconcertada, se incorpora desde su cama, al fondo, junto al muro—. Creo que entendí mal.

—Entendiste bien: no fue una violación. Y llevo dos años pensando en cómo contárselo a ustedes.

—Dios mío, Ada, ¿de qué hablas?

—De haber acusado a un inocente.

Aunque la condena se instala irremediable en los ojos de Nieves y Lola, yo respiro por fin tranquila: ya, Ada lo ha dicho. Finalmente. Pase lo que pase, tenga esta afirmación las consecuencias que sea, ha sido capaz de modular su secreto, desenredando en forma abierta lo que en privado debió hacer para aceptarse a sí misma.

—Déjenme explicar: yo soy responsable de haberlo provocado, sí, pero no tenía experiencia para prever que abrirme la blusa llevaba a la penetración. Habré creído, supongo, que se podía coquetear sin consecuencias, jamás calculé que del beso se pasaba al acto sexual, sin una transición, sin una gota de ternura o de comunicación. Él me violó de alguna forma al ser brutal frente a mi virginidad.

—Eso no alcanza a ser una explicación —la voz de Lola apenas se contiene.

—Cualquier cosa que les diga a ustedes hoy no hará justicia a lo que ha pasado en mi interior.

—Y ahora te vas a hacer la víctima...

—No. Sólo quiero que me perdonen.

—Que te perdonemos... ¿que volvamos a escribir la historia, acaso?

Intuí en ese instante que Ada perdería el control frente a la dureza de Lola, a su implacable mirada y el tono de su voz.

—Fue tu grito, Lola, tu famoso y descontrolado grito el que desató la tragedia.

Lola se levanta de la cama y camina hacia donde yace Ada.

—Pero ¿qué dices, Ada, qué dices?

—Me jugó a favor tu virginidad. Si hubieses sabido algo de sexo, habrías distinguido una violación de una relación sexual.

A Lola se le han descompuesto los rasgos de la cara, como si la sangre se le helara y cuajara a la vez.

—¿Y por qué no tuviste las agallas para decir que no era una violación?

—Mi maldad fue por omisión. Yo no dije nada de nada, me escapé, ¿recuerdas? Luego supe que Oliverio había ido a la casa del practicante, que le pegó a Eusebio, que era *ésa* la versión que él creyó. A partir de ese momento, no me atreví a hablar. Me aterré.

—¿De quién?

—De todos.

—De Oliverio, querrás decir. Te aterró perderlo, ¿verdad?

—Soy culpable, pero tengo derecho a defensa.

Nieves guarda silencio, mira con temor la escena de la que yo estoy a punto de retirarme. He velado por Ada como he podido, debo liberarla ya. Sentada sobre su cama, tenso su cuerpo, la espalda y la cabeza contra la almohada, fuma un cigarrillo. Lola, de pie delante de

ella, ha puesto sus manos en las caderas en un gesto desa-
fiante.

Se miran, se miden.

—No eres una digna heredera de tía Casilda —dice
Lola por fin.

—No, no lo soy.

—Te diré yo qué eres: una gran hija de puta.

EPÍLOGO

—

El cementerio colinda con el terreno que antaño ocupó el aserradero, hoy una plantación de jóvenes pinos ágiles y pasajeros. Don José Joaquín cedió este lugar al Pueblo, era parte de sus tierras, les cuenta Laurentina, por eso lleva su placa en la capilla. Se acercan y en el muro de madera rubia observan el bronce pulido y brillante de la placa. Lola pasa los dedos por ella como en una caricia.

El viento silba.

Las tres primas han pasado la mañana en casa de Laurentina, y terminado el funeral partirán muy rápido a Santiago, están listas, los maletines en el auto, la verdadera despedida ya se vivió en el patio del fondo, con el cuerpo de la vieja Pancha presente, todas en torno al brasero. La Checha ha hecho tortillas al rescoldo para que *las niñitas* lleven a Santiago, las viejas de mierda, querrás decir, la corrigió Lola. Sobre el brasero reposa una tetera de azul metálico, ese azul de las ollas y teteras enlozadas del campo de antes que hoy sólo se ven colgando de algún corredor abandonado con una planta seca dentro. De vez en cuando, Cristal la levanta, el agua hirviendo, y la pasa de taza en taza, de mate en mate, la vieja Pancha nunca se separó de su mate y su bombilla. La Checha saca una tortilla desde las cenizas y la limpia, sacando y sacando cenizas mientras toman el mate y el té. Aparecen diferentes mujeres, soy hija de doña Manuela, allá donde las guindas, soy hija de la Carmela, la que les curaba las heridas, puras mujeres cuidando el cadáver. Los hombres cavan la fosa en el cementerio, esperándolas, con una chuica de vino a los pies, disimulada entre la pala y el azadón.

En un momento determinado, Checha se acerca a Nieves y le cuenta que le ha hecho una tortilla especial a la señorita Luz, con chicharrones, que, por favor, se la lleve, Nieves enmudece, luego le dice: Sí, se la entregaré en tu nombre. Cuando suba al auto, la encontrará tibiecita, envuelta en un paño blanco de cocina, yo la dejaré ahí. Sí, Checha, cuenta con que la llevaré, estará tan contenta Luz.

Cuando Laurentina considera que la hora ha llegado, se levantan todas, abandonan el tibio brasero, depositan las tazas y los mates sobre el mantel plástico de la mesa y esperan calladas que los hombres saquen el ataúd. Enfilan tras él en silencio hacia el cementerio, con una flor silvestre en la mano que recogen por el camino. El cura espera al lado de la fosa.

Comienzan las primeras oraciones.

—Nieves, voy corriendo al almacén a ver si encuentro las alpargatas, vuelvo al tiro —le dice Ada en un susurro.

—¿No puedes esperar a que termine la ceremonia?

—Será un minuto, a la salida no voy a alcanzar...

No será un minuto, qué desatino, piensa Nieves. Ada camina con disimulo por atrás, bordeando el grupo de gente, tratando de pasar inadvertida. Nieves busca a Lola con los ojos y no la encuentra, recuerda que avisó que pasaría al baño en casa de Laurentina, no salió con la procesión, ¿por qué tarda tanto Lola, se habrá enfermado del estómago? Nieves está sola, rodeada por los habitantes del Pueblo. Lola estará por llegar, se dice, y continúa rezando, despreocupada. Los responsos son larguísimos, más largos que en los funerales de la ciudad, piensa Nieves. Aprovecha el momento de recogimiento, son tantas las cosas en las que desea pensar, en las que debe absolutamente pensar. No sabe bien por qué recuerda *Una conferencia sobre la sombra* de John Donne y recita, como en un rezo: «Ya pisamos nuestras sombras, y todas las cosas están bañadas en intrépida luz.»

Nieves oculta el rostro con las manos y sigue rezando. Una oración por su inocencia irremediablemente perdida.

Ha terminado la ceremonia, la vieja Pancha ahora descansa bajo la tierra. Nieves se acerca a Laurentina, observa que Ada y Lola ya están junto a ella, las tres paradas ante el muro de la capilla del cementerio mirando la placa en honor de don José Joaquín Martínez, quien ha donado el terreno para que los muertos vivan su última jornada. Lola pasa los dedos por ella como en una caricia. El viento silba.

En ese momento oyen un grito. Es una voz de hombre, como una loca grita esa voz.

—¡Fuego! ¡Fuego! ¡Se incendia el terreno vecino!

Todos los ojos de los habitantes del Pueblo miran hacia la derecha, allá, un poco más lejos, donde una vez estuvo el aserradero.

Todos los habitantes del Pueblo constatan el humo blanco y las lenguas anaranjadas y amarillas que empiezan a crecer.

Se desata el caos absoluto.

—Vamos, rápido, ¡corramos al auto! —dice Lola en medio de la confusión.

Las tres mujeres avanzan con cierta dificultad entre el gentío, todo el mundo corre y grita.

Apenas alcanzado el jeep, Lola enciende el motor. En el apuro, Nieves ha saltado hacia el asiento de atrás. Los neumáticos chillan, levantan polvo y arrancan a toda velocidad, lo cual hace que Nieves caiga hacia el lado izquierdo del asiento. Palpa entonces algo tibio contra sus costillas. Es un bulto blanco. Es la tortilla al rescoldo, la que hizo Checha para Luz, forrada en un paño de algodón como el que colgaba la vieja Pancha a su cintura. La toma con ambas manos y la aprieta contra el pecho. Mira hacia el asiento delantero, ve a sus dos primas, sus dos espaldas, sus dos cabezas, un poco alucinada constata cuán agitadas están, cómo tratan de salir de la avenida principal del Pueblo, como si el volante lo manejasen ambas, dando indicaciones fuertes y contradictorias. ¿Cuál de ellas fue? —se pregunta Nieves—, ¿o han pactado por fin la alianza? Mira hacia el poniente y vuelve a ver las llamas que aparecen más y más alargadas desde el aserradero, más y más cerca, ¿qué pasa con el viento que clama y ruge, que se nos viene encima, que nos amenaza así? Dios mío, apiádate de nosotras. Vamos, Ada, vamos, Lola, dice. Se abraza al pan tibio y cierra los ojos.

ÍNDICE

—